Le secret du docteur Danglars

Jean Contrucci

LES NOUVEAUX MYSTÈRES DE MARSEILLE

Le secret du docteur Danglars

ÉDITIONS FRANCE LOISIRS

Édition du Club France Loisirs,
avec l'autorisation des Éditions Jean-Claude Lattès.

Éditions France Loisirs,
123, boulevard de Grenelle, Paris
www.franceloisirs.com

ISBN : 2-7441-8479-9

À Michèle,
À Jérôme
Parce que jamais deux sans trois

« La vérité d'un homme c'est d'abord ce qu'il cache. »
André MALRAUX,
Antimémoires.

Note de l'auteur

On trouvera parfois dans ce texte certaines expressions tirées du parler marseillais, quand la vérité du dialogue l'exige. Qu'on ne voie pas là le recours à une couleur locale facile, ou à un folklore langagier dépassé. Les Marseillais de la Belle Époque, à quelque classe sociale qu'ils appartiennent, sont bilingues (franco-provençal, ou franco-marseillais). Ils truffent leurs propos exprimés en français d'expressions venues du provençal, du patois local ou de l'italien. Cette habitude s'est prolongée bien après la Seconde Guerre mondiale. Aujourd'hui la tchatche a pris le relais. C'est pourquoi nous avons fourni une traduction des expressions qui pourraient poser problème de compréhension aux Français vivant au-dessus du 45e parallèle, qui, comme chacun sait, passe par Valence.

1

Où notre héros, Raoul Signoret, reporter au Petit Provençal *assiste contraint et forcé à une exécution capitale et fait à l'occasion une rencontre inattendue.*

Le lundi 24 avril 1899 le soleil se leva sur Marseille à 5 h 46. Raoul Signoret devait s'en souvenir toute sa vie.

Une semaine auparavant, Auguste Clérissy, le directeur de la rédaction, avait convoqué le chroniqueur judiciaire du *Petit Provençal* dans son bureau, pour un tête-à-tête.

— Signoret, vous êtes le seul dans ce journal de *bras-cassés* [1] à qui je puisse confier le reportage dont nous allons parler.

Le reporter, qui frisait sa moustache blonde d'un air absent, avait instinctivement baissé la tête. Un compliment d'entrée de jeu, cela signifiait : soit la demande d'un « service » en faveur d'un ami ou relation du patron, soit l'attribution d'une corvée présentée comme une mission de confiance quand les

1. Incapables, fainéants.

autres journalistes s'étaient tous défilés sous des prétextes divers.

Ce fut le cas.

Clérissy se racla la gorge suivant un tic bien établi et attaqua :

— Vous savez que jeudi prochain on raccourcit devant la prison Chave l'assassin du commissaire Tabouriech, l'anarchiste Berano. C'est vous qui assurerez le compte rendu.

Raoul Signoret se tassa sur sa chaise comme s'il venait de recevoir un coup sur la nuque. Il ouvrit la bouche, mais aucun son n'en sortit. Le patron du *Petit Provençal* en profita pour prendre l'avantage.

— Je vous gâte, mon petit vieux. Vous ne pouvez pas dire le contraire !

Exact, car le journaliste, assommé par la nouvelle, était devenu muet. L'autre poursuivit :

— Eh ! bien, Signoret ? Ça n'a pas l'air de vous enchanter, ce que je vous demande. Une exécution capitale, c'est une aubaine, non ? Ça n'arrive pas tous les jours.

— Par bonheur...

Clérissy prit le ton du *magister* :

— Alors, là ! vous me décevez ! Moi qui ai refusé que Rabone s'en occupe pour vous le réserver...

Raoul, pas dupe, ironisa :

— Il ne fallait pas, monsieur. Ça lui revenait de droit, comme le plus ancien.

Le patron ne releva pas :

— Vous êtes jeune, Signoret. Jeune et talentueux. C'est un sujet en or, pour un type qui a votre plume. (Il ne devait vraiment avoir trouvé personne...) et vous reculeriez devant un article... difficile, peut-être, mais exceptionnel ! Vous avez la trouille ?

Raoul Signoret leva la main pour demander la parole et darda son regard bleu droit dans les yeux du patron. Sa voix s'affermit :

— Il ne s'agit ni de peur ni de courage, monsieur. Il s'agit de principes. Je suis contre la peine de mort.

Clérissy ricana :

— Ça vous passera.

— M'étonnerait...

— Vous connaissez l'état de l'opinion sur la question, mon petit vieux ! Elle est pour, à une très large majorité, malgré les bêlements des Jaurès, Clemenceau et autre Bernard Lazare. Moi, je suis de l'avis d'Alphonse Karr : « Que Messieurs les assassins commencent ! » Croyez-moi, il y aura du monde pour voir la tête de Berano tomber dans la panière.

Raoul tenta de résister :

— Il n'y a donc pas de journalistes chez nous à qui ça ferait plaisir d'être aux premières loges pour assister à un acte de vengeance perpétré par la barbarie ? Personnellement, ça me révolte.

Auguste Clérissy balaya d'un geste toute argumentation présente ou à venir :

— Écoutez, Signoret, nous ne sommes pas là pour philosopher. Vous êtes journaliste dans le journal que je dirige, je vous paie pour écrire des articles sur les sujets qu'on vous confie, vous irez où je vous dis d'aller.

Il appela sa secrétaire pour signifier que l'entretien était terminé.

Le jeune reporter en profita pour quitter le bureau sans prendre congé.

Quand il entra dans la salle de rédaction, l'attitude générale des « chers confrères » le confirma dans son impression. Ils étaient tous plongés dans leurs notes, penchés sur leurs feuillets, absorbés dans une conversation téléphonique de la plus haute importance ou pressés de partir vers un rendez-vous extérieur. Pas un ne leva la tête. Pas un ne s'enquit de la raison ayant provoqué la convocation de Raoul. Tous savaient à quoi s'en tenir. Chacun avait trouvé une bonne raison pour refiler le mistigri au plus jeune... Ce n'était pas dans la nature de Raoul Signoret de le repasser à un autre. Il résolut donc de faire face.

Voilà pourquoi en cette aube fraîche du 24 avril 1899, le chroniqueur judiciaire du *Petit Provençal* venait de descendre d'un fiacre et marchait dans la pénombre le long du boulevard Chave, en direction de la rue George. Là se dressait la masse sombre de la prison devant l'entrée de laquelle, dans moins d'une demi-heure, un être humain vivant serait coupé en deux morceaux inégaux, afin que justice soit faite au nom du peuple français, selon la loi de la République.

Raoul Signoret avait fait arrêter le fiacre à l'angle des rues du Camas et Terrusse, près de l'église Saint-Michel, afin de s'obliger à marcher. Le cocher attendrait son retour. Tandis qu'il avançait dans l'air vif vers le lieu du supplice, il revivait la semaine agitée, les nuits d'insomnies partagées avec Cécile, sa femme. Les rares moments où le journaliste, vaincu par la fatigue, cédait au sommeil, avaient été peuplés de visions de cauchemar. Elles le dressaient haletant et en sueur sur sa couche. Il avait dû se résigner à s'allonger dans la petite pièce noire appelée *cafouche* à Marseille. Afin de laisser sa femme se reposer,

Raoul se privait du réconfort d'une présence amoureuse. Cécile aurait passé la nuit à le prendre dans ses bras et le bercer comme un enfant.

Pour retrouver un calme relatif, le journaliste allait longuement se pencher sur le berceau d'Adèle, sa fille. Elle marchait sur ses trois ans. Il la regardait dormir, écoutait son souffle régulier, observait, attendri, les petits spasmes qui ponctuaient le sommeil du bébé et puisait dans cette vision d'avenir la force de ne pas désespérer de l'espèce humaine.

Tout en avançant vers le lieu de l'exécution publique, le journaliste se remémorait les lamentables arguments avancés par son patron pour le convaincre de la chance qu'il offrait à sa jeune carrière :

— C'est la première fois que ce bourreau-là officie à Marseille[1]. Ah ! Je vous envie ! Ça vaut le coup d'aller voir à quoi il ressemble, non ? Et comment il s'y prend.

« Pas autrement que son père et son grand-père », avait songé le reporter que cette curiosité morbide ne tentait pas. Seul le prénom changeait. Joseph, Louis, et maintenant Anatole Deibler... Sinistre dynastie. L'Exécuteur changeait, l'horrible besogne, elle, demeurait immuable dans son effrayant cérémonial.

1. Anatole Deibler (1863-1939) succéda à son grand-père, Joseph et à son père, Louis, atteint d'hématophobie délirante. De 1899, date de sa prise officielle de fonction comme Exécuteur en chef de la République, à sa mort, il trancha 395 têtes.

Tandis qu'il approchait de la prison, Raoul Signoret commença à percevoir un bourdonnement continu de conversations, par moments surmonté d'éclats de voix. Il y avait là quelque trois cents personnes attirées par une curiosité obscène. Elles attendaient que « le spectacle commence ». Le reporter avait beau s'y attendre, cette vision le révulsa. Certains étaient là depuis des heures, afin d'avoir les meilleures places. Celles d'où on ne perd aucun détail de la boucherie. Les plus hardis étaient montés dans les branches des platanes bordant le boulevard afin d'avoir une vue imprenable. D'autres avaient carrément grimpé sur les toits ! Les fenêtres des immeubles riverains de la prison Chave étaient illuminées et, dans l'encadrement de chacune, des silhouettes découpaient en ombres chinoises des têtes curieuses. Des rires hystériques de femmes énervées éclataient çà et là, tandis que le murmure des conversations s'enflait et décroissait par alternance. Voyous en casquette, au bras desquels s'accrochaient des filles émoustillées et bourgeois en frac, venus avec leurs maîtresses en quête de sensations inédites finir en point d'orgue une nuit de bamboche, fraternisaient dans l'ignominie, échangeant des plaisanteries douteuses, pariant sur la dextérité du nouvel Exécuteur en chef de la République. Celui-ci était réputé pour « *sa sûreté de gestes et un coup d'œil qui forcent l'admiration* » avait écrit Jean Lorrain dans *Le Journal*. Il lui reprochait toutefois de ne pas assez soigner le spectacle et de « bâcler » le travail. « *Le rythme un peu trop rapide*, déplorait-il, *enlève de la solennité qui constitue pourtant la raison d'être d'une exécution publique*. »

Des files de fiacres stationnaient le long du boulevard Chave, à proximité. Ils ramèneraient tout ce beau monde vers les cafés de la Canebière à l'heure où s'ouvriraient les terrasses, se remettre de ses émotions devant un copieux petit déjeuner, une fois la cérémonie expiatoire achevée.

Raoul Signoret parcourait de son regard clair cette foule immonde quand soudain, il la vit ! Maintenue au centre d'un espace vide à l'écart de toute approche humaine par un cordon de soldats du 141e régiment de ligne, la guillotine levait ses bras noirs vers le ciel sous la clarté blafarde des réverbères à gaz. Aussitôt, revinrent à la mémoire du jeune reporter les mots terribles de Victor Hugo, infatigable défenseur de l'inviolabilité de la vie humaine. Il venait de les relire durant ses nuits d'insomnie. Il en savait des passages par cœur :

« *L'échafaud, quand il est là, dressé, debout, a quelque chose qui hallucine... L'échafaud n'est pas une charpente. L'échafaud n'est pas une mécanique inerte faite de bois, de fer et de cordes... Dans la rêverie affreuse où sa présence jette l'âme, l'échafaud est le complice du bourreau ; il dévore ; il mange de la chair, il boit du sang. L'échafaud est une sorte de monstre fabriqué par le juge et par le charpentier, un spectre qui semble vivre d'une espèce de vie épouvantable faite de toute la mort qu'il a donnée* [1]. »

Le ciel commençait à pâlir vers l'est, au-dessus de la vallée de l'Huveaune. Machinalement, Raoul Signoret consulta sa montre de gousset : 5 h 46.

Alors, comme si la cymbale du soleil avait donné

1. *Les Misérables*, livre 1, chap. 4.

le signal, la prison, jusqu'ici silencieuse et obscure, s'anima. Des rectangles lumineux trouèrent ses murailles écailleuses. Deux lampadaires électriques flanquant le porche d'entrée s'allumèrent, blessant les yeux de la foule braqués sur les battants monumentaux du portail qui commencèrent à tourner sur leurs gonds.

La nuit se dissipait, on y voyait de plus en plus distinctement.

Tout à coup un cri jaillit. Un cri fait de centaines de cris sauvages. Un cri de meute à la curée. Il devait retentir pareillement, vingt siècles auparavant, dans les cirques romains, quand, sur le rond de sable, apparaissaient les gladiateurs.

À cet instant, un autre cri d'horreur lui fit écho, venant de l'arrière. Un homme était tombé du toit d'une maison riveraine et l'impact de son corps sur le trottoir avait fait un bruit mat épouvantable. Par chance, il n'avait heurté personne et il agonisait à présent, secoué de spasmes affreux, sous les yeux des badauds les plus proches, tétanisés, accompagné par les cris hystériques des femmes et les exclamations horrifiées des messieurs. Deux infirmiers surgis d'on ne sait où, munis d'un brancard, fendirent le groupe agglutiné autour du corps désarticulé et demandèrent aux plus curieux de reculer. L'oraison funèbre fut brève, car déjà toutes les têtes se tournaient vers un spectacle autrement plus passionnant, laissant le moribond à son sort qui ne tarderait plus.

Un cortège solennel venait de franchir le seuil de la prison. Il fut salué par les hurlements de la foule et par les *biffins*[1], capote bleue pantalon rouge, dans

1. Soldats d'infanterie, fantassins.

un impeccable « *présentez, armes !* », commandé par le capitaine Des Lauriers d'Orselay. Un silence relatif se fit dans l'assistance. En tête du cortège venait un prêtre en soutane noire, qui marchait en crabe, à demi retourné vers ses suivants, brandissant un crucifix de cuivre et marmonnant la prière aux agonisants. À deux pas derrière l'ecclésiastique, s'avançait, d'une démarche d'automate, un homme coiffé d'un *huit-reflets* [1] et vêtu d'une redingote sombre. Il portait longues et fines moustaches et barbiche « à l'impériale » qui avaient déjà fait la joie des caricaturistes. Un murmure parcourut les premiers rangs des spectateurs

— C'est lui, c'est lui ! C'est *Monsieur de Paris*...

Personne ne semblait vouloir prononcer le nom maudit du bourreau.

À la gauche de l'Exécuteur en chef de la République s'avançait un homme corpulent coiffé d'un melon, son aide principal. Celui qui serait chargé dans quelques instants de pousser le condamné sur « la bascule à Charlot », cette planche verticale qui, en s'abattant, placerait le cou du supplicié dans la lunette où la lame viendrait lui trancher la tête dans le même mouvement.

Mais la foule n'avait d'yeux que pour l'homme encadré par les deux aides-bourreaux : un jeune colosse aux mains liées dans le dos, qui les dépassait d'une bonne tête. Sa chemise claire au col grossièrement échancré au ciseau laissait apercevoir le haut d'un torse musculeux. La tête était surmontée d'une abondante chevelure noire ondulée dont seule la nuque avait été dégagée. L'homme était pâle,

1. Chapeau haut de forme.

imberbe, la bouche crispée, les traits tendus, mais son regard était ferme et sa marche assurée, malgré les chaînes qui reliaient ses chevilles dont le cliquetis sonnait à chaque pas quand les maillons raclaient les pavés de l'esplanade.

Son nom courait sur les lèvres de l'assistance, comme si elle voulait s'assurer de l'identité du condamné :

— C'est Berano ! Berano ! C'est l'anarchiste qui a tué le commissaire Tabouriech !

— Comme il est beau ! C'est dommage qu'on coupe la tête à un si beau petit ! gloussait en se poussant du coude un groupe de filles publiques à qui leurs barbeaux avaient offert une sortie pour les distraire.

Le cortège fit halte au pied de l'échafaud dont la lame luisait dans le jour naissant. Dans ses rangs Raoul Signoret distingua la silhouette du procureur de la République, M. Hyéronimus Garcin, l'avocat du condamné, Me Bernard Pignet, aussi blême que son client, et plus loin son propre oncle, le commissaire principal Eugène Baruteau, chef-adjoint de la Sûreté marseillaise, qui marchait à côté du directeur de la prison Chave, M. Bœuf.

Le prêtre se rapprocha du condamné et, parlant à son oreille, approcha de ses lèvres son crucifix dans un geste théâtral. Raoul Signoret fut sidéré par la dérision sinistre d'un geste qui donnait à un futur supplicié l'image à baiser d'un autre supplicié. La tête de Berano eut un mouvement de recul et sans hésiter il cracha sur le Crucifié, bousculant l'aumônier d'un coup d'épaule. Un long cri d'horreur monta de l'assistance, tandis que le prêtre se signait. Des clameurs, de nouveau, fusaient, ordurières, réclamant châtiment immédiat du sacrilège.

— Tuez-le ! ce salaud, tuez-le ! hurlait, obscène, une matrone mafflue que deux soldats avaient peine à repousser. Quelle honte de cracher sur le Bon Dieu ! Tuez-le, vite !

Anatole Deibler s'était ressaisi et, entourant le condamné avec deux de ses aides, tous trois le prirent, qui sous les aisselles, qui le poussant dans le dos. On sentait le bourreau soucieux d'abréger l'exécution avant que la scène ne vire à l'émeute et perde de sa solennité. Déjà des cailloux pleuvaient autour de l'échafaud, obligeant l'escorte des officiels à une prudente retraite et les soldats d'infanterie à se servir de leurs fusils tenus à l'horizontale pour faire reculer les plus excités.

Dans un ultime effort, le condamné s'ébroua et se tournant vers la meute enragée, prit le temps de hurler « Mort à la société bourgeoise ! Vive l'anarchie ! ».

Des vivats lui répondirent, venus d'un groupe d'une cinquantaine d'hommes, en majorité coiffés de casquettes d'ouvriers, jusqu'ici silencieux. À présent, ils brandissaient des drapeaux noirs surgis d'on ne sait où, acclamant les derniers mots du condamné.

— Anarchie vaincra ! Mort aux bourgeois ! Vive la Sociale[1] !

Déjà, le ballet de mort commençait. L'aide-bourreau principal, d'une bourrade vigoureuse, avait poussé le supplicié sur la planche à bascule. La partie supérieure de la lunette se rabattit sur la nuque de l'homme, en claquant comme la mâchoire d'un

1. Pour « Révolution sociale », chère aux anarchistes.

saurien. Dans le même instant, Anatole Deibler avait actionné le mécanisme libérant les 35 kilos du *mouton*. Cette masse métallique donnait à la lame en biseau sa gravité. Elle parcourut la glissière soigneusement graissée avec un chuintement sinistre avant de trancher la chair du cou, brisant une vertèbre.

La tête détachée du tronc effectua une brève parabole et heurta le montant droit du panier à son avec un bruit mou, tandis que du tronc sectionné, un flot de sang jaillissait par saccades au rythme faiblissant des battements d'un cœur en bout de course. Comme un tonneau qui achève de se vider par sa bonde ouverte, il éclaboussa les montants de la machine et les bas de pantalons de ses servants.

Il y avait eu une seconde de silence total dans la foule quand la guillotine avait émis son sifflement glacial. À présent, les glapissements, les insultes, reprenaient de plus belle. Certains applaudissaient comme au bouquet final du feu d'artifice. Des bouchons de champagne sautaient dans les salons des appartements riverains aux fenêtres grandes ouvertes. Quelques bourgeois, retrouvant un peu de dignité, s'étaient découverts. Des femmes du monde, venues en quête d'émotions fortes, en avaient eu plus que leur content. Beaucoup avaient tourné de l'œil face au spectacle d'abattoir. À présent, leurs compagnons, l'air affolé, se penchaient sur elles, tentant de les faire revenir, tout en leur évitant d'être piétinées.

Mais la majorité des présents arborait une mine réjouie. L'événement avait été à la hauteur de sa réputation. Un peu bref, peut-être. Comme expédié. On n'avait pas pu voir tous les détails. Mais ça valait le déplacement.

Perdu dans la foule, en état de sidération, choqué

par le comportement de bêtes fauves de la horde sauvage, Raoul Signoret, la bouche amère et vidée de salive, s'efforçait à ne pas céder au malaise qui lui provoquait des fourmillements dans les extrémités.

Une partie du public commençait à s'écouler sur le boulevard, une autre restait là comme si elle attendait la prochaine séance. Déjà, d'autres aides du bourreau s'étaient emparés de seaux, de chiffons et de balais pour entreprendre la toilette de *La Veuve*, tandis que Deibler, toujours aussi digne, se désintéressait de ces tâches subalternes et retournait vers la prison en compagnie des officiels.

Deux des assistants du bourreau avaient saisi le corps tronqué et l'avaient placé sans précautions superflues dans une grande panière dimensionnée pour le recevoir. Un autre apportait la tête tranchée sans émotion apparente et la jetait comme une charogne avec le reste de ce qui avait été un homme. Ils emportèrent leur funèbre fardeau vers un fourgon noir dépourvu d'ouvertures, stationné tout près, dans lequel ils enfournèrent par la porte arrière leur panière d'où le sang continuait à s'égoutter. Le cocher fouetta aussitôt son cheval.

C'est alors que se déroula une « cérémonie » visiblement non prévue au programme. Elle prit de court ceux qui étaient restés sur place. Ceints de leur écharpe tricolore, le melon vissé sur la tête, un groupe d'une douzaine de commissaires de police venus de différents quartiers de la ville s'approcha de l'échafaud, sans que les fantassins commis au service d'ordre n'interviennent. L'un après l'autre, un mouchoir blanc à la main, les policiers le trempèrent dans le sang du supplicié qui maculait encore le pavé au pied de la machine. Ils venaient – selon leurs dires – par cette indécente manifestation « venger leur collègue mort en service ». Les applaudissements reprirent. Des spectateurs voulurent se mêler aux policiers. Les femmes n'étaient pas les dernières. Estimant que « ça porte bonheur », elles prenaient dans leurs sacs ou réticules qui une pochette, qui un foulard, prétendant garder un souvenir de ce moment d'exception.

Le cœur de Raoul Signoret s'était mis à battre plus fort. Il redoutait d'avoir à reconnaître parmi les policiers se livrant à cette pantomime odieuse, la lourde silhouette de son oncle, le commissaire principal Eugène Baruteau, chef-adjoint de la Sûreté marseillaise. Par bonheur, le policier n'avait pas bronché. Il observait la scène d'un œil réprobateur. Ses subordonnés ne l'avaient probablement pas averti de leur initiative. Il y aurait du règlement de comptes tout à l'heure dans les bureaux de l'*Évêché*[1].

Il s'en fallut de peu que le reporter n'aille se jeter dans les bras de cet homme qui lui avait servi de père, pour le féliciter de n'avoir pas cédé à l'esprit de vengeance en se mêlant à cette sanglante mascarade où la police se déshonorait.

Un flottement régnait dans les rangs des soldats. Pouvaient-ils réprimer le désordre policier comme s'il se fût agi d'une manifestation de dockers en grève ? Le procureur de la République, s'adressant à l'officier commandant le détachement, lui intima de « faire cesser immédiatement ce scandale ».

Les *biffins* obtempérèrent sans zèle excessif. Alors,

1. Commissariat central de Marseille, installé dans les locaux de l'ancien palais épiscopal.

le groupe d'hommes brandissant leurs drapeaux noirs, qui insultaient les policiers à s'en briser la voix, se lança brusquement dans une charge furieuse. En un premier temps, l'effet de surprise jouant, elle ne put être contrée. Le poing levé et la rage au ventre, une quarantaine d'anars fous de colère fonçaient droit devant eux pour tomber à bras raccourcis sur les policiers, les officiels, les bourreaux et les fantassins, surpris par la soudaineté de l'assaut. Les coups de poings et de pieds plurent, les couvre-chefs et les képis volèrent, des corps churent au sol, aussitôt piétinés, dans une mêlée confuse. Raoul Signoret s'en était instinctivement rapproché, profitant du reflux panique de la foule. Il repéra ainsi un assaillant de petite taille, casquette sur la tête et forte moustache grise, un pavé en main, ramassé sans doute sur un chantier tout proche. Il s'approchait d'un *biffin* qui venait d'un coup de crosse d'étendre raide un de ses camarades. Malheureusement pour le petit homme, le soldat le dominait de la tête et des épaules et le pavé, au lieu de porter sur la nuque, frappa dans le dos. Amorti par la capote, il perdit de son impact. Un instant étourdi, le soldat se lança à la poursuite de son agresseur. Celui-ci, son coup manqué, fuyait par la rue George. L'homme à la casquette perdit une chaussure dans sa fuite et chuta lourdement sur le trottoir. Étourdi par le choc, il demeurait étendu sur le dos. Le soldat, furieux, était déjà sur lui. Il levait son fusil tenu à deux mains comme un pieu, pour écraser la plaque de couche[1] sur le visage de son agresseur à terre. À cet instant,

1. Partie métallique sous la crosse.

décochée d'on ne sait où, il reçut une magistrale *savate* qui l'atteignit à la tempe droite et l'étendit pour le compte. Son fusil lâché claqua sur les pavés.

Raoul Signoret venait d'intervenir avec la soudaineté et l'adresse que des années de pratique de la boxe française lui avaient données. Bien appliqué, le *revers fouetté* ne pardonne guère. Le journaliste se pencha vers l'homme à la casquette et l'aida à se relever :

— Venez vite, ne restons pas là, ça pourrait chauffer pour notre matricule.

— Mais... et ma godasse ? protesta l'anarchiste.

— Pas le temps. Les autres rappliquent. Un fiacre m'attend rue du Camas, venez, venez !!

L'homme à la casquette insista :

— Je veux y retourner !

Il désignait ses camarades qui continuaient à s'affronter aux forces de l'ordre.

Raoul l'empoigna par un bras :

— Ne jouez pas au héros. Vous n'aurez pas le dessus.

Il l'entraîna par la rue Terrusse[1] en direction de l'église Saint-Michel, s'éloignant aussi vite du lieu de l'affrontement que le permettaient la démarche claudicante et le souffle court du bonhomme.

Les fuyards s'engouffrèrent à bout de souffle dans le fiacre dont le cocher avait sursauté, tiré d'un premier sommeil :

— Au port, vite !

Déjà trois soldats débouchaient au grand galop à l'angle de la rue du Camas. Ils criaient, un peu tard,

---

1. Rue de Verdun depuis 1926.

« halte ! halte ! ». Un des militaires mit machinalement en joue l'équipage qui s'éloignait mais, sans ordre, n'osa pas ouvrir le feu.

Le cocher lança sa jument dans la montée de la rue du Camas et les silhouettes furieuses des poursuivants s'amenuisèrent dans la lucarne arrière du fiacre.

2

Où l'on constate que pour chasser de son esprit une vision d'horreur, rien ne vaut l'amour d'une femme et un bouquet de roses rouges.

Raoul tendit la main :

— Signoret, journaliste au *Petit Provençal*.

Le petit homme moustachu la serra chaleureusement.

— Bouillot, Émile, ouvrier typographe. On me dit *La Bouille*.

Les *biffins* avaient renoncé à leur poursuite. Le trot de la jument s'était ralenti. Le fiacre qui emportait Raoul Signoret et son compagnon abordait la partie la plus pentue de la rue du Camas. Elle grimpait vers le carrefour de la Croix-de-Régnier[1] avant de plonger en direction des allées de Meilhan par le cours Devilliers. Sa pente raide réclamait le secours des freins

1. Nom du propriétaire qui donna le terrain où fut tracé le carrefour. Les Marseillais l'appelaient volontiers « Croix d'Araignée ».

si on ne voulait pas voir l'équipage passer cul par-dessus tête.

À la dérobée, le journaliste tentait d'apercevoir, sous la casquette, les traits de celui qu'il n'avait pas eu le temps de dévisager. Le petit homme à la grosse moustache grise récupérait lentement son souffle. Il devait naviguer autour de la soixantaine. Ses traits étaient burinés, les cheveux dépassant de la casquette étaient blancs et l'épaisse pilosité qui ornait sa lèvre supérieure constituait l'ornement majeur d'une figure sympathique. Il regardait avec un sourire timide celui qui venait de le sauver.

— Dis-moi : tu étais en famille avec Paul Signoret ?

Le tutoiement avait fusé spontanément. Le reporter fut surpris. Pas par la familiarité de *La Bouille*, mais par la question. D'habitude, on lui demandait plutôt : « Êtes-vous parent avec le journaliste ? » L'homme n'avait donné que le prénom et employé l'imparfait. Il savait donc que Paul Signoret n'était plus de ce monde, tué au travail, comme tant d'ouvriers passés et à venir.

— C'était mon père...

— Je l'ai bien connu.

Pour la première fois quelqu'un, hors du cercle familial, évoquait ce père dont l'image s'estompait dans le souvenir en s'éloignant dans le temps. Raoul l'avait si peu connu. Il lui avait tant manqué ! L'oncle Eugène avait suppléé comme il pouvait l'absence, en devenant l'image paternelle de substitution...

Les simples mots de *La Bouille* : « Je l'ai bien connu », venaient de rendre un père à son fils, cet inconsolable orphelin de vingt-sept ans. L'Absent avait cessé à l'instant de n'être plus qu'une photo jaunie sur le buffet de la salle à manger maternelle. Raoul l'avait toujours vue. On y distinguait la figure figée d'un homme encore jeune. Sa chevelure sombre était divisée en deux masses symétriques par une raie. Une courte moustache noire barrait la lèvre supérieure. Il semblait mal à l'aise dans son « costume des dimanches ». En l'évoquant, le typographe en avait fait un être de chair et de sang. Un papa.

La gorge serrée, Raoul demanda :

— Vous pourriez me parler de lui ?

— Bien sûr !

— Si vous êtes d'accord, un jour prochain où j'aurai du temps, je viendrai vous faire une petite visite et vous me direz ce que vous savez de Paul Signoret.

Bouillot n'était pas contrariant :

— Quand tu voudras. C'était un brave type.

Raoul murmura :

— Je n'en suis pas étonné. Comment l'avez-vous connu ?

— Grâce à la Cause.

— La Cause ?

— Bè, oui, la Cause ! L'anarchie, si tu veux.

Raoul était abasourdi.

— Vous voulez dire que... Mon père était anar ?

— Disons : compagnon de route. Il partageait beaucoup de nos idées.

Raoul Signoret n'aurait su expliquer pourquoi cette révélation lui fit un plaisir immense. Il souriait aux anges. Paul Signoret, réduit jusqu'ici à un carré de papier-photo, devenait le père-héros dont tous les fils ont rêvé un jour.

— Il s'est battu contre l'ordre bourgeois ? Il a posé des bombes ?

La Bouille sourit :

— Doucement, doucement ! Je t'ai dit que c'était seulement un compagnon de route. Je crois que, foncièrement, c'était un non-violent. On en avait discuté, un jour. Il réprouvait les jeteurs de bombes.

« Ça aussi, me fait plaisir » songea Raoul.

Le fiacre venait d'arriver sur les allées de Meilhan et prenait la direction de la rue Noailles qui conduisait à la rue Cannebière[1].

Bouillot interrompit la rêverie du journaliste :

— Bon, on se reverra, si tu veux, mais moi je descends là. Je rentre à la maison.

— À pied ? demanda Raoul.

— Eh ! jeune bourgeois ! Je n'ai pas comme toi de quoi m'offrir un fiacre pour accompagner un ami à l'abbaye de Monte-à-Regret[2] ! Je suis venu à pied, je retourne de même.

Raoul insista :

— Avec une seule chaussure ?

La Bouille ricana :

— Comment faire ? Les magasins n'ouvrent qu'à huit heures.

Alors, Raoul avec un grand geste du bras :

— Le jeune bourgeois va vous ramener chez vous en fiacre, mon prince. D'autant plus que ce n'est pas lui qui paye. Où habitez-vous ?

— Au Rouet.

---

1. Rappelons que l'appellation La Canebière ne date que de 1926.

2. La guillotine.

— Ça tombe bien. Je dois y aller sous peu. J'ai besoin de quelqu'un pour me donner des renseignements sur le quartier. C'est le Ciel qui vous aura mis sur ma route.

L'anar feignit de le prendre au tragique :

— Je te conseille de choisir un autre intermédiaire, si tu veux qu'on reste *collègues*[1], toi et moi.

— Pourquoi ?

— Parce que le Ciel et moi on est un peu fâchés à mort.

Raoul frappa au carreau :

— Cocher, au Rouet !

Le fiacre qui arrivait à la hauteur du boulevard du Musée[2] obliqua sur sa gauche en direction de la place Castellane.

— Qu'est-ce que tu veux savoir sur mon quartier ?

— Dans quinze jours je vais aux assises d'Aix assister au procès du docteur Danglars. Je sais qu'il habite... enfin, qu'il habitait quartier du Rouet où il avait son cabinet. J'aimerais rencontrer des gens qui puissent m'en parler. Je peux venir vous embêter un moment, un de ces jours ?

Le typographe acquiesça.

— Ça m'aiderait à situer le bonhomme avant les audiences. Vous le connaissez personnellement, Danglars ?

— Tout le monde le connaît, au Rouet.

— Vous le croyez capable d'avoir fait ce dont on l'accuse ?

— Un avortement clandestin ? Va savoir !... Ça ne

1. Ami proche.
2. Aujourd'hui boulevard Garibaldi.

serait pas le premier à se faire des *gâches*[1] nettes d'impôts.

— Oui, mais l'affaire a mal tourné.

— Je sais. La petite est morte. Sale histoire.

Le fiacre arrivait place Castellane.

La Bouille posa sa main sur le bras de Raoul :

— Laisse-moi là. Je suis à trois cents mètres de chez moi.

— Pas question. Votre chaussette n'y résisterait pas. Je vous dépose au plus près de chez vous.

— Alors fais-lui prendre le boulevard de la Gare du sud[2]. J'habite rue Gaz-du-Midi. À côté de l'usine.

Le journaliste transmit la demande au cocher et revint au docteur Danglars :

— Vous savez qu'un avortement clandestin qui a tourné au vinaigre, ça peut valoir la peine capitale ?

Bouillot eut un rire bref et dit, sibyllin :

— Alors, ça ferait un second « raccourci » dans la famille.

— Comment ça ?

— Berano était un neveu de Danglars, par sa mère. Le mouton noir de la famille. Moi, je jubile quand il arrive un truc pareil chez les riches. Tu connais le poème de Richepin sur les bourgeois pensant à leur future progéniture tandis qu'ils besognent madame ?

Il cita :

> « *Vous pensiez, ils seront*
> *Menton rasé, ventre rond*
> *Notaires.*
> *Mais pour bien vous punir*

1. Travail clandestin.
2. Boulevard Cantini depuis 1920.

Un jour vous voyez venir
Sur terre
Des enfants non voulus
Qui deviennent chevelus
Poètes... »

— Berano, c'était en quelque sorte le poète de la famille, reprit Bouillot. Les Danglars l'avaient banni après que sa mère se fut fait engrosser hors mariage par un *Babi*[1], un anarchiste, de surcroît. Ils ont bouclé la demoiselle dans un couvent jusqu'à sa majorité. La faute était double. Le gosse a poussé comme il a pu. D'orphelinat en orphelinat. Aucun de ces salauds de bourgeois n'a voulu s'en occuper. Pas étonnant que ce poète-là au lieu de chercher la rime, ait voulu préparer le Grand Soir.

— Je sais que Berano a tué un policier, dit Raoul, mais je ne me souviens plus des circonstances.

— Viens me voir, on en parlera.

Sur ces mots Bouillot descendit du fiacre et claqua la portière. Il s'éloigna, puis revint un instant sur ses pas.

— Oh ! Je ne t'ai pas assez remercié de m'avoir sauvé la mise, tout à l'heure. Avec mon *pedigree*, j'avais pas intérêt à me faire *aganter*[2].

Raoul Signoret regarda la petite silhouette claudiquant sur une chaussette qui rendait l'âme, prendre l'escalier qui mène à la rue Gaz-du-Midi.

La journée commençait fort...

*

1. Un Italien (péjoratif).
2. Attraper, arrêter.

À peine avait-il indiqué son adresse au cocher, le journaliste fit arrêter le fiacre à l'entrée de la rue de Rome. Il régla les trois francs de location de nuit, auxquels il ajouta un pourboire suffisant pour que le cocher soulève son chapeau et le salue d'un geste large. Le soleil matinal inondait les façades et promettait une journée de printemps limpide comme le premier matin du monde. Berano en aurait à peine entrevu la couleur.

Raoul Signoret avait besoin de se vider la tête des visions d'horreur qui l'encombraient encore. Avant de regagner son logement de la place de Lenche où l'attendaient Cécile, sa femme et leur fille Adèle, un peu de marche lui ferait grand bien.

Il descendait d'un pas vif en direction du Vieux-Port – son Marseille à lui – en se disant qu'il aurait beau finir dans la peau d'un centenaire, il n'aurait pas assez de temps pour tout connaître de cette ville qui avait poussé comme herbe folle au rythme de sa formidable énergie. Ce quartier du Rouet, dont il avait entrevu deux ou trois rues en quittant le typographe, se situait à un kilomètre et demi à vol d'oiseau des rives du Lacydon, son berceau. Pourtant, Raoul en savait moins sur lui que sur les possessions françaises d'A.O.F. ou d'A.E.F. et sur les comptoirs français de l'Inde. Machinalement, il s'en repassait la liste apprise par cœur à l'école primaire de la rue du Refuge : Pondichéry, Yanaon, Karikal, Mahé et Chandernagor. Des noms qui faisaient rêver les petits écoliers du Panier, promesses de senteurs inédites et d'images exotiques. Il connaissait mieux leurs noms que celui des rues comprises entre la place Castellane et la rive gauche de l'avenue du Prado. Il s'était juré, ce matin-là, de combler cette lacune à l'occasion de son enquête sur la personnalité du docteur Danglars.

Ce praticien, jusqu'alors sans histoire, était accusé d'avoir fait avorter à sa demande une jeune fille de dix-huit ans. La victime était morte dans une clinique de la ville, sept semaines après l'opération clandestine. Elle avait dénoncé en toute dernière extrémité le praticien, par une lettre écrite sur son lit de mort.

Ainsi, un commandeur de la Légion d'Honneur à titre militaire, ancien médecin en chef des hôpitaux, allait-il comparaître dans deux semaines devant la cour d'assises des Bouches-du-Rhône...

*

Comme il arrivait à l'entrée du cours Saint-Louis, Raoul Signoret aperçut, au bas de la rue d'Aubagne qui débouchait à quelques mètres sur sa droite, un oiseleur. Il ouvrait boutique, accrochant ses cages aux volets du magasin ou les disposant à même le trottoir. Ça pépiait déjà à qui mieux mieux saluant le soleil dans un concours de trilles et de roulades. Mû par un réflexe, le journaliste alla marchander un petit serin dans sa cage d'osier. C'était pour Adèle, sa fille.

Puis, regagnant le cours, il alla acheter des fleurs à une revendeuse qui ouvrait son kiosque de bois peint en vert sombre. Elle installait ses bouquets encore couverts des gouttelettes de l'arrosage matinal. Il choisit une brassée de roses rouges. Elles embaumaient. Cécile devait l'attendre en se rongeant les sangs. Elle avait vu partir son homme avant l'aube, la mine défaite comme si la mort prochaine du condamné le concernait personnellement.

Raoul estima qu'un bouquet ne suffisait pas. Il en réclama un second qu'il fit mêler au premier.

L'opulente revendeuse n'avait jamais vu un client qui fût à la fois aussi matinal et aussi prodigue. Elle le taquina :

— Où vous allez avec toutes ces roses, mon beau ?

— C'est pour mon épouse.

Elle éclata de rire et en femme d'expérience dit :

— Vous, vous avez *quèque* chose à vous faire pardonner, *qué* ? Je me trompe ?

— Vous vous trompez, dit doucement Raoul. Je veux simplement lui dire que je l'aime avec ces roses, ce matin, quand je vais rentrer à la maison.

La fleuriste n'en démordait pas :

— Ah ! Parce que vous avez découché...

Un index grondeur accompagna la réflexion.

— Pas du tout. Je l'ai quittée il y a une grosse heure à peine.

— Et vous êtes mariés ? dit la fleuriste incrédule.

— Bien sûr !

La femme rendit les armes :

— Hé, *bé* ! Alors, elle en a de la chance, celle-là d'en avoir trouvé un comme vous ! C'est pas à moi que ça serait arrivé ! Mon mari, sous prétexte que je vis au milieu des fleurs, il m'a jamais rien offert. Pas même un sou de violettes pour ma fête, que Violette c'est mon petit nom. Il est vitrier et pour lui faire changer un carreau à la maison, je vous dis pas : c'est la croix et la *manière*.

Pour mettre fin au déluge de confidences, Raoul

empoigna son gros bouquet de quarante-huit roses. Il dut le saisir à deux mains. La revendeuse lui glissa l'anneau qui servirait à suspendre la cage à serin autour de l'auriculaire.

Pour ne pas être en reste et remercier ce client généreux, la fleuriste offrit un œillet rouge épanoui. Elle le fixa elle-même à la boutonnière du veston de son client.

Le journaliste descendit la rue Cannebière derrière un buisson pourpre et pépiant qui semblait se déplacer sur deux jambes.

L'achat de ces fleurs, c'était une manière d'exorcisme, après l'abominable cérémonial de mort. Une façon d'affirmer : la vie continue.

Quand il s'encadra dans la porte d'entrée de l'appartement de la place de Lenche, Cécile, en sarrau blanc d'infirmière, déjà prête à partir pour la tournée des piqûres matinales, se retournant, poussa un cri de surprise avant de se précipiter à sa rencontre. Raoul était blême, défait, immobile sur le seuil, à demi dissimulé par son bouquet brandi à deux mains. Il ne disait rien. En dépit de la tache éclatante des roses rouges, et de l'œillet écarlate qui égayait son veston sombre, Raoul était l'image de la désolation. Quand Cécile, l'ayant débarrassé de ses fleurs, enlaça sa taille, collant sa joue contre sa poitrine, les larmes jaillirent. Il ne fit rien pour les dissimuler.

— Que fais-tu avec cet oiseau et toutes ces fleurs, mon amour ?

— C'est pour vous deux.

— Mais, pourquoi autant de roses ?

— Pour te dire que je t'aime.

— Tu es un ange. Et l'oiseau ?

— C'est pour la petite. C'est quelque chose de vivant. J'avais besoin d'offrir la vie après ce que je viens de voir.

Cécile était restée un long moment sans parler, le regard troublé par les larmes, serrée contre le torse de son homme.

Adèle les avait ramenés tous deux à la réalité. Elle venait d'entrer sans bruit dans la salle à manger :

— *Quesse qiya ?* Pourquoi y pleure, papa ?

Cécile s'était la première ressaisie :

— C'est rien, mon Cœur. Au travail, papa a reçu des poussières dans l'œil. Ça pique. Je vais le soigner avec de l'eau bouillie.

Le serin avait fait diversion.

— C'est quoi ce petit *zazo*, papa ?

— Je l'ai acheté pour toi, ma bichette.

— Pour moi ? Merci papa *séri* !

Adèle avait pris la cage en osier et la serrait sur son cœur. Elle essayait d'introduire sa menotte dans la cage. Le malheureux volatile ne savait pas ce qui l'attendait...

Sous les yeux suspicieux d'Adèle, transformée en aide-soignante bénévole, les parents s'étaient prêtés à une comédie de « soins » fictifs destinés à rassurer la fillette. Pour que l'illusion soit complète. Cécile avait coiffé son voile d'infirmière.

Le père rassurait Adèle :

— Formidable d'avoir une maman comme ça, hein, ma puce ? On est tout de suite guéri. Voilà, c'est fini.

Cécile demanda :

— Tu restes un moment, ou tu vas au journal tout de suite ? Je t'ai attendu pour le petit déjeuner.

— J'ai le temps pour mon article de demain, mais je n'ai pas très faim. Tu dois savoir pourquoi. Je voudrais récupérer, d'abord.

Cécile prit sa fille dans les bras :

— J'amène Adèle chez ta mère, je fais quelques piqûres dans le quartier et je reviens. Tu m'attends ?

Raoul ne demandait rien d'autre.

Il passa dans le cabinet de toilette et, torse nu, il entreprit de se laver en grand, comme s'il éprouvait le besoin de débarrasser sa peau de la vision d'horreur qui lui semblait incrustée dans chacun de ses pores.

Tandis qu'il se passait la tête sous l'eau, il sentit deux bras enlacer ses reins. Le corps souple de Cécile se colla à lui. Il se retourna et ils échangèrent un long, un très long baiser. Les mains de Cécile dégrafèrent la ceinture du pantalon et elle entreprit, toujours muette, de dénuder Raoul. Il se laissait manipuler comme un enfant. Afin de rétablir l'égalité, la jeune femme se débarrassa de sa tenue et de ses sous-vêtements en un clin d'œil et, prenant la main de Raoul, elle le conduisit vers la chambre.

— Allonge-toi. Je m'occupe de tout.

Elle remplit intégralement le programme fixé. Les yeux clos, Raoul, un peu honteux d'être si peu participatif, accueillait les caresses de Cécile dans un état proche de l'ivresse. Quand, le chevauchant, elle le délivra de sa tension, ce fut comme si le cauchemar s'évanouissait.

Il s'endormit presque aussitôt, comme un nouveau-né repu. Il s'éveilla en milieu de matinée, seul dans l'appartement. Il eût cru avoir rêvé, si un petit mot de Cécile, partie achever sa tournée, n'était venu lui rappeler en paroles tendres la réalité de ce moment suspendu où il avait oublié sa condition d'homme et de journaliste. Quelques mots d'amour, usés pour avoir été dits par des millions d'amants avant eux, avaient pourtant gardé intact leur pouvoir consolateur. Don merveilleux accordé aux femmes d'agir comme de bienfaisantes « sœurs de charité ». Ainsi les nommait Arthur Rimbaud que Raoul était l'un des rares à avoir lu à Marseille, bien qu'il y ait connu la fin de son aventure terrestre.

*

Pour la première fois de sa jeune et brillante carrière, le chroniqueur judiciaire du *Petit Provençal* s'était montré incapable de « torcher un papier » du goût de la rédaction en chef. Clérissy exigeait du lyrique morbide, « du saignant », propre à faire hérisser le poil des lecteurs. Il avait eu droit, sous la plume de Raoul, à un plaidoyer contre la peine de mort. Le journaliste y exprimait le dégoût éprouvé, la répulsion morale et physique ressentie. L'article était revenu sur le bureau de Raoul biffé de rouge avec pour seul commentaire de la main du patron :

« C'est avec ces jérémiades que vous voulez faire bander les gens ? »

Après plusieurs allers-retours entre le bureau directorial et la salle de rédaction, on en était venu à un article de compromis, retouché à plusieurs endroits par la rédaction en chef. Elle y avait ajouté des arguments de son cru, propres à flatter le lectorat dans ses plus bas instincts. En représailles, l'auteur avait refusé d'y apposer sa signature.

L'avancement de Raoul Signoret dans la hiérarchie du journal venait d'en prendre un coup. Pourtant, il avait tenu bon. Il est des principes avec lesquels on ne transige pas.

3

Où l'on se rend compte, en écoutant les propos d'un anarchiste, que le soleil ne brille pas pour tout le monde, à Marseille.

Raoul Signoret aborda la rue Gaz-du-Midi par les marches d'escalier qui changeaient cette courte artère en impasse. Elle débouchait sur l'avenue de la Gare du Sud[1]. C'est là qu'Émile Bouillot avait son imprimerie. La rue ne dépassait pas cent mètres de long sur huit de large, avant de se jeter dans le chemin du Rouet, colonne vertébrale du quartier. Elle devait son nom à l'usine à gaz hydrogène, qui, depuis 1840, empoisonnait l'atmosphère. Elle participait – rançon du progrès – à la tristesse générale de ce coin de Marseille. Son ciel de suie était étayé par de hautes cheminées de briques. Elles crachaient épais des fumées grises et noires au-dessus des toits des maisons basses et lépreuses à trois fenêtres, où s'entassait un prolétariat employé sur place. Les usines, fabriques, manufactures, fonderies, ateliers,

1. Aujourd'hui avenue Jules-Cantini.

hangars, entrepôts avaient transformé un ancien terroir rural en succursale de l'enfer industriel dénoncé dans les romans de Charles Dickens ou d'Émile Zola.

L'usine de *La Compagnie du Gaz du Midi* n'était pas la seule à déverser sur le Rouet ses effluents mortifères. On en comptait une seconde, située impasse du Gaz, au sud du quartier. Leur nocivité était renforcée par la présence – dans un périmètre restreint, délimité par la première avenue du Prado à l'ouest, le boulevard Rabatau au sud et l'avenue de la Gare du Sud au nord – de cinq huileries et de neuf savonneries. Pour porter des noms pittoresques – *La Louise, La Vierge, La Félicie* ou *La Sainte-Famille* – elles n'en déversaient pas moins leurs déchets nocifs sans aucun contrôle.

Sur le quartier flottait en permanence une odeur de soude qui vous prenait les sinus en étau.

À ces redoutables pollueuses s'ajoutaient une fonderie de cuivre, une usine de plomb, une autre d'étain et les hangars géants des *Chantiers et Forges du Sud-Est*. Les ouvriers y frappaient douze heures par jour des pièces métalliques façonnées dans une ambiance d'enfer. La fabrique d'allumettes avait maintes fois brûlé, entraînant dans le sinistre nombre de maisons riveraines. Les scies de la marbrerie Jules Cantini, mordant à pleines dents les blocs de calcaires, généraient une poussière impalpable. Elle poudrait toits et trottoirs, s'insinuait dans les bronches, provoquait la silicose sournoise qui calcifie les poumons.

Au Rouet, selon les rues, on mouchait blanc, on mouchait noir, mais tous étaient égaux devant les affections pulmonaires.

En quittant l'avenue du Prado avec ses luxueux hôtels particuliers, ses six rangées de platanes bordant une chaussée de dix-huit mètres flanquée de contre-allées permettant aux fiacres de faire demi-tour sans manœuvrer, Raoul Signoret avait eu l'impression de quitter une scène de théâtre illuminée pour pénétrer dans d'obscures et sordides coulisses.

En passant devant la savonnerie *Tempier*, le reporter du *Petit Provençal* n'avait pu s'empêcher d'évoquer la figure paternelle. Paul Signoret avait rencontré la mort dans ce quartier pour s'être trop longtemps penché sur les vapeurs méphitiques exhalées des énormes chaudrons où mijotait des jours entiers la « *cuite* ». De ce mélange de soude et d'huiles sortait le cube de savon à 72 % d'huile. Il faisait la gloire de Marseille, au prix de la santé de ses ouvriers.

À son habitude, le reporter était venu « humer » le décor de sa future enquête avant d'aller retrouver Émile Bouillot, l'anar qui lui devait d'avoir échappé à un long séjour derrière les barreaux.

De son périple, le journaliste avait rapporté une question qui le préoccupait. Pourquoi le docteur Hyppolite Danglars, éminent représentant de la classe aisée, était-il venu visser sa plaque professionnelle dans pareil quartier, quand il lui eût suffi de traverser l'avenue du Prado pour être au contact d'une clientèle bourgeoise et soigner de nobles affections en rapport avec les revenus de ses patients ?

La Bouille devait bien avoir un avis sur la question.

*

Les volets de bois de la minuscule imprimerie étaient encore clos. Le journaliste patientait sur le trottoir en faisant crisser sous ses semelles la fine poussière noire tombée en pluie de crasse des cheminées de l'usine à gaz. Des norias de charrettes chargées de sacs de jute, relayées par des esclaves mâchurés ployant sous leurs fardeaux portés sur les épaules, alimentaient les fours géants du Moloch. Le charbon venu d'Alès, via la Gare du Sud, fortement soufré, produisait au contact de l'humidité matinale des vapeurs qui vous faisaient larmoyer. Mais grâce à lui, les intérieurs bourgeois du Prado s'équipaient de luminaires à gaz qui rejetaient au rayon des antiquités les bonnes vieilles lampes à huile. Une plaque émaillée bleu et blanc proclamait la fière sentence du progrès : *Gaz à tous les étages*.

Une porte s'ouvrit à gauche de la devanture de l'imprimerie et une brève silhouette, désormais familière au journaliste, vêtue d'une veste-pantalon en bleu de Shanghai, s'y encadra.

— Oh ! Petit Signoret ! c'est gentil de venir me voir. Qu'est-ce que tu fais là ?

Raoul tendit la main :

— Je venais rencontrer certain typographe-anarchiste à qui j'avais promis une visite, afin qu'il me parle de son pays.

— Tu as failli ne pas me trouver, bien que j'habite juste au-dessus. Nos amis les *condés*[1] m'ont offert hier une tournée amicale.

— Ils vous avaient repéré, l'autre matin ?

La Bouille répondit en riant :

1. Équivalent marseillais de « les flics ».

— Oh, non ! Mais ils ont fait une visite générale dans les milieux de la Cause, chez ceux qu'ils ont en fiche.

— Et vous en êtes...

— C'est un honneur ! Un honneur qui vaut désagrément comme tu vas voir. Ils m'ont tout viré dans l'imprimerie. Ils cherchaient des « documents compromettants », comme ils disent. En plus, ils m'ont mis l'appartement du premier sens dessus dessous.

— Pour quelle raison ?

— Ils n'ont pas besoin de raison. Ils ont *aganté* plusieurs camarades, durant la bagarre, l'autre matin. Mais ça ne leur suffisait pas, ils sont venus se venger sur les autres. Ils ne voient pas, les ânes bâtés, que cette façon de faire ne sert qu'à fabriquer des enragés. Ils se doutaient bien qu'on n'allait pas rester sans réagir, en les voyant tremper leurs mouchoirs dans le sang encore frais de Berano. C'est avec ces façons de faire qu'ils l'avaient rendu fou, le pauvre garçon. Il n'était pas plus violent qu'un autre, ils en ont fait un assassin. Tu sais ce qui s'est passé avec Tabouriech...

— Le commissaire ?

— *Vouei*, cette bordille...

— Racontez.

— À Berano, les *condés* lui ont envoyé Leca, un mouchard. Un ancien anar *retourné*[1] moyennant un coup d'éponge sur son casier judiciaire. Leca, se disant repéré, a confié à Berano un paquet qui contenait, disait-il, du charbon pilé, du soufre et du salpêtre pour fabriquer de la poudre comme tu ne le sais peut-être pas.

1. Passé dans le camp de la police.

Raoul, d'un signe de tête, avoua son ignorance.

La Bouille précisa :

— En fait de poudre, c'était de l'opium de contrebande. Comme par hasard, dès le lendemain, le commissaire Tabouriech et ses estafiers débarquaient chez Berano. Ils n'ont pas trouvé de machine infernale, mais sont allés droit vers le paquet contenant l'opium. Ils en ont profité pour faire main basse sur une bague en or, avec une perle en solitaire. C'était la bague de fiançailles de la mère Berano, emportée par la maladie un mois auparavant. Elle l'avait donnée à son fils sur son lit de mort. Tabouriech n'a rien trouvé de mieux à dire, en mettant le bijou dans sa poche : « Elle est trop belle pour toi, cette bague. Tu l'as sûrement volée. » L'autre, encore tout au chagrin d'avoir perdu une mère qui l'avait élevé seule et qu'il adorait, a sorti son *browning* et a vidé son chargeur dans le bide du commissaire.

Bouillot secoua la tête comme pour chasser une idée noire et fixa Raoul dans les yeux :

— Voilà pourquoi nous nous sommes rencontrés l'autre matin, devant la prison Chave...

— Les *condés* l'avaient particulièrement à l'œil, Berano ? demanda Raoul.

— Il faisait partie de la bande à Jacob[1]. Tu connais ?

– J'en ai entendu causer.

1. Alexandre-Marius Jacob (1879-1952) anarchiste né à Marseille. Chef des « Travailleurs de la Nuit », il commit avec sa bande quelque 150 cambriolages avant d'être arrêté et envoyé au bagne où il resta vingt-cinq ans. Il reversait 10 % de ses gains à la Cause et aux plus démunis. Jugé en 1905, il inspirera à Maurice Leblanc son personnage d'Arsène Lupin. L'affaire rapportée ici est authentique.

— Alors tu sais quel coup fumant ils ont fait ?

Le journaliste convoqua sa mémoire :

— L'affaire du Mont-de-Piété ? Je la connais en gros, mais pas en détails. J'étais à Digne aux assises quand ça s'est passé. Racontez.

L'œil du typographe s'alluma :

— Un vrai coup de génie !

Avec un air extasié et le sourire permanent aux lèvres Bouillot raconta ce qu'il savait sur le pillage du Mont-de-Piété par trois faux inspecteurs de la Sûreté. Ils avaient vidé les coffres et emporté 400 000 francs-or.

— Ça s'est passé l'année dernière à la fin mars. Le père Gille, le commissionnaire du Crédit Municipal, rue du Petit-Saint-Jean, a vu débarquer chez lui un commissaire de police, écharpe tricolore autour du bide, flanqué de deux inspecteurs. À peine entré, le *condé* a crié d'un air farouche : « Vous avez en votre possession une montre volée à la suite d'un triple assassinat. » Le pauvre Gille s'est affolé. Tu sais, quand on fait ce métier, on n'est jamais sûr de n'être pas un receleur. Toujours est-il qu'il ouvre ses livres de comptes, montre ses reçus, pendant que l'un des inspecteurs pousse le verrou du local et accroche au bec-de-cane la pancarte « FERMÉ ».

La Bouille fit une pause. Il riait tout seul, soignant son récit :

— La perquisition a été effectuée dans les règles de l'art. Gille n'y a vu que du feu. Le contenu des coffres est passé dans de grands sacs que les visiteurs avaient amenés et l'inventaire fut pointé sur du papier à en-tête de la Préfecture des Bouches-du-Rhône. On aurait dit des vrais. Car je peux te le dire, à toi, ces faux documents préfectoraux avaient vu le jour dans certaine imprimerie de la rue Gaz-du-Midi et sortaient d'une presse *Vandercook* maniée par un expert en typographie... Moi-même, toute modestie mise à part.

Raoul sourit malgré lui.

— Alors ?

— Alors, toujours aussi culotté, le faux commissaire a embarqué le commissionnaire : « Vous vous expliquerez auprès de M. le procureur de la République. Allez, ouste ! » Deux fiacres attendaient dehors. Ils ont embarqué Gille et l'ont conduit jusqu'au palais de justice. Arrivés là, ils l'ont abandonné dans une antichambre en lui ordonnant « Attendez ici ! ». Le malheureux a attendu, attendu, jusqu'à ce que le concierge, à la nuit tombée, le découvre en faisant sa ronde, effondré sur son banc, alors que tout le monde était parti. Le vigile, qui ne comprenait rien à ce que lui racontait Gille, n'a fait ni une ni deux : il est allé trouver un juge d'instruction qui terminait un dossier en retard. Le juge lui non plus n'a rien compris à cette histoire. Il a remis au lendemain le souci de faire la lumière en bouclant le commissionnaire pour la nuit dans les geôles du palais de justice !

— Je me souviens, à présent, dit Raoul. Cette histoire a fait rigoler tout Marseille quand on a découvert le pot aux roses !

Bouillot riait aux larmes :

— Normal ! Quand Guignol berne le gendarme... C'est égal : 400 000 francs-or... Pour un coup d'éclat, il n'y est pas allé de main morte, l'ami Jacob, car c'était lui le faux commissaire.

— Et Berano, dans tout ça ?

— C'était l'un des deux inspecteurs, bien sûr !

— Je comprends mieux l'acharnement des *condés* à le poisser, dit le journaliste. Ils savaient que Berano appartenait à la bande à Jacob ?

— On a dû le leur dire. Tu sais, les milieux de la Cause sont truffés de mouchards.

— Et Jacob ?

— Pas de nouvelles. Il est bien trop malin. Il a dû aller se mettre au vert pour se faire oublier un moment. Mais on le reverra. La société n'en a pas fini avec lui. En attendant, Berano a payé pour deux. Et comment...

Pour dissiper le voile de tristesse apparu sur les traits du typographe, le journaliste proposa :

— Je vous offre un café, quelque part ?

— Un peu plus tard, si tu veux. Je voudrais d'abord ranger l'atelier.

— Je vous donne un coup de main, alors.

Bouillot prit Raoul par le bras.

— Volontiers, mais à une condition.

— Laquelle ?

— On se tutoie.

— Vous pourriez être mon père.

— Justement. Tu disais *vous* à ton père ?

— Je ne pense pas, non... C'était pas dans les habitudes d'un ouvrier de savonnerie.

Bouillot demeura ferme :

— Tu me dis tu, ou je te *lève le bonjour*[1].

Le typographe introduisit une grosse clef dans la serrure qui fermait l'un des lourds volets de bois et les replia dans un logement situé de part et d'autre de la devanture. Il rabattit le panneau destiné à les dissimuler.

---

1. Je ne t'adresse plus la parole.

Raoul Signoret entra sur ses talons. Une odeur familière lui sauta aux narines : mélange de plomb fondu refroidi, d'encre grasse, de potasse et de tabac froid. La même régnait en permanence à un kilomètre de là, dans l'atelier du *Petit Provençal*. Dans un angle du local de modestes dimensions, trônaient les pièces maîtresses du lieu : une presse à bras *Vandercook* en fonte noire, pour imprimer les affiches et une vieille *Minerve* pour les feuilles et les gazettes. C'étaient les seuls meubles qui fussent demeurés en place dans l'atelier en raison de leur poids. Tout le reste : rames de papier, paquets de tracts ou de journaux imprimés, bidons d'encre, lingots de plomb, composteurs, caractères en alliage d'antimoine et d'étain, ainsi que *la casse,* ce meuble destiné à les ranger[1] avait été bouleversé, entassé, piétiné, renversé. Un fouillis innommable régnait dans la pièce à laquelle la lampe à pétrole suspendue au plafond sous son abat-jour achevait de donner son aspect désolé. Sur ce désastre surnageait comme un défi le dernier numéro paru de *La Calotte,* hebdomadaire publié à Marseille qui se proclamait en caractères italiques « *journal anticlérical* ». On y voyait, occupant toute la page de couverture, un dessin titré « *Aux colonies* » sur lequel un « Bon Père » en soutane proposait un adolescent annamite avec pour légende : « *Celui-là, cinquante francs. On en fait ce que l'on veut, c'est moi qui l'ai dressé...* »

Raoul parcourut le foutoir d'un œil effaré :

1. Dans l'imprimerie au plomb, on place les caractères dans un meuble à casiers appelé « casse ». On n'emploie jamais les mots « majuscules » et « minuscules » mais « haut de casse » (ou capitales) et « bas de casse ». Leurs noms viennent de la place (en haut ou en bas) où sont rangées les lettres dans la casse.

— C'est votr... pardon, *ton* patron qui va être content !

La Bouille faillit s'étouffer :

— Mon quoi ?!

— Ben, votr... *ton* propriétaire, je ne sais pas moi.

— Tu me vois travailler sous les ordres d'un patron, moi !?

Le typographe retroussa sa manche droite et montra le tatouage : « *Ni Dieu, ni maître*. »

— Je suis mon seul patron. Cette imprimerie n'est pas bien grande, mais elle est à moi. Tu connais le vers de Rostand, dans *Cyrano* ?

Bouillot leva l'index en l'air pour donner plus de solennité à la citation :

« *Ne pas monter bien haut, peut-être,*
mais tout seul ! »

Raoul était penaud.

— Je suis désolé. L'autre matin, quand on a fait connaissance, tu m'as dit « ouvrier-typographe ». J'ai cru que...

Bouillot le coupa :

— Dans ma bouche, le mot ouvrier vaut tous les titres de noblesse.

— Je le ferai plus, chef.

L'anar fit claquer les branches d'une énorme paire de ciseaux.

— Et ne m'appelle plus jamais chef, ou je te taille les oreilles en pointe.

Raoul Signoret se tut. Décidément, il les collectionnait...

Les deux hommes ne savaient par où commencer.

— Tu vois de quoi ils sont capables, dit *La Bouille* en relevant une *casse* dont le bois s'était fendu dans la chute.

Raoul tentait de remettre un peu d'ordre dans une liasse de tracts incendiaires sur lesquels il jeta un œil curieux.

— Il faut dire à leur décharge que vous agitez volontiers le chiffon rouge.

Il montra à Bouillot quelques phrases en caractères gras qui résumaient « l'Évangile » de Malato :

« *Faites sauter les églises, les couvents, les casernes, les prisons, les préfectures, les mairies !*
Brûlez toutes les paperasses administratives !
Au feu les titres d'esclavage de l'humanité[1] *!* »

— Le droit de vivre ne se mendie pas, il se prend, affirma *La Bouille*. Nous autres, au Rouet, nous n'avons droit qu'à contempler l'arrière des immeubles cossus où vivent les riches. Ils nous montrent leurs culs. Tu as vu où ils nous font vivre, pendant qu'ils se prélassent dans leurs salons du Prado ou de Saint-Giniez ? Tu t'es promené dans les rues du Rouet ?

— L'air que respirent les riches du Prado n'est guère plus pur que le vôtre, répliqua Raoul. Ils habitent tout à côté.

— Peut-être, mais ils ont des bastides à la campagne pour aller se refaire les poumons à neuf, des appartements confortables pour se mettre à l'abri, de

1. Texte authentique, extrait du « Livre de cuisine » de l'anarchiste italien Malato.

quoi manger pour se maintenir en bonne santé et sinon, de quoi payer le médecin pour la retrouver.

Raoul opina de la tête. Le typographe était lancé :

— Tu as constaté l'état de nos rues, de nos taudis ? Tu as regardé nos gosses avec leurs joues comme des derrières de pauvres ? Je ne te parle pas de l'état d'épuisement de nos femmes ! La mienne, *La Bouillotte*, travaillait à la fabrique d'allumettes de la rue Borde. Elle ne se laissait pas marcher sur les pieds par les contremaîtres. Ils s'en sont débarrassés en la mutant dans l'atelier où on trempe le bois d'allumettes dans le phosphore. À force d'en respirer, elle est morte de la nécrose phosphorée. À trente-cinq ans !

— Tu n'as pas d'enfants ?

Bouillot eut un sourire triste :

— Nous autres, les anars, nous ferons des enfants quand le monde aura suffisamment changé pour qu'ils y aient leur place.

Raoul Signoret respecta le moment de silence du typographe. Celui-ci le brisa en désignant l'ennemi de classe :

— Crois-moi, petit : de tous les exploiteurs les bourgeois sont les pires.

Raoul s'exclama, admiratif :

— Oh, oh ! *Douze pieds*, si je compte bien. Quand un typo flétrit le bourgeois cupide, c'est en alexandrin !

La Bouille sourit sous sa grosse moustache :

— Sans doute le père Hugo qui a déteint sur moi.

Il ajouta en rigolant :

— Avec les typos, tu as affaire à l'aristocratie de la classe ouvrière.

Il marqua un arrêt :

— Si un vieil anar peut employer un pareil mot sans tomber en cendres.

— Je l'ai appris à mes dépens, dit Raoul. Il se souvenait de l'intransigeance des ouvriers de l'atelier de composition du journal. Dès qu'un blanc-bec de rédacteur commettait un attentat envers la pureté de l'orthographe ou de la langue française, il se faisait tirer les oreilles. « Ballade avec deux l c'est en musique ou en poésie, petit couillon ! L'excursion, la balade, c'est avec un seul. » Et les vieilles astuces ressassées à chaque débutant. Ou encore : « Qu'est-ce qu'on voit sur l'eau du Rhône, petit ? Sur l'eau du Rhône on voit des péniches, mais sur l'ô du Rhône on voit un accent circonflexe. Tu l'as oublié ! Ça te coûte une tournée ! » Et à ceux qui « faisaient » toujours trop long : « *Qui ne sut se borner ne sut jamais écrire*. C'est Boileau qui disait ça. Il devait te connaître ! On te demande quatre-vingts lignes, tu m'en fais cent trente. Allez ! coupe-moi ce qui dépasse ! De toute manière ton papier, demain, il servira à *plier* les balayures. »

En remettant de l'ordre à une pile bouleversée du journal *L'Agitateur,* brûlot anar dont Bouillot imprimait une partie du tirage, le journaliste du *Petit Provençal* revint à une question qui le taraudait depuis son arrivée :

— Comment se fait-il qu'il y ait un tel abîme entre le Rouet et le Prado, l'un des quartiers les plus rupins de Marseille, alors qu'ils sont côte à côte ?

— Encore une histoire d'exploiteurs, dit l'anarchiste. Je ne vais pas remonter à *l'An Pèbre*[1], mais il

1. Équivalent marseillais de « aux calendes grecques ».

a longtemps été question de construire le nouveau port non pas à La Joliette, où il est maintenant, mais dans la rade-sud, au débouché de l'avenue du Prado sur la mer.

— Sans blague !

— C'est pas une blague. Nous aussi on la eue notre guerre de Sécession. *Nordistes* contre *Sudistes !* Finalement, c'est le mistral qui les a départagés. Il souffle moins fort sur La Joliette, grâce à la chaîne de l'Estaque qui fait écran, que du côté de la Corniche.

— Ça ne m'indique pas ce que ça a à voir avec le Rouet.

— Justement, laisse-moi t'expliquer. Les *Sudistes* ne se sont pas rendus sans combattre.

— Alors ?

— Alors, mon petit, pendant que tous ces messieurs hésitaient, nombre d'industriels et de négociants marseillais, pariant sur les projets de port-sud, installaient ici leurs fabriques, ateliers, usines, entrepôts à proximité de ce futur port. C'était de la terre agricole. Ça valait pas cher. Ils se sont jetés dessus.

— Et quand on a choisi de faire le port à La Joliette vous avez hérité de cette succursale de l'enfer, sans les avantages, conclut Raoul.

— Bravo ! dit *La Bouille*. Tu as bien suivi. Ajoutons une conséquence aggravante. Sans le port-sud, le Rouet n'avait plus de sens. Même la gare du Sud, prévue pour doubler Saint-Charles, ne sert pratiquement à rien. Elle devait desservir l'Italie et elle n'accueille que le train qui emporte nos *bordilles*[1] vers la Crau. Quant au patronat...

1. Les ordures ménagères que Marseille expédie encore vers Entressen.

— Quoi, le patronat ?

— Comme d'habitude, il n'a rien prévu pour loger ses ouvriers. On a laissé cela aux petits propriétaires, encore plus rapaces que les vrais riches. Ils nous ont construit des clapiers sans eau courante, non reliés au réseau d'égouts qui passe pourtant sous l'avenue du Prado. Ici, le *torpilleur*[1] a encore de beaux jours devant lui. Les patrons donnent aux entrées de leurs fabriques et de leurs usines des allures de portiques monumentaux, mais nous, nous n'avons droit qu'à des cabanes où s'entasse un sous-prolétariat exploité jusqu'à l'os et payé avec un élastique. Ils s'en foutent, les patrons. Ils n'habitent pas ici ! Mais ils ne perdent rien pour attendre. On leur fera la peau !

Ces fortes paroles avaient à peine retenti, après plus d'une heure et demie d'efforts, au moment où l'atelier retrouvait l'allure d'une imprimerie, que trois hommes vêtus de sombre et coiffés de chapeaux melon firent une entrée remarquée.

Celui qui paraissait être le chef interpella *La Bouille*.

— Tu as fait le ménage ? Parfait ! On va pouvoir recommencer.

Sur un signe, les deux autres entreprirent de renverser les casses et d'éparpiller journaux et rames de papier avec une joie sadique.

Le typographe conserva son calme :

— Je ne vous ferai pas le plaisir de me rebeller, inspecteur. Ce monsieur et moi-même allons boire un café au *Bar de la Fontaine*. Quand vous aurez fini,

1. Citerne hippomobile destinée à vider les contenus des tinettes déposées le long des trottoirs.

vous pouvez laisser ouvert. Il n'y a que des gens honnêtes, ici...

Il marqua un temps :

— À part vous, bien sûr !

— Fais attention à ce que tu dis, Bouillot, parce que je pourrais t'embarquer pour outrage...

— Je plaisantais, inspecteur. Votre sens de l'humour est connu.

Sur ces mots, il sortit de l'atelier, entraînant Raoul.

— Un instant monsieur, cria un des policiers en rattrapant le journaliste par la manche. Vous pouvez justifier votre présence auprès de Bouillot Émile ?

Raoul répondit avec un air de se ficher du monde :

— Je prenais une leçon d'économie locale.

— Vous avez des papiers d'identité sur vous ?

Le reporter tendit sa carte professionnelle délivrée par *Le Petit Provençal*.

L'inspecteur y jeta un œil, puis son regard fit plusieurs va-et-vient rapides entre le document qui portait la photo du titulaire et le visage de son interlocuteur.

Il se borna à bredouiller, en rendant sa carte au journaliste :

— Ah, bien, bien...

Une fois dans la rue, *La Bouille* demanda :

— C'est ta condition de journaleux ou ta parenté avec le sous-chef de la Sûreté qui a impressionné cet âne bâté ?

— Ma profession aurait plutôt joué contre moi, dit Raoul sans illusion. C'est mon oncle qui aura servi de paravent. Tout le monde à l'*Évêché* sait que le patron-adjoint a un neveu au *Petit Provençal*. Ils craignent de s'embarquer dans une affaire de famille...

— Et dire que je marche à côté d'un type pareil,

moi, un anar pur jus. Et qu'il va m'offrir un café ! Un neveu de Condé-en-chef. Et je vais l'accepter. Ô mânes de Ravachol, de Vaillant, de Caserio[1], quelle honte !

Raoul asticota l'anar :

— Votre église prie de drôles de saints.

Bouillot plaida :

— Ce sont les arbres sur lesquels s'appuient les forces de répression pour abattre la forêt. Quand on dit anarchiste, on pense aussitôt bombes, attentats, morts innocentes. Moi, j'affirme que la plupart d'entre nous sont des idéalistes. Mais ce que nous ne supportons pas, c'est la souffrance infligée au nom du profit. Ça oui, ça rend enragés des types comme moi. Comme ton père. S'il est venu faire un bout de chemin avec nous, c'est bien parce qu'il ne supportait pas de voir des *minots*[2] exploités dix heures par jour à des tâches qui les faisaient vieillir avant l'âge. N'oublie jamais qu'au-delà de ses poumons rongés, c'est d'injustice que ton père est mort comme tant d'entre nous.

Raoul Signoret, ému, sourit fraternellement au vieil anar.

*

1. Anarchistes célèbres : François-Claudius Koenigtein, dit Ravachol, commit des attentats et des crimes de droit commun avant de finir sur l'échafaud en 1892. Auguste Vaillant fut condamné à mort pour avoir lancé une bombe lors d'une séance de la Chambre des Députés (en 1893) et Santo Caserio assassina le président Sadi Carnot à Lyon en 1894.

2. Des gosses.

Le *Bar de la Fontaine* dont le nom rappelait le temps où le Chemin du Rouet offrait aux attelages des points d'eau pour abreuver les bêtes proposa aux deux hommes les chaises de sa terrasse suffisamment ensoleillée, en cette fin de matinée, pour que leur conversation se poursuive dehors, loin des oreilles plus ou moins discrètes des piliers de bistrots qui assuraient à Alfred, le patron, une existence décente.

Raoul Signoret, à peine assis, demanda :

— Que peux-tu me dire à propos du docteur Danglars ?

— Moi, je l'aime pas trop, je te dirai pourquoi. Mais c'est un type qui a bonne réputation parmi les petites gens. On dit qu'il ne fait payer que les riches. Il paraît que dans son cabinet, sur son bureau, il y a un chapeau haut de forme posé à l'envers. Ceux qui ne peuvent pas régler la consultation y mettent ce qu'ils peuvent. S'ils n'ont rien, on ne leur réclame rien.

— Diable ! dit le journaliste étonné. Ça ne correspond guère à l'image d'un type qui aurait demandé très cher pour pratiquer un avortement.

Bouillot opina :

— Tu as raison, la réputation de Danglars ne colle pas avec cette affaire sordide.

— Tu sais que ça peut lui valoir le sort de Berano.

— Oh ! n'allons pas si vite ! M'étonnerait que messieurs les *Chats-Fourrés* [1] appliquent le même tarif à un docteur en médecine et à un anar.

— Je le crois aussi.

La Bouille ricana :

— Ah, tu vois, tu y viens à nos idées ! Mais, j'y

1. Les gens de justice.

pense, tout d'un coup : je connais quelqu'un qui pourrait t'éclairer sur Danglars. Il le connaît bien.

— Un confrère ?

— Un invalide de guerre : Franzi Schnelldorfer. Dit *Le Tonkinois*. Il était au Tonkin en même temps que Danglars. Avec un litre de rouge à 11°, tu devrais pouvoir trouver une partie de ce que tu cherches. À condition d'être patient. Tu connais les anciens combattants. Tu auras droit à toutes ses campagnes et médailles avant qu'il te dise ce que tu attends.

— J'en ai vu d'autres, répliqua Raoul. Connais-tu Gaston Gaudissart, le pharmacien de Mazargues ?

— Non.

— Il en va de Gaudissart comme ce que disent les artistes qui se sont produits devant le public de l'*Alcazar*. Quand on est passé par là, on craint plus *dégun*[1].

---

1. Personne.

4

Où l'on en apprend un peu plus sur les circonstances qui ont amené le docteur Hyppolite Danglars devant la cour d'assises des Bouches-du-Rhône.

— Alors ? mon cher neveu, qu'est-ce que j'apprends ? On aurait de mauvaises fréquentations ?

En s'asseyant à une table en terrasse, sous les plafonds stuqués du *Grand Café Glacier* auprès de son oncle, le commissaire principal Eugène Baruteau, sous-chef de la Sûreté marseillaise, qu'il venait de rejoindre, Raoul Signoret éclata de rire :

— Ça n'a pas traîné. Vos petits camarades sont allés direct au rapport : « Chef ! chef ! Y a votre neveu qui s'est fait ami avec les *anarchisses* ! On l'a pincé hier matin alors qu'il préparait un attentat contre la Préfecture pour venger la mort de Berano, en compagnie du dénommé Bouillot Émile, bien connu de nos services. *Qu'esse on fait*, chef ? »

Baruteau se contenta de dire :

— Méfie-toi, Raoul.

— De quoi ?

— On ne sait jamais. J'en connais qui ne détesteraient pas compromettre le neveu d'un patron de la Sûreté, rien que pour mettre le bordel dans la police.

— Vous voyez le mal partout, mon oncle. Le mien est gentil comme tout. Et doux comme un mouton.

— Jusqu'à ce que ton mouton contracte la rage et lance un jour prochain une bombe dans la *corbeille* de la Chambre de Commerce.

Au mot *corbeille*, Raoul Signoret jeta par réflexe un œil à la monumentale façade du palais de la Bourse, de l'autre côté de la rue Cannebière, symbole triomphant du négoce marseillais.

L'oncle et le neveu n'avaient pas perdu l'habitude de se rencontrer chaque semaine, mais avaient changé de quartier général. Le *Grand Café Turc*, lieu de leurs rendez-vous habituels, était, au gré du journaliste, un peu trop fréquenté par les confrères jaloux de la complicité du chroniqueur judiciaire du *Petit Provençal* avec un policier d'importance qui lui réservait des informations de première main. Les deux hommes avaient émigré à cent mètres de là. Ils faisaient désormais escale à la terrasse vitrée du *Grand Café Glacier*, à l'angle de la célèbre artère avec la rue Paradis. Ils passaient donc leurs entrevues prétendument discrètes sous l'œil de la moitié du personnel de la Chambre de Commerce qui entrait et sortait à tout moment de l'établissement. Les coursiers venaient prendre les ordres d'achat ou de vente auprès de négociants ou de transitaires qui avaient fait du *Café Glacier* une annexe de leur bureau de courtage ou de fret. Quand il ne le remplaçait pas. Il n'y avait que la rue à traverser en zigzaguant entre les norias de tramways hippomobiles, de fiacres et de charrettes, grimper les quelques marches qui conduisaient à la Bourse et s'y précipiter pour brasser des millions, remplir des cargos ou acheter le contenu de leurs cales. Le ballet des jeunes employés des compagnies de transport en quête de fret, de messagers des commerçants courant pour transmettre des ordres de manutentions aux maîtres-portefaix de leur société ou compagnie, était incessant. Les rafales de mistral s'engouffraient à chaque ouverture de portes, faisant s'envoler les liasses de documents que les étourdis n'avaient pas pris soin de coincer sous une pile de soucoupes. Un brouhaha permanent régnait sous la verrière, si bien que, malgré la promiscuité, une conversation intime avait des chances de ne pas être captée par des oreilles indiscrètes. À la rumeur de base s'ajoutaient périodiquement les cris des vendeurs à la sauvette, leur étalage d'osier suspendu autour du cou par une courroie. Ils déposaient sur les tables un échantillon tenu au bout d'une pince à sucre – pistaches et amandes grillées, morceaux de nougat, arachides, guimauve, rahat-loukoums. On voyait même louvoyer des vendeurs de tapis et de peaux de chèvres de Turquie munis d'authentiques faux certificats d'origine. Un Syrien en fez noir et larges pantalons assortis serrés aux chevilles se distinguait de ses confrères en proposant des « *cacavettes*[1] *de Paris* » qui avaient un franc succès.

— Oui, j'ai de mauvaises fréquentations, avait repris Raoul Signoret. Mais vous aussi, mon oncle. Vos commissaires, l'autre matin, en trempant leurs

1. Cacahuètes.

mouchoirs dans le sang frais de Berano, ne donnaient pas de la police une image bien reluisante.

Baruteau opina :

— Je le leur ai fait savoir.

Ça avait dû barder, au Commissariat central.

— En tout cas, dit le journaliste, je suis fier que vous n'ayez pas participé à cette mascarade.

Baruteau parut flatté. Mais il revint à son souci :

— Tu es grand, maintenant, mon Raoul. Je ne peux pas t'empêcher de fréquenter qui tu veux. Mais, là, ce n'est pas le flic, qui te parle, c'est l'oncle. Je te répète : méfie-toi des anars. Je les crois capables de tout. Tu sais ce qu'ils m'ont fait, les petits camarades de *La Bouille* ?

Raoul prit un air innocent et tenta :

— Les 400 000 francs du Mont-de-Piété ? Mon ami Bouillot en rigole encore.

Baruteau fusilla son neveu du sourcil gauche :

— Si je retrouve le type qui a fait le coup, je n'en laisserai pas de quoi faire une daube. Tu sais tout de même que *La Bouille* fricote avec cette bande dont le chef est un certain Jacob. Ils se retrouvent dans l'arrière-salle de la brasserie *Noailles* et ils croient que je ne le sais pas. Le *Groupe des Rénovateurs*, ils s'appellent. Je t'en foutrai...

— Il faut être beau joueur, mon oncle. Avouez que le coup est fumant.

Le policier menaça Raoul d'une gifle pour rire :

— *Te mande un bendéou*[1] *!* tu vas voir, de te payer ma tête !

Le neveu avait l'air si faux-cul que Baruteau ne put

1. Je t'envoie une gifle !

s'empêcher de rire avec lui. Désarmé, pour se donner contenance, il acheta un paquet de *cacavettes de Paris* au Syrien et fit signe au garçon de renouveler les consommations.

Le policier sortit de la poche de son pardessus une liasse de papiers et les tendit à Raoul.

— Tiens, c'est pour toi. C'est la prose fournie par les amis de Bouillot. Ça va t'instruire sur leur mentalité. Tu vas voir comme il est doux ton mouton !

Le reporter posa les feuillets sur la table :

— Je lirai ça à tête reposée.

Il avait jeté un œil sur la péroraison d'un tract qui s'achevait par ces fortes paroles :

« *La société ne nous accorde que deux moyens d'existence : le travail, c'est-à-dire suer sang et eau pour l'aumône d'un salaire, créer des richesses dont nous serons frustrés, ou la mendicité qui est l'avilissement, la négation de toute dignité. Tout homme a droit au banquet de la vie. Nous préférons nous insurger et combattre plutôt que de mendier ce à quoi nous avons droit. Guerre aux nantis ! Le vol c'est la restitution, la reprise de possession !* »

Le début du texte, Raoul le connaissait. Il avait ramassé le tract l'autre matin, non loin de la lame qui venait de trancher la tête de l'anarchiste Berano...

Le garçon en demi-deuil, chemise blanche sous un gilet noir, pantalon noir et tablier blanc, venait de poser sur le guéridon un bock de bière et un Clacquesin blanc.

Le policier, assoiffé par les *cacavettes*, vida son verre en deux lampées, se fit une moustache de père Noël et la tamponna avec son mouchoir.

— En attendant, neveu sans cœur, c'est pas toi qui

as le père Waldeck-Rousseau[1] sur le dos pour lui chanter *Carmen* en exigeant des résultats. Tu connais, *Carmen*, l'air du toréador ?

Il graillonna de sa voix de baryton usagée :

— « *Un œil noir te regaaaaarde !* » C'est moi qui vais jouer le toro, et toi ça te fait rire.

Raoul prit un ton de mélodrame :

— Ne me punissez pas de mon ingratitude, mon oncle ! J'ai encore besoin de vous.

Baruteau grogna :

— Tu as de la chance que je sois un type dans le genre de la Sainte-Vierge.

— C'est-à-dire ?

— On n'a jamais recours à moi en vain.

Raoul amusé examina son oncle :

— C'est vrai. Avec un rien de moustache en moins, on pourrait vous confondre, avec la Bonne Mère.

Il lança une bourrade sur l'épaule du policier :

— Allez, vous l'aurez, votre Jacob !

— Je sais, on finira bien par le pincer un jour. Il n'y a que dans les romans policiers que les flics ont la science infuse. Dans la vie, ils sont armés d'une longue patience et munis de bons indics.

À son tour, Raoul Signoret fit renouveler les consommations.

Eugène Baruteau revint à la charge :

— Mais toi-même, que faisais-tu en compagnie du père Bouillot ?

— Je collecte des informations pour mes futures chroniques judiciaires. Bouillot habite au Rouet et c'est là que s'était installé le docteur Danglars dont je

1. Pierre Waldeck-Rousseau (1846-1904), président du Conseil en 1899, il cumulait le poste de ministre de l'Intérieur.

vais suivre le procès aux assises, la semaine prochaine. Vous connaissez l'affaire ?

Baruteau ouvrit sa serviette :

— J'ai amené, comme tu me l'as demandé, une partie du dossier d'enquête. Je vais voir ce que je peux t'en dire.

Le policier déboucla la ceinture de toile qui enserrait un classeur.

— Danglars, dit Raoul, est accusé d'avoir fait avorter une mineure moyennant finance. La petite en est morte, mais elle l'a dénoncé *in extremis* dans une lettre.

— Tu connais sa réputation à ton Danglars ?

Raoul s'exclama :

— C'est saint Hyppolite Danglars incarné ! Au Rouet, on le surnomme « le médecin des pauvres ». Il paraît aussi que chez lui les riches paient pour les démunis. D'ici qu'on le découvre anarchiste ! Vous n'allez plus savoir où donner de la matraque dans ce quartier !

— Bon, au lieu de dire des couillonnades, à ton habitude, écoute-moi un peu. Il a cinquante-six ans, ton toubib. Né à Paris, internat à Toulouse, installé à Marseille depuis qu'il est retourné dans le civil. Il n'est pas seulement médecin, c'est un chimiste de premier ordre. On lui a même refilé des tas de médailles pour ses recherches et expériences, notamment sur les opiacés. Il a passé dix ans en Algérie, où il s'est distingué par son dévouement durant les épidémies de choléra et autres véroles coloniales. C'est de cette époque que date sa réputation de médecin habile à soigner les maladies propres aux femmes.

Baruteau releva la tête :

— Ah ! Intéressant, ça, pour ce qui nous occupe. Monsieur avait du doigté, si j'ose dire. Et chez les moukères, ça ne devait pas être facile. Ancien chef des hôpitaux militaires, il a servi au Tonkin durant la conquête. C'était en 83, il avait donc quarante ans.

Raoul intervint :

— Ne vous fatiguez pas avec ça, mon oncle, je dois rencontrer demain un type qui a connu Danglars au Tonkin. Il va m'être présenté par Bouil...

Le journaliste se mordit la langue. Le commissaire acheva pour lui :

— ... par Bouillot. L'indispensable Bouillot ! L'anar-informateur de la presse marseillaise !

Baruteau feignit d'être offusqué :

— Si les tuyaux d'un chef-adjoint de la Sûreté ne te suffisent pas et que tu préfères ceux d'un anarchiste, dis-le.

Raoul contempla son oncle sans mot dire. Tous deux rirent en même temps.

Baruteau reprit sa lecture commentée :

— Bon, alors, venons-en à ce qui amène ce saint homme sur le banc d'infamie.

« Revenu en France, le docteur Danglars a occupé divers hauts postes dans des hôpitaux, toujours militaires. Il s'est spécialisé dans la toxicologie. Il a été mis à la retraite par l'armée voici cinq ans et on lui a collé la croix de commandeur de la Légion d'honneur pour l'ensemble de ses services. Maintes fois lauréat de l'Académie de médecine pour ses travaux sur l'opium et ses dérivés, sa veste n'a pas assez de tissu pour épingler toutes ses médailles en chocolat. Oui, ça on s'en fout... Célibataire, on dirait, ou veuf, ça n'est pas précisé dans les rapports que j'ai sous le nez. Une gouvernante, Lili Chauchoin, cinquante-quatre ans, secrétaire et dame introductrice. Sommes-nous en présence d'amours ancillaires ? La question ne sera pas posée comme on a dit durant le procès de Dreyfus.

Le policier sauta plusieurs feuillets et reprit :

— Rentré dans la vie civile, Danglars s'est installé boulevard Latil à Marseille, quartier du Rouet, où il a ouvert son cabinet depuis six ans. Tu y es allé ?

— Pas encore, mais je compte bien le faire. Baruteau reprit : « Les renseignements recueillis dans le voisinage s'accordent à représenter le docteur Danglars comme un homme peu causant, mais très aimable, fidèle à l'office du dimanche à Notre-Dame de l'Huveaune, à Saint-Giniez... »

Le commissaire fit une pause :

— Ah ! Il ne fréquente pas l'église de son quartier, Notre-Dame du Rouet. Va pour soigner les pauvres, mais on ne partage tout de même pas la même eau bénite.

— On ne peut pas lui coller ça à charge, mon oncle.

— D'accord avec toi. Je disais ça pour faire l'intéressant. *Bè* alors, tu sais tout !

— Parlez-moi un peu de la pauvre morte. Je suis à court pour mon article de présentation à la veille du procès.

Baruteau feuilleta son dossier :

— Ah ! feu Gabrielle Bartou... Punie pour avoir forniqué hors du sacrement du mariage. Dix-huit ans au moment de son décès. Orpheline. Femme de chambre d'Hortense Chalifour, dite *Jeny d'Amor*, artiste lyrique. Avec un nom pareil elle doit chanter dans... Oh, je vois qui c'est ! s'exclama le commissaire. Tu la connais ?

Raoul fit non de la tête.
— Tu comptes aller la trouver ?
La tête de Raoul fit oui.
— Tu vas pas t'embêter.
— Pourquoi dites-vous ça, mon oncle ?
Baruteau se fit mystérieux. Son œil brilla :
— Pour rien. Tu verras bien.
— Dites, insista Raoul.
— *Jeny d'Amor* est réputée pour n'avoir pas froid aux yeux. Ni ailleurs, paraît-il. Mais là, je n'ai pas dirigé l'enquête. Je parle par on-dit. Tout ce que je sais c'est qu'elle est spécialisée dans la chanson grivoise. C'est sans doute moins dangereux que la fréquentation des anarchistes, mais tu es prévenu.
Raoul prit un air entendu :
— J'irai la voir. Par conscience professionnelle.
Baruteau s'esclaffa.
— Que te dire d'autre que tu ne saches ?
Il consulta quelques feuillets supplémentaires :
— La grossesse a été établie au mois d'août. En octobre, la petite mourait dans la clinique Blanchard où elle avait été admise. La veille de sa mort, elle raconta aux médecins et aux infirmières comment Danglars s'y était pris pour la « débarrasser ».
Baruteau parcourut encore quelques lignes et les résuma à son neveu.
— Il semblerait que cette visite ait été faite dans des conditions étranges. Un homme aurait accompagné la petite chez Danglars et serait resté dans le fiacre qui les avait amenés.
Le policier acheva sa lecture :
— Danglars aurait donc examiné la jeune fille, ce qu'il n'a jamais nié. Il l'aurait piquée avec une aiguille – ça, il le nie formellement. Le soir même, Gabrielle

perdait son sang et faisait une fausse couche. Le lendemain, se sentant mal, elle prévenait sa patronne qui la fit admettre à la clinique Blanchard. C'est là qu'elle est morte.

Baruteau sauta encore plusieurs feuillets jugés par lui sans intérêt et conclut :

— Après son décès, on a découvert dans la table de nuit de sa chambre d'hôpital la lettre de dénonciation qui amène saint Danglars devant la cour d'assises. Ça te suffit ?

Raoul rangea son carnet de notes dans sa poche de veste :

— J'ai plus que je ne pourrai en écrire.

Eugène Baruteau regarda son neveu qui s'apprêtait à se lever, avec affection. Il le retint par la manche :

— Il y a encore quelque chose qui n'est pas dans ce dossier et que tu ne sais pas. C'est peut-être un détail, mais je suis sûr que ça va t'intéresser.

— Dites.

— Sais-tu qui a balancé Berano, pour l'affaire du Mont-de-Piété ?

— Comment le saurais-je ?

Baruteau prit son temps, puis lâcha l'air de rien, sûr de son effet :

— Un certain Hyppolite Danglars, docteur en médecine de son état...

— Non !!

L'exclamation de Raoul fit tourner les têtes des consommateurs.

— C'est Danglars qui a dénoncé son neveu ?

— Au procureur de la République, qui est un de ses amis.

— Mais pourquoi aurait-il fait ça ?

— Je n'en sais rien. Affaire de famille, sans doute.

Ce sont les pires. Ton grand ami Bouillot ne refusera pas de te renseigner.

Raoul était abasourdi.

Baruteau était ravi :

— Tu vois ? Saint Hyppolite Danglars, comme un homme ordinaire, est aussi parfois capable de commettre les pires saloperies. Tu devrais y penser.

— Je n'y manquerai pas Oncle-plein-de-sagesse pour qui les recoins obscurs de l'âme humaine n'ont plus de secrets.

Le commissaire sourit :

— Tu vas donc nous torcher un de ces articles de présentation qui ont fait ta jeune réputation de chroniqueur judiciaire et ma vieille fierté d'oncle gâteau ?

Raoul entra dans le jeu et assura en se levant et imitant son oncle :

— Naturellement. Même en me forçant, vous le savez bien, je ne sais pas écrire de mauvais articles.

Il déposa un baiser de nourrice sur le front du policier.

Celui-ci lança à la jeune silhouette qui s'éloignait vers le soleil :

— Embrasse pour moi ton adorable épouse et ma petite-nièce préférée !

— Plutôt deux fois qu'une, assura le neveu.

— Raoul ! oh, Raoul ! Ta tante *Thérèsou* fait les artichauts à la barigoule[1] dimanche, ça vous dirait de venir les manger avec nous ?

— Plutôt deux fois qu'une, répéta le neveu.

---

1. Fonds d'artichauts farcis d'un mélange de petit salé, de champignons et de mie de pain.

5

Où « l'acte d'accusation » rédigé par une morte provoque un affrontement entre défense et experts ainsi qu'un grave malaise chez l'accusé.

Le procès du docteur Hyppolite Danglars s'ouvrit devant la cour d'assises des Bouches du Rhône, à Aix-en-Provence, le 9 mai 1899. L'ex-médecin-chef des hôpitaux militaires, en redingote noire, cravate assortie sur un col cassé, qui accentuait sa raideur naturelle, semblait avoir revêtu pour la circonstance une tenue de deuil. Seule l'éclairait la minuscule tache écarlate de son insigne de commandeur de la Légion d'honneur. Ce qui frappait surtout, en dehors de sa haute taille, c'était sa maigreur. Il était tout en angles, sec et osseux, arborait un visage au teint olivâtre, dont la peau sèche semblait collée aux os d'un crâne chauve, perché tout en haut de son interminable carcasse. Une paire de favoris lui conférait une vague ressemblance avec l'ex-président du Conseil, feu Jules Ferry.

La salle du tribunal était comble d'une foule composée par parties inégales de bourgeois endimanchés, parfois accompagnés de leurs épouses, tous amis ou connaissances de l'accusé et de gens de plus modeste condition, habitants du Rouet, patients reconnaissants du médecin.

Raoul Signoret avait enfin en face de lui ce praticien dont il parlait depuis des jours à ses lecteurs sans l'avoir jamais vu. Qui était-il, ce docteur Danglars ? Le médecin des pauvres, au cœur plein de compassion pour frères souffrants ? L'insensible bourreau de son neveu qu'il avait contribué à envoyer à l'échafaud ? Ce Janus intriguait le journaliste. Raoul en savait peut-être plus sur lui que ceux qui avaient à le juger, mais il ne parvenait pas à se faire une opinion. Le bonhomme lui était antipathique. Il en fit le portrait dans *Le Petit Provençal* daté du 11 mai :

« Le docteur Hippolyte Danglars a gardé de sa carrière militaire une certaine raideur dans l'attitude. Il parle *pointu* pour des oreilles méridionales, ce qui ne fait qu'ajouter aux difficultés que l'on a à saisir le sens de ses propos. Car, si l'accusé en impose par sa fière allure, c'est un piètre orateur.

Certaine brièveté du langage militaire, qu'il a longtemps pratiqué, rend son élocution à la limite de l'intelligible. Le médecin se défend d'une voix basse, monotone. L'audience a beau être publique, on peut dire qu'il parle à huis clos avec la cour. Par bonheur, son défenseur donne de la voix pour deux ! »

Pour sa défense, le praticien avait fait appel à l'un des ténors du Barreau marseillais : Me Étienne de Baffeoli, célèbre pour sa crinière de lion et sa voix de trombone teintée d'un accent qui rappelait ses origines corses.

— Nous nous présentons devant vous sans peur et sans reproches ! avait solennellement déclaré l'avocat face au tribunal.

L'occasion était trop belle pour Auguste Robane, confrère de Raoul au *Petit Marseillais*, redoutable amateur de calembours, de lâcher :

— Voilà le chevalier Braillard !

Le banc de la presse parcouru d'un fou rire collectif récolta un coup d'œil furibond du président de la cour d'assises, M. Melchior Bouchet, un magistrat de cinquante-neuf ans, à la redoutable réputation. De haute taille, lui aussi, il portait sa toge écarlate bordée d'hermine comme si elle eût été accrochée à un portemanteau. Elle tombait sur son corps tel un rideau de théâtre où il aurait pu tenir le rôle de Savonarole. Son métier était vécu comme un sacerdoce au service exclusif du châtiment. On eût été à peine étonné de le voir tirer des plis pourpres de sa robe, l'épée flamboyante dont les primitifs siennois dotaient leurs légions d'archanges purificateurs. Son regard était farouche sous l'arc épais des sourcils blancs, assortis à une chevelure encore drue. Sa mâchoire équine lui avait valu de la part d'Auguste Robane le surnom de « Bouchet chevalin ».

On ne donnera pas ici les détails des débats. Ils se résumèrent à un affrontement technique entre les experts médicaux commis à l'autopsie ordonnée par le procureur de la République et la défense. Les jurés furent dépassés par le vocabulaire et l'argumentation des intervenants.

L'enjeu du procès était simple en apparence : le docteur Danglars avait-il ou non une responsabilité dans la mort de cette jeune patiente venue lui réclamer un avortement thérapeutique ? Personne ne répondit clairement. Les audiences ne furent qu'une suite de chicanes qui laissèrent, comme souvent, un goût d'inachevé.

Nous y verrons plus clair en reprenant certains passages des articles que Raoul Signoret signa dans *Le Petit Provençal*.

« Rappelons, écrivait le chroniqueur judiciaire, que le 14 août 1898, conduite en fiacre par un inconnu, Gabrielle Bartou consultait le docteur Danglars. L'homme en compagnie de qui était la jeune femme, selon les déclarations du cocher, n'avait pu être identifié. La malade était montée seule dans le cabinet du médecin. L'homme s'était borné à attendre son retour.

La consultation s'est donc déroulée sans témoins. Les seuls comptes rendus contradictoires que nous possédions sont la lettre d'accusation d'une morte et les déclarations d'un praticien qui nie être intervenu.

Ce dont on est sûr c'est que le soir du 14 août Gabrielle Bartou perdait du sang en abondance et faisait une fausse couche.

Le lendemain, se sentant plus malade, la malheureuse s'en ouvrit à sa patronne, Mme Hortense Chalifour. Celle-ci, affolée par l'état de sa femme de chambre, la fit admettre à la clinique Blanchard où elle est décédée le 7 octobre après avoir rédigé ce qu'il faut bien appeler son “acte d'accusation” contre le docteur Danglars. Témoignage terrible qui va peser lourd sur les débats, car on ne ment guère devant la mort. » (Article paru dans *Le Petit Provençal* du 9 mai 1899.)

Le 10 mai Raoul Signoret détaillait les arguments développés la veille :

« Au cours de l'audience de l'après-midi, on a pris

connaissance de diverses observations des plus intéressantes qui, sans infirmer la déposition *post mortem* de la jeune fille, sont de nature à modifier certaines certitudes ou du moins à jeter le trouble dans l'opinion des jurés, doute qui est toujours favorable à l'accusé. »

Raoul Signoret écrit alors cette phrase étonnante :

« Rien ne prouve que la pauvre fille ait succombé aux suites de l'avortement. »

« Les docteurs Tarnier et Brouardel, qui l'ont autopsiée, ont déclaré l'un et l'autre qu'elle était morte d'un kyste hydatique du foie ! »

Face à ce nom étrange dont il avait soigneusement noté l'orthographe prise dans le dossier de Me de Baffeoli, Raoul Signoret, avant d'écrire son article, était allé – sur les conseils d'Eugène Baruteau, son oncle – consulter un médecin spécialisé dans les maladies hépatiques.

— Va voir mon ami René Barone, lui avait dit le commissaire. C'est un chimiste de première et ici, à la Sûreté, on fait souvent appel à lui comme expert. Il a son cabinet Quai du Port à l'angle de la rue Juge-du-Palais.

Moyennant un peu de patience – le praticien était de l'espèce bavarde – le journaliste avait reçu un cours particulier qui le rendait désormais incollable sur le kyste hydatique depuis Cro Magnon. Il en avait fait profiter ses lecteurs. Ce qu'avaient dédaigné de faire en faveur des jurés les médecins témoignant devant la cour d'assises.

— C'est une belle saloperie, avait dit en préambule le docteur Barone, homme souriant et affable, doté d'un humour macabre, qui portait la calotte noire chère à Louis Pasteur.

À l'aide d'un manuel de parasitologie bourré de gravures horrifiques représentant des larves d'insectes démesurément grossies, des mandibules, bouches multiples, pinces articulées, suçoirs et valvules de cauchemar, le docteur Barone avait fait à Raoul un cours magistral, tout en se mettant à la portée du profane :

— Les larves de ce parasite se trouvent dans la terre ou dans l'herbe. Pour faire court : le mouton s'infecte en broutant. Il avale les hydatides – c'est le nom des larves – qui envahissent ses intestins. Les éleveurs ont la sale habitude de jeter les viscères des animaux abattus sans précaution. Les chiens s'en régalent. Pourtant, ils ne paraissent pas affectés par le parasite. Ne me demandez pas pourquoi. Je n'en sais rien. On dit que le chien est le vecteur de la maladie. Comme l'anophèle. Ce moustique vous refile le paludisme, mais lui s'en porte très bien.

Raoul Signoret prenait fébrilement des notes.

— Donc voilà notre chien contaminé. Il suffit qu'il vous lèche ou que vous caressiez son poil grouillant de larves et vous voilà *embarnissé*[1] à votre tour.

Le docteur Barone s'emballa :

— C'est pour cette raison que lorsque je vois des mémères à chiens-chiens se faire lécher la poire à longueur de journée par leur toutou, en tant qu'hygiéniste, j'ai envie de leur mettre mon pied au cul !

L'œil soudain allumé, le praticien avait précisé :

— D'autant que certaines, ce n'est pas seulement la figure qu'elles se font lécher...

1. Contaminé.

— Pas possible !

Barone avait eu un bref ricanement.

— Dans mon métier, on ne s'étonne de rien. Le chien est un animal qui fourre volontiers sa truffe au cœur du sujet, si j'ose dire.

Lancé dans sa réflexion, le docteur avait poursuivi dans la voie de la confidence :

— Vous savez peut-être, cher monsieur, que dans les édicules publics, dont nous devons l'usage à l'empereur Vespasien, certains déviants font tremper des morceaux de pain dans l'urine publique pour en faire leur petit frichti du soir ?

Raoul prit un air horrifié. Barone ne s'en émut pas et précisa :

— À l'heure tranquille où les bourgeois vont boire leur absinthe, ils s'en délectent secrètement. On les appelle *soupars* dans notre jargon. Si des gens comme ça existent, irait-on s'offusquer qu'une bonne femme un peu chaude de la cuisse aille se faire brouter par Médor ? Elle avait un chien, votre morte ?

— Ça ! Je n'en sais fichtre rien.

— Eh ! bien, il faudrait voir à s'en soucier. Parce qu'ils n'ont pas forcément tort, les légistes. L'hydatidose a peut-être fait plus de ravages chez cette petite que la canule d'Hyppolite Danglars.

— C'est donc une affection mortelle ?

— Tu parles ! On la découvre généralement trop tard. À l'occasion d'un autre examen, on s'aperçoit que le patient a le foie comme un cartable. La rupture du kyste est catastrophique : c'est la mort immédiate par choc anaphylactique.

Devant l'air dégoûté du journaliste le docteur Barone mit fin à ses explications :

— Ça vous suffit ?

— Plus qu'il ne m'en faut. Merci mille fois.

— Alors, saluez pour moi mon ami Eugène, votre oncle.

Le médecin raccompagna Raoul, non sans ajouter :

— Dites-lui que je l'attends toujours pour une prochaine partie de manille. La dernière fois, avec mon confrère Guilledoux, on lui a foutu une telle pâtée que je ne l'ai plus revu. Il vous l'a dit ?

Raoul prit la main que Barone lui tendait.

— Il m'avait caché ça, mais je ferai la commission.

Le journaliste avait quitté le praticien en se jurant de ne jamais céder aux désirs de sa fille Adèle qui réclamait « *un chien ou un petit frère* ». Il se décida ce jour-là pour la seconde partie de l'alternative. Face au danger, Cécile, sa femme, ferait certainement corps...

*

Dans son article du lendemain, après avoir fait profiter ses lecteurs de son savoir tout neuf en matière de parasitologie, Raoul Signoret reprenait à son compte les questions qui avaient dominé les débats.

« Les désordres qui ont suivi l'avortement de Gabrielle Bartou ont-ils déterminé la maladie de foie ou cette maladie préexistait-elle ? La réponse ne peut être formelle en raison de l'état d'avancée de la science médicale, mais il ne fait pas de doute que la brillante défense de Me de Baffeoli a marqué des points. »

« D'autant plus, poursuivait l'article, que quelques jours avant de mourir Gabrielle Bartou avait eu un ultime entretien avec le docteur Labbé, qui la soignait à la clinique Blanchard. Si elle avait formellement désigné le docteur Danglars comme l'homme à qui elle devait son état, en détaillant la manœuvre à laquelle il s'était livré sur elle, elle avait aussi confié être allée consulter auparavant une sage-femme.

"Je lui avais proposé vingt francs pour qu'elle me fasse avorter, mais elle a exigé deux cents francs. C'est pour cette raison que, sur les conseils de ma patronne, je suis allée trouver un vrai docteur."

La défense, par la voix de tonnerre de Me de Baffeoli, n'allait pas laisser passer l'occasion de fortifier son argumentation :

— N'y aurait-il pas eu chez une *faiseuse d'anges* [1] un commencement de processus d'expulsion, des manœuvres maladroites qui auraient déterminé l'avortement dont on voudrait aujourd'hui faire porter la responsabilité au docteur Danglars ?

L'interrogation était tombée dans un silence de plomb et la question posée par le défenseur résonnait encore dans toutes les têtes des personnes présentes, sans que personne n'ait pu porter la contradiction aux hypothèses de Me de Baffeoli. » (Article paru au *Petit Provençal* du 10 mai 1899.)

Interrogé, le docteur Danglars ne nia pas la visite de Gabrielle Bartou le 14 août. Il précisa même que cette visite avait été précédée de trois autres et qu'il avait reçu cent francs d'honoraires. Le reçu fut retrouvé durant l'enquête.

— Mlle Bartou est venue me consulter, dit le médecin, non pour que je la fisse avorter mais pour que je l'examinasse et qu'elle fût un peu rassurée.

1. Avorteuse.

— Que je l'examinasse, ou que je l'en débarrassasse ? *that is the question*, souffla le chroniqueur du *Petit Marseillais* à l'oreille de celui du *Petit Provençal*, en singeant les manières de Danglars.

Ceci eut pour effet de transformer un instant le banc de la presse en réunion de potaches en récréation. L'hilarité fut vite douchée par un nouveau froncement de sourcils du président Bouchet.

Pour le reste, le contenu du discours embrouillé et monotone de l'accusé échappa à la plupart des présents. Si bien qu'il faut se reporter à ce qu'en transcrit – en le mettant en forme – Raoul Signoret, pour ses lecteurs :

« "Dès la première minute, fait dire le journaliste au médecin, j'ai reconnu que les organes génitaux de la jeune fille présentaient des symptômes morbides pouvant, certes, provenir de son état de grossesse, mais aussi bien d'une maladie intérieure et antérieure. En conséquence, je m'abstins d'un examen approfondi et me contentai d'un examen aussi rapide que superficiel."

Une enquête serrée a porté sur les antécédents du praticien, concluait Raoul Signoret. Elle n'a rien produit de décisif. On s'était dit en effet : si le docteur Danglars est un *avorteur* de métier, on retrouvera bien chez lui quelque trace de la profession interlope qu'il exerce sous le couvert de la respectabilité. Ce fut en vain.

On a saisi toute sa correspondance professionnelle et privée. Là, on aurait trouvé "quelque chose". Parmi les centaines voire les milliers de lettres que le praticien avait conservées, dont certaines datent de l'époque où il était médecin militaire au Tonkin, on a relevé comme "bizarres" un peu plus d'une vingtaine d'entre elles. Ces correspondances renfermaient soit des demandes de consultations formulées dans un style plus ou moins "mystérieux", soit des renseignements intimes ayant trait à des grossesses pathologiques. Ces lettres prouvent-elles quelque chose ? Est-il un seul médecin qui ne pourrait en produire de semblables ? Croit-on le docteur Danglars assez sot ou étourdi pour conserver des traces écrites des avortements dont il aurait pu se rendre coupable ? Toutes ces lettres étaient signées, les adresses lisibles. L'accusation comme la défense ne pourront manquer lors d'une prochaine audience d'interroger les signataires qui ont été convoqués par la cour d'assises des Bouches-du-Rhône comme témoins. On murmure déjà que l'enquête faite à ce sujet détruit bien des présomptions, dissipe bien des "mystères". »

Mais un événement imprévu vint différer l'arrivée de la lumière promise.

« Sur un interrogatoire un peu poussé du président Bouchet, écrit Raoul Signoret, on vit le praticien tenter de répondre, pâlir, vouloir se dresser, ne pouvoir y parvenir et s'écrouler avec une sorte de râle sur les genoux, sa tête heurtant le rebord du box. L'assistance poussa un grand cri. On crut à une attaque cérébrale. Le docteur Danglars fut promptement évacué et conduit à l'hôpital de La Conception sous escorte. On le crut mort. Ce n'était qu'un gros malaise. On l'attribua à l'émotion, à la fatigue, à la tension et aussi à la honte qu'éprouvait un homme jusqu'ici irréprochable, traité comme le commun des délinquants. » (*Le Petit Provençal* du 13 mai 1899.)

Le procès fut donc arrêté et l'audience suivante remise *sine die*.

Comment à cet instant-là, Raoul Signoret aurait-il pu se douter que les causes du grave malaise éprouvé par le praticien étaient de tout autre nature ?... Et qu'il allait leur devoir de se lancer dans une aventure dont il était loin de soupçonner l'ampleur ?

6

Où la vacance du procès Danglars entraîne notre héros vers une enquête nouvelle qui lui fait aborder un monde inconnu de lui.

Les artichauts barigoule de la tante Thérèse avaient mis la famille d'excellente humeur. Le repas dominical chez les Baruteau tenait les promesses faites par l'oncle Eugène. Si un petit cigare était venu couronner les agapes familiales le commissaire se fût cru arrivé au paradis. Mais l'emphysème, allié à l'intransigeance conjugale de Mme Baruteau, avait banni de la maison les volutes bleutées des *puros*, naguère péché mignon du sous-chef de la Sûreté, quand il ne tétait pas le tuyau froid de sa *Peterson* de vieille bruyère dont il portait l'inconsolable deuil sur ordre de la Faculté.

À l'habitude, sa femme s'était surpassée en cuisine, atteignant au sublime avec une tarte aux figues dont le feuilleté arachnéen avait arraché des râles voluptueux aux convives. Entouré des êtres qu'il chérissait le plus : sa femme, Thérèse, sa sœur, Adrienne, son neveu Raoul et sa nièce Cécile, ainsi que l'adorable Adèle, leur fille, qui avait conféré au commissaire le statut de grand-père par procuration, rendaient le policier heureux comme un pape Borgia. La fillette avait fait de la terreur des voyous marseillais son esclave consentant et ravi. À preuve : présentement assise sur les genoux du policier – qui lui chatouillait la nuque avec « *sa moutace qui pique* », pour le seul plaisir d'entendre résonner le rire en grelot – Adèle badigeonnait consciencieusement le col de veste du policier de compote de figue dont elle avait les menottes enduites jusqu'au poignet.

Il avait fallu l'intervention combinée de Thérèse Baruteau et de Cécile, consciente de ses responsabilités de mère dans l'outrage perpétré sur des « habits du dimanche » de l'oncle Eugène, pour mettre fin au désastre.

Adèle – mains lavées – expédiée par Cécile vers une sieste obligatoire, les belles-sœurs parties en cuisine faire chauffer l'eau pour la vaisselle, l'oncle et le neveu se retrouvèrent en tête à tête au salon devant un marc égrappé de gigondas qui ne devait rien aux contributions indirectes et tout au savoir-faire du père Souchière, un vigneron ami du commissaire.

La conversation porta aussitôt sur les affaires en cours.

— Alors ! beau masque, dit l'oncle. Te voilà au chômage technique, comme on dit au théâtre ?

— Forcé, dit Raoul, puisque notre jeune premier s'est fait porter pâle. Je m'ennuie un peu. C'est calme, en ce moment. Vos amis les voyous, les beaux jours revenus, semblent être partis en villégiature. Il n'y a guère que sur le port que ça s'agite un peu. Nos braves ouvriers reprochent aux Kabyles, importés par les patrons marseillais pour briser les grèves, de venir « manger le pain des Français ». Mais ça, c'est le rayon de mon confrère Albano, pas le mien. Je n'ai pratiquement rien à faire, ce temps-ci. Vivement que Danglars soit sur pied.

— À propos ? Tu y crois, toi à son malaise en plein tribunal, ou bien il a fait ça pour gagner du temps ?

Raoul eut une moue :

— Si c'était volontaire, il joue bien. J'étais à guère plus de deux mètres de lui et je l'ai vu s'effondrer : il avait une tête à faire peur. Depuis un moment, sans raison particulière, il suait à grosses gouttes, il était encore plus jaunâtre que d'habitude, les yeux fixes, le regard perdu, les mains tremblantes, comme s'il faisait une crise de...

Le reporter chercha ses mots.

— De quoi ?

— De... je ne saurais dire. Une crise. Comme si...

Baruteau insista. Il observait son neveu comme s'il cherchait à deviner quelque chose sur ses traits :

— Comme quoi ?

— Comme rien... Une crise.

Une petite lumière clignota dans la tête de Raoul. Baruteau savait quelque chose que lui ignorait. Il voulut en avoir le cœur net.

— Vous le savez, *vous*, ce qu'il a eu Danglars ?

Le regard du policier se déroba. Il fit une réponse « à trois bandes[1] ».

— Même si je le savais, je ne pourrais pas te le dire. Ça relève de la vie privée. Rien à voir avec ton affaire d'avortement.

---

1. Terme de billard.

— À part ça, ironisa Raoul, vous ne savez rien !...

— Disons que je ne peux rien te dire et n'en parlons plus. Sinon pour te jurer que je ne te cache rien d'important pour le métier que tu fais. Même si je te disais ce que je crois savoir, tu ne pourrais pas en faire état sans tomber sous le coup de la loi.

Raoul asticota son oncle :

— Maintenant, vous en dites trop ou pas assez. C'est pas chic de ne pas faire confiance à son neveu chéri.

— Raoul ! gronda le commissaire. Ne fais pas ta *galine*[1] ! Tu ne m'auras pas. Disons pour couper court, que Danglars est malade.

— Grave ?

— On peut dire comme ça, éluda Baruteau.

— Alors, puisque c'est ainsi, j'ai droit à un lot de consolation ?

Le policier s'esclaffa :

— *Qué* maître chanteur, ce garçon ! Comme quand il était minot : (Il singea un Raoul de cinq ans) « Si je me tiens bien à table, j'aurai deux fois du dessert ? » Dire que c'est moi qui l'ai élevé !

Le journaliste s'était dressé pour prendre dans la poche de sa veste à califourchon sur le dossier d'une chaise de la salle à manger, un périodique qu'il déplia soigneusement. C'était un exemplaire récent du supplément illustré du *Petit Journal*, hebdomadaire à sensation, spécialisé dans le fait divers sanglant. Il faisait ses choux gras des crimes, attentats, scandales, calamités, accidents spectaculaires ayant

1. À l'origine, la galine, c'est la poule, en provençal. Ici, l'expression signifie faire du charme dans l'intention de tromper, faire l'âne pour avoir du son.

défrayé la chronique. Il les montait en épingle à l'aide de couvertures aux couleurs vives et aux titres accrocheurs. Le numéro que Raoul Signoret venait de déplier sous le nez d'Eugène Baruteau portait en bandeau et en lettres capitales :

UN VICE NOUVEAU
Les fumeries d'opium en France

On y voyait, mis en couleurs « exotiques » propres à attirer le chaland, un décor de chinoiseries tapissant une pièce éclairée de lanternes de papier diffusant une clarté tamisée, équipée de bat-flanc surmontés de coussins sur lesquels étaient à demi couchés ou allongés « à la romaine » des hommes et des femmes habillés à l'européenne, l'air absent, avec, en bouche, une longue pipe de bambou et d'autres carrément endormis sous l'effet de la drogue qu'ils venaient d'inhaler. Pour compléter le dépaysement, un serviteur « chinois » vêtu de soie rouge et noire, coiffé d'une calotte sombre, occupait le centre de l'image, seul personnage en mouvement dans cette assemblée de spectres muets et blêmes.

Le commissaire découvrant le sujet eut une sorte de bref mouvement de sursaut qui n'échappa pas à son neveu. Ses joues s'empourprèrent légèrement.

Raoul se rassit en face de lui, l'air innocent, et dit à son oncle :

— Il m'est venu une idée. Vous pouvez sans doute m'aider à la réaliser. Comme je suis actuellement payé à ne rien faire ou presque, je pourrais occuper mes loisirs forcés dans une autre enquête en attendant la reprise du procès Danglars. C'est en lisant cet article que le sujet s'est imposé. Écoutez.

Sans attendre l'assentiment de son oncle le reporter commença, en y mettant le ton :

« *Jusqu'à ces dernières années, un vice épouvantable, spécial aux peuples et aux habitants de l'Extrême-Orient, tend de plus en plus à se répandre en France où nous n'avons cependant guère besoin de cette nouvelle calamité. Il est important de la signaler à l'opinion publique et d'en montrer les dangers.* Le Petit Journal *ne pouvait manquer à ce devoir patriotique. Cherbourg, Toulon et d'autres villes du littoral méditerranéen, Paris, même, possèdent maintenant des fumeries d'opium qui se cachent encore, comme honteuses de leur existence sur notre sol. Ce vice, si dangereux pour la santé physique, morale et intellectuelle de notre race, a été importé en France par quelques fonctionnaires coloniaux qui l'ont pris à leurs administrés. Pour occuper leurs trop nombreux loisirs dans les postes lointains, ils ont pris peu à peu, par désœuvrement, l'habitude d'entrer dans ces repaires immondes où s'absorbent en fumée la folie et la mort. Dans les intervalles on voit les victimes de l'opium se traîner, le regard vague, éteint, la peau jaunâtre, comme séchée et collée aux pommettes des joues. L'heure du congé ayant sonné, on a espéré que le retour en France arrêterait l'œuvre du poison. Erreur !! L'habitude était invétérée. D'abominables mercantis qu'une loi sévère devrait pourchasser impitoyablement ne demandent qu'à l'encourager pour en tirer profit. De là l'ouverture de ces fumeries d'opium clandestines. Notre vieille race déjà si affaiblie avait bien besoin de ce vice nouveau*[1] *!* »

1. Ce texte est – bien évidemment – authentique.

Un lourd silence succéda à ces fortes paroles. Baruteau, qui n'avait dit mot, garda la tête baissée. Raoul observait sa réaction avec dans le regard un éclair de malice. Il ne parvenait pas à croiser les yeux de son oncle. Le reporter se félicitait *in petto* de son initiative. Lui seul savait pourquoi. Le commissaire semblait embarrassé, mais en vieux routier de la police qui avait eu affaire à plus retors que son jeune neveu, il posa une question dont on ne pouvait deviner l'intention sous-jacente :

— Où veux-tu en venir ?

« Touché... » songea Raoul pas mécontent de lui. Il prit son air le plus innocent pour expliquer :

— Je remarque dans cet article qu'il est fait allusion, je cite « *à Toulon et à d'autres villes du littoral méditerranéen* » mais bizarrement Marseille n'est pas mentionnée. Il m'étonnerait que notre ville échappe au phénomène.

Baruteau ricana :

— Moi également. J'en serais même le premier étonné.

— Il y a donc des fumeries d'opium aussi à Marseille ?

Le commissaire prit un ton de bouledogue :

— Raoul, arrête de te foutre de moi. Tu veux les adresses ? Les chiffres pour Toulon font état de six à sept cents fumeries plus ou moins importantes et plus ou moins clandestines. Marseille c'est quatre fois Toulon. Alors, fais tes comptes, tu auras une idée de l'ampleur du phénomène.

— Ne vous fâchez pas, mon oncle. Je me renseigne, car je voudrais savoir s'il y a vraiment matière à une belle enquête.

« Oh, le roué ! pensa Baruteau. Comme il sait

m'embobiner ! Il va maintenant prendre le ton du jeune journaliste affolé par la complexité de sa tâche qui a besoin de l'aide d'un guide sûr et bien informé des dangers courus dans la jungle où il va s'aventurer désarmé. »

Cela ne rata pas.

Raoul redevint le petit garçon d'antan, l'orphelin de père qui se réfugiait sous les moustaches avunculaires quand un orage de la vie le menaçait.

— Pourriez-vous me donner un coup de main ? C'est un monde où je ne connais personne et je ne pense pas pouvoir m'en sortir sans votre aide. Qui voir ?

Baruteau, désarmé par l'affection profonde qu'il portait à ce neveu, ce fils que la Nature lui avait refusé, se rendit sans résistance.

— Dis-moi ce que tu attends de moi.

— J'envisage de conduire l'enquête sur deux fronts : le trafic, dont je suppose que Marseille est l'une des plaques tournantes pour l'Europe et la consommation locale de l'opium.

— Ça me paraît une démarche logique.

Le policier ajouta aussitôt :

— Pour ce qui est de la réalité du trafic, je crois que tu devrais aller mettre un cierge à la Bonne Mère, parce que tu as le fondement bordé de médailles. Je t'explique. Nous donnons un coup de main aux douanes demain soir pour une opération montée à La Joliette. Sur renseignements, nous savons que le *Rangoon*, un *steamer* de la compagnie anglaise *Anchor Lines*, a dans ses cales de quoi alimenter une bonne partie des fumeries de Marseille. Quelqu'un va venir à un moment ou à un autre récupérer la marchandise avant l'appareillage du *Rangoon* qui file sur

Liverpool après son escale marseillaise. On va tâcher de les prendre en flagrant délit. Quand je dis « on », pas moi. C'est pas des heures pour un vieux commissaire emphysémateux. Ce sont les douanes qui dirigent la manœuvre. Moi, je me contente de prêter les renforts. Le directeur des douanes est un ami, Gabriel Di Domenico, tu te souviendras ? Contacte-le de ma part et dis-lui que tu voudrais bien prendre part à la petite réception de la nuit de lundi. Ça te fera des « Choses Vues » comme disait le père Hugo.

Raoul claironna :

— Bien chef ! Et pour la fumerie ? Je ne me vois pas arriver en disant : « Bonjour, je ne fume pas, mais c'est pour une petite visite, je fais un article. »

Baruteau réfléchit :

— Autant t'envoyer dans quelque chose de *urf*[1]. Évitons les bouis-bouis, même s'ils sont garants de pittoresque. Tiens, tu devrais aller au *Pavillon de la Prospérité Céleste*. Je vais t'y envoyer avec Quilghini, un de mes inspecteurs. C'est un habitué.

— Mais c'est un restaurant ! s'exclama Raoul.

Baruteau leva les bras au ciel :

— Oooooh ! *qué teste d'api*[2], mon neveu ! Tu crois quand même pas qu'ils alignent les pipes dans la devanture ? Ils ne se cachent guère, mais tout de même il faut respecter un minimum de protocole. Quilghini te présentera à M. Trân.

— De votre part ? hasarda Raoul.

— Et puis quoi ? Tu veux pas lui donner ma carte, pendant que tu y seras ?

— Mais, vous le connaissez ? insista le neveu.

---

1. De chic.
2. Quel étourneau, quelle tête folle.

— Dis-toi bien que je connais tout. Je suis l'homme le mieux informé de Marseille. Tout ! Et surtout ce qu'on veut me cacher.

— C'est pour moi que vous dites ça, mon oncle ?

Le policier lâcha entre ses dents :

— Entre autres.

Raoul préféra rompre :

— C'est le patron, M. Trân ?

— L'un des deux patrons. L'autre, tu le connais. C'est Corrado Migliacci, le tenancier du bordel que fréquentait le vicaire de Mazargues, tu te souviens ?

— Ah, le fameux *Coco* ! s'exclama Raoul. L'homme qui ne comprenait pas ce qu'un type qui n'avait jamais joué à la manille – moi – venait foutre dans son tripot. Il est en affaires avec votre M. Trân ?

— C'est son associé, comme il dit. Ainsi, *Coco* est maître des quatre points cardinaux de la tentation humaine : le ventre et la drogue au *Pavillon de la Prospérité Céleste*, le jeu et la chair dans son bordel de la rue Radeau.

Raoul s'étonna :

— Puisque vous savez tout ça, pourquoi ne les faites-vous pas boucler ?

Baruteau sourit :

— Mais bougre de fada, parce que si je faisais ça, je serais le roi des couillons. L'abcès de fixation, tu sais ce que c'est ?

Raoul opina.

— Les autorités appellent ça pompeusement le périmètre du vice. Je préfère savoir que chez *Coco* on fornique et on joue gros, que chez Trân on mange et on fume l'opium, que d'apprendre qu'en les faisant fermer j'ai contribué à faire ouvrir cinquante bordels clandestins éparpillés dans la ville et autant de fumeries incontrôlables. Ça demande pas un gros investissement, une fumerie. Un local, quatre coussins et cinq pipes en bambou et tu *fais la rue Michel*[1]. Pareil pour les bordels : trois paillasses et autant de radasses à allonger dessus et tes rentes sont assurées. Alors, je préfère que les choses se passent, sinon au grand jour, au moins à portée de main. Ça me permet de savoir où on en est.

Baruteau ajouta d'un air entendu :

— Sans compter que ça me donne certains moyens de pression sur ces messieurs, volontiers – comment dire ? – coopératifs quand ils savent que leur intérêt est en jeu.

Raoul tiqua :

— La morale, dans tout ça...

— Oh, la morale, mon neveu, je laisse ça aux curés et aux bonnes sœurs. Moi, je suis flic. Pas directeur de conscience. Je pose des digues pour éviter que ça déborde trop. Mais ne me demande pas de procéder au Jugement dernier à moi tout seul. L'homme étant ce qu'il est, il y a des tolérances à admettre comme un moindre mal. Si quelqu'un avait l'idée saugrenue de fermer un jour les maisons closes, tu verrais le pastis ! Il y aura bien un jour un *fadòli* pour interdire l'absinthe. Crois-tu que ça supprimera l'alcoolisme ? Alors, c'est pas parce que quelques snobs ou anciens des colonies vont tirer sur le bambou dans l'arrière-salle d'un restaurant chinois que je vais me lever le *mafre*[2] à leur courir après. C'est plus de mon âge.

---

1. Expression typiquement marseillaise signifiant « tu en vois le bout ».
2. M'épuiser.

Il lampa la dernière goutte de marc et s'étira. Le retour de ces dames mit fin au tête à tête.

Raoul Signoret en tira une étrange impression. En entraînant son oncle sur le terrain du trafic d'opium, il avait bien ressenti la réticence du commissaire à aborder le sujet. Lui-même ne l'avait pas mis sur le tapis sans arrière-pensée. La partie de chat et de souris qui venait d'avoir lieu prouvait qu'il y avait là *quelque chose* dont la portée et les intrications échappaient encore au journaliste, mais lui donnaient l'irrépressible envie d'aller y voir de plus près.

La question centrale était à cet instant : quel rapport pourrait-il y avoir entre le trafic d'opium... et le cas du docteur Danglars ?

A priori, aucun.

Pourtant, Raoul ne parvenait pas à les dissocier totalement. Qu'est-ce qui l'empêchait d'y parvenir ?

On pourrait appeler cela l'intuition... Ça ne s'explique pas.

7

Où une rencontre nocturne entre gabelous et contrebandiers transforme les quais de La Joliette en champ de bataille.

Qui aurait pu deviner que sous l'apparence de deux *pescadous*[1] casquette sur le crâne, assis au bord du quai au pied du phare Sainte-Marie, sentinelle à l'entrée du port de Marseille, se dissimulaient le directeur de la brigade d'intervention des Douanes, M. Paul Toulouse, et le chroniqueur judiciaire du *Petit Provençal*, Raoul Signoret ?

La nuit de mai était douce, les quais de La Joliette, endormis et déserts après la formidable activité de la journée. La lune, à son dernier quartier, éclairait les docks et les quais comme un projecteur de théâtre. Cependant, les milliers de tonnes de marchandises en vrac arrivées du bout de la terre, entreposées à même les quais, ménageaient suffisamment de zones d'ombre pour favoriser les activités clandestines d'un peuple de la nuit qui venait régulièrement piller ce

1. Pêcheurs à la ligne.

garde-manger de l'Europe. Il eût fallu une armée en ordre de campagne pour surveiller les kilomètres de quais et de darses. Si bien que les services des Douanes en étaient réduits, faute de moyens, à des actions ponctuelles comme celle qui se préparait pour cette nuit.

— Voyez-vous, cher monsieur, chuchotait le chef de la brigade d'intervention – petit homme vif et souriant – à l'oreille de Raoul, tout en fixant à son hameçon une *esque*[1] comme on prépare un alibi, notre métier demande à la fois la patience du pêcheur et la résistance du veilleur de nuit.

Raoul venait par inadvertance de ferrer une *saupe*[2] probablement suicidaire, car il n'avait appâté qu'à la mie de pain. Il se souciait peu d'exploits halieutiques au moment où il allait être témoin d'un flagrant délit entre trafiquants de drogue en douaniers maritimes. Tout en relançant sa ligne pour donner le change à d'éventuels guetteurs, il demanda :

— En principe, ça va se passer comment ?

Paul Toulouse jeta un œil à la silhouette sombre du *Rangoon*. Le *steamer* anglais était amarré dans la partie-sud du bassin de La Joliette, pratiquement au débouché du canal qui, longeant le fort Saint-Jean, reliait le nouveau port à l'antique Lacydon, berceau de la ville. Le chef-douanier expliqua :

— Ils n'ont pas trente-six façons de procéder. En principe, les « réceptionnistes », appelons-les ainsi, évitent de se montrer en plein jour, à moins qu'ils soient certains de l'infaillibilité de leurs caches. De

1. Petit ver servant d'appât.
2. Poisson herbivore caractérisé par une douzaine de bandes horizontales d'un jaune doré.

jour, ils risqueraient de se faire repérer par les dockers, très jaloux de leur monopole corporatif et qui craignent toujours la présence de « jaunes » embauchés par les acconiers pour leur « casser le travail ». Bien sûr, les trafiquants peuvent avoir des complices au sein même des dockers. Mais il faut acheter leur discrétion... Ils attendent la nuit, où tous les chats sont gris – Dieu sait s'ils pullulent sur les quais de La Joliette ! Ils ont des passeurs à bord du bateau, recrutés parmi l'équipage, qui leur refilent discrètement leurs colis au moment de l'appareillage en les balançant à la mer. Ainsi, s'il y a du pet, ils ne se découvrent pas. La marchandise est perdue, mais elle n'est à personne. Si la voie est libre, il ne reste plus qu'à venir – souvent en barque – repêcher les colis et ni vu ni connu je t'embrouille.

Raoul demanda, intrigué :

— Mais, ils ne vont pas au fond, les colis ? Paul Toulouse sourit :

— Vous connaissez certainement le bambou, monsieur Signoret. C'est une merveille, le bambou : on en mange les pousses, on en fait des meubles, des instruments de musique, on en bâtit des maisons et des ponts et ?...

— Et ?

— Et on en fait des flotteurs ! Les paquets, emballés dans des toiles imperméables, restent bien sagement dans les eaux tranquilles du port jusqu'à ce que quelqu'un vienne les harponner avec le *gantchou*, ce solide crochet de fer qui sert au docker à accrocher les colis par leurs liens et à les hisser sur son échine.

— Pas bête. Vous croyez qu'on va voir ça ?

— Si la marchandise n'est pas déjà passée cet après-midi sous notre nez, dans des caches encore inconnues de nous, ça se pourrait bien. On ne peut être sûr de rien. Si ça se trouve, la drogue est déjà dans les pipes des fumeries marseillaises. Mais si elle est encore là, nous l'*aganterons*[1] au passage. Le *Rangoon* appareille pour Liverpool à deux heures du matin. D'ailleurs, vous avez pu voir que ça s'agite depuis un moment sur le pont et on entend d'ici les chaudières monter en pression. Si au moment de l'appareillage vous le voyez lâcher des crottes comme un bestiau qui se soulage, c'est qu'il y aura du grain à moudre pour la douane. Encore un peu de patience.

Paul Toulouse donna un coup de coude au journaliste.

— Tâchez de vous pêcher une bouillabaisse, entretemps, vous aurez fait d'une pierre deux coups !

Raoul Signoret eut une moue de dégoût :

— On me paierait cher pour manger de ce poisson-là, même vacciné. Qu'est-ce que ça pue, un port marchand !

— Pourtant, toutes les nuits, comme vous le voyez, la Grande Jetée du large, derrière nous, est remplie de *pescadous*. Et ils mangent le produit de leur pêche.

Le journaliste ricana doucement :

— Vous ne parlez que des survivants ! Les autres ne sont pas venus vous dire où ils étaient passés.

— Bah, dit Paul Toulouse, philosophe, lors de la Grande Peste de 1720, on a parlé de 50 000 morts. Un Marseillais sur deux, d'accord. Mais l'autre moitié a survécu !

Raoul désigna les silhouettes de pêcheurs que l'on devinait le long de la digue du large.

---

1. Du provençal *aganta* : attraper, saisir.

— Alors, ça doit être leurs descendants, qu'on aperçoit là-bas.

— Pas tous, objecta le chef-douanier. J'ai placé sur la digue, parmi les vrais pêcheurs, des hommes à moi équipés de cannes comme les nôtres. Ils n'attendent qu'un coup du sifflet que j'ai là dans ma poche de veste pour sauter dans une barque et troquer leur ligne contre leur arme de service. Les policiers que m'a prêtés votre oncle sont disséminés vers le fort Saint-Jean, dans des bateaux amarrés le long du canal, dans les hangars qui flanquent le bassin au pied de la cathédrale, où ils ont rejoint d'autres douaniers. Les faux *pescadous* serviront de relais entre les groupes.

— Comment cela va-t-il se passer ?

— Tout dépend de la façon dont ceux qui réceptionnent la drogue vont eux-mêmes procéder. S'ils arrivent par les quais, ce sont les hommes cachés dans les hangars qui agiront les premiers. S'ils viennent par la mer – c'est-à-dire en barque – alors les policiers entreront d'abord en action. Le bassin de La Joliette est cerné.

Raoul Signoret parcourut du regard les quais, au-dessus desquels se découpaient en ombres chinoises les bulbes néo-byzantins de Sainte-Marie majeure.

— Les silhouettes que l'on distingue sur l'esplanade de la cathédrale sont-elles aussi des gens à vous ?

— Je l'espère, répondit le douanier. Mais il y a peut-être bien aussi des gens *à eux* ! Rien ne dit que parmi les pêcheurs à la ligne, il ne se trouve pas quelques guetteurs des trafiquants chargés de sonner la retraite s'ils nous repèrent !

L'heure de l'appareillage du *Rangoon* approchait.

On entendait des ordres en anglais parcourir le pont du *steamer* tandis qu'un remorqueur de la Compagnie Chambon, *Le Moko III,* empanaché de noir s'approchait en haletant. Deux marins du *Rangoon,* penchés sur la proue, passèrent par-dessus bord un énorme câble qui projeta une gerbe d'écume en heurtant la surface de l'eau noire. À l'aide d'une gaffe, l'équipage du remorqueur harponna la boucle de l'amarre et l'accrocha à l'arrière, tandis que *Le Moko III* manœuvrait pour se placer devant la proue du *Rangoon*.

Le chef-douanier posa sa canne.

— Ça ne va pas tarder. Ouvrez bien les yeux.

Raoul vit l'amarre qui reliait le *steamer* au remorqueur se tendre. L'appareillage était imminent. Paul Toulouse avait saisi une petite paire de jumelles et il commenta à voix basse :

— Ah ! ça bouge du côté de la jetée du large. On replie les cannes et on range les pliants. Comme je n'ai pas sifflé, ce ne sont pas des types à moi. Laissons-les faire, pour l'instant.

Des ombres furtives bougeaient au pied de la muraille qui fermait le bassin du côté du large. On les vit se diriger vers le *Ville-de-La-Ciotat,* paquebot des Messageries Maritimes amarré parallèlement à la grande jetée. Ils disparurent happés par l'ombre de la coque. Le douanier fit un mouvement panoramique vers les quais qui faisaient face au pied de la cathédrale.

— Ça bouge par là aussi. Oh, oh ! Le comité d'accueil est imposant, cette nuit. Il doit y avoir du biscuit. Attention ! C'est là que les Athéniens s'atteignirent.

Comme si la plaisanterie du chef-douanier avait

donné le signal à un ballet nocturne bien réglé, on vit dans la clarté lunaire deux *pointus* se détacher de l'ombre du *Ville-de-La-Ciotat* où ils avaient probablement été dissimulés à l'avance. À bord de chacun d'eux on distinguait quatre ou cinq silhouettes, les unes équipées de gaffes, les autres maniant les rames. Les embarcations se dirigeaient droit vers l'arrière du *Rangoon* dont les matelots détachaient une à une les amarres. Devant lui *Le Moko III*, tel un cheval impatient de s'élancer, brassait la mer de ses puissantes hélices. Le câble de remorque était à présent tendu, mais le *steamer* demeurait encore immobile.

C'est alors qu'on vit plusieurs silhouettes se mouvoir à la poupe du navire. Aussitôt une quinzaine de colis d'assez forte taille passèrent par-dessus le bastingage et amerrirent avec un grand *plouf* gerbe d'écume. Comme si le bruit des plongeons avait constitué un signal, d'autres ombres convergeaient à présent vers le quai que le *Rangoon* s'apprêtait à quitter.

Le douanier passa ses jumelles au journaliste.

— Voilà le comité d'accueil terrestre. Il y a sans doute trop de marchandise pour embarquer tout à bord des *pointus*. Ils vont repêcher les colis et les passer à ceux qui sont à terre. Regardez : ils sont au moins une vingtaine à arriver par le quai.

Plusieurs colis, harponnés par les *gantchous* chers aux dockers, avaient déjà été remontés à bord des barquettes et les rameurs manœuvraient pour gagner le quai où d'autres hommes, eux aussi équipés de crochets, s'apprêtaient à les hisser à terre.

Paul Toulouse jugea le moment de l'assaut venu. Deux coups de sifflet déchirèrent le calme de la nuit et ce fut la ruée. Douaniers et policiers, bondissant de leurs cachettes, surgissaient et convergeaient vers les trafiquants dont certains avaient déjà hissé sur leur dos un colis. Des cris de rage, des insultes, des ordres brefs se mêlaient au bruit de la cavalcade, tandis que des bateaux de la douane s'approchaient à leur tour pour cerner les deux *pointus* pris comme dans une nasse, la seule sortie du bassin étant déjà barrée par les douaniers.

L'appareillage du *Rangoon* en avait été retardé et le *steamer* se trouvait toujours à quai. On voyait les silhouettes des marins anglais se détacher sur le pont supérieur, venus pour suivre le spectacle imprévu qui se déployait sous leurs yeux. Des cris, des injures proférées dans un idiome méconnu, des encouragements, comme lors d'une compétition sportive tombaient sur les deux camps qui venaient de transformer les quais en terrain de rugby. La mêlée était sévère au bord du bassin et on ne distinguait plus guère assaillants et assaillis.

C'est en effet à terre que les choses se corsaient. Si quelques-uns des trafiquants, lâchant leur fardeau pour mieux courir, avaient fui au premier instant, d'autres furent vite coincés par des renforts de douaniers arrivés des hangars où ils s'étaient tenus cachés. Un dernier groupe enfin, perdu pour perdu, faisait face crânement, peu décidé à se laisser poisser en flagrant délit. Les coups pleuvaient, les cris de douleur fusaient. Aux ordres – « Rendez-vous, vous êtes cernés ! » – répliquaient les menaces ordurières – « allez tous vous faire enc... ! et venez nous chercher si vous avez des couilles ! »

Malgré les consignes de Paul Toulouse, Raoul Signoret avait bondi sur ses pieds au premier échange, sauté en compagnie du chef de brigade dans la barquette amarrée au pied du phare et tous deux ramaient comme des forcenés pour traverser le bassin au plus vite.

Le douanier avait le souffle court.

— Merci de m'aider, mais une fois à quai restez en dehors de ça.

« Cause toujours », songeait Raoul.

Les deux hommes sautèrent à terre à la poupe du *Rangoon* et malgré les ordres de Paul Toulouse le journaliste fut le premier à entrer dans la mêlée. Évitant avec souplesse le coup de gaffe que lui destinait un trafiquant, pivotant sur lui-même, il lui décocha un *revers jambe arrière* en pleine poitrine, qui priva aussitôt le camp des contrebandiers de l'un de ses meilleurs défenseurs.

Affolé, le chef des douaniers, qui se tenait prudemment à distance, hurlait par-dessus le tumulte :

— Monsieur Signoret, je vous en prie ne vous mêlez pas de ça ! Vous allez prendre un mauvais coup !

Raoul, échauffé par les premiers échanges, était devenu sourd à la raison. Déjà, il cherchait de nouveaux adversaires, quand un coup de feu éclata non loin de lui. Il vit un douanier à terre et un homme debout face à lui, un colosse, se tenir le bras gauche à la hauteur de l'épaule d'où s'échappait du sang entre ses doigts. L'agresseur tenait en main le *gantchou*, cet outil qui peut devenir une arme redoutable entre les mains de celui qui veut tuer. Il était visible que c'était l'intention de l'homme – un docker – rendu fou furieux par sa blessure. Le douanier s'était affolé. Apercevant au-dessus de lui le crochet brandi dont il connaissait la dangerosité, il avait sorti son arme de service et fait feu au jugé. Sa chute lui avait fait lâcher son revolver et il se trouvait à la merci de l'homme qu'il venait de blesser.

— Laisse-le ! hurla Raoul avec l'espoir de détourner le docker de son œuvre de mort.

Le colosse ne tourna même pas la tête. Il continuait à fixer sa proie à terre avec des yeux fous.

Au-dessus des deux hommes l'immense carène noire du *Rangoon* commençait à se détacher imperceptiblement du quai. Ce qui se passait chez les *frenchies* ne concernait pas le commandant du *steamer* de l'*Anchor Lines*. De la drogue à bord de son bateau ? Quelle drogue ? De l'opium ? Où ? On pouvait fouiller le navire de la cale au mât, on n'en trouverait pas de quoi remplir un fourneau de pipe !

Raoul défia le docker :

— Arrête ! Bats-toi avec moi, si tu es un homme.

L'homme pivota sur lui-même et fixa Raoul de son regard de mort. Du sang poissait la manche de sa veste en bleu de Shanghai. La coque du *steamer* halée par *Le Moko III* continuait de glisser lentement le long du quai. La poupe arrivait à hauteur des deux adversaires et l'on entendait déjà l'hélice brasser l'eau fétide du port, tandis que sur le quai une mêlée confuse continuait à opposer douaniers et contrebandiers à l'avantage des premiers. Plus nombreux, ils enserraient peu à peu leurs proies dans une nasse humaine.

Raoul Signoret aperçut la pointe terrible du crochet s'élever au-dessus de sa tête. Bien que handicapé, le bras du colosse s'abattit très vite et le coup passa si près que le journaliste perçut le sifflement du métal à son oreille. Mais, d'une brusque flexion du tronc, il avait paré le choc et, se laissant choir sur le dos, il avait depuis le sol procédé à un violent *balayage* des jambes de son adversaire. Celui-ci, perdant l'équilibre, partit en arrière comme un tronc qui s'abat. Emportée par sa chute, la brute bascula dans l'eau noire à l'instant où l'hélice du *steamer* arrivait à sa hauteur. Le hurlement qu'il poussa fut bref, interrompu par le hachoir géant qui le trancha par le milieu dans un horrible bouillonnement rosâtre. La pale meurtrière poursuivant sa rotation rejeta sur le quai une partie du tronc, qui s'abattit sur le quai avec un bruit mou, telle une pièce de boucherie. Une jambe lui était encore attachée. Horrifié par la vision, Raoul Signoret ne s'attarda pas à savoir s'il s'agissait de la droite ou de la gauche.

Comme s'ils avaient sidéré l'ensemble des combattants, l'irruption de ces débris humains sur le champ de bataille marqua l'arrêt des combats. Les contrebandiers levaient les mains, lâchaient gaffes et crochets, tandis qu'accouraient les derniers renforts policiers, comme pour parachever leur déroute.

Leur chef, resté à prudente distance, estimait pouvoir à présent recueillir sa part de lauriers, tout en s'inquiétant :

— Vous n'avez rien monsieur Signoret, vous n'avez rien ?

Raoul se releva en s'époussetant :

— Tout va bien. Juste un peu le coude meurtri, ce n'est rien.

— En tout cas, bravo pour vos réflexes. Vous êtes un vrai *sportman* !

— Dix ans de pratique assidue de la boxe française, dit Raoul qui cherchait sa casquette, perdue dans la bagarre. Ça m'a déjà été plus d'une fois utile.

Douaniers et policiers regroupaient sans ménagement les contrebandiers. On entendait cliqueter des menottes et proférer des menaces. À la lueur de lanternes on procédait à une sommaire identification. Ils étaient treize à s'être fait pincer. Parmi eux, quatre dockers que les douaniers connaissaient déjà, des récidivistes de l'action illégale, à qui on promettait des jours difficiles côté emploi à la sortie de prison. Figuraient aussi plusieurs Asiatiques, probablement des hommes appartenant aux divers réseaux d'« importateurs ». Munis de gaffes, d'autres douaniers, à bord de barques, halaient à terre les colis qui flottaient encore, que le départ du *Rangoon* avait repoussés vers le milieu du bassin.

— Vous intéresserait-il de savoir ce qu'ils ont dans le ventre ? demanda Paul Toulouse au journaliste en s'approchant d'un colis dégoulinant.

— Ça compléterait mon information.

Le chef-douanier s'empara d'un *gantchou* qui gisait sur le quai et éventra le paquet.

— Avez-vous déjà mangé de l'ananas, monsieur Signoret ?

— Jamais frais, rarement en boîte, car la conserve lui donne un goût de ferraille qui ne m'*agrade*[1] guère, pourquoi ?

— Parce que je suis certain que vous n'en avez jamais goûté de pareils.

Le colis, sa protection de caoutchouc ôtée, enveloppait une caisse en bois à laquelle étaient fixés des

1. Du verbe provençal *agrada*, agréer, plaire.

bambous servant de flotteurs. On pouvait lire en lettres rouges :

Red Buddha pineapples
product of Malaysia.

Paul Toulouse avait transformé le *gantchou* en ouvre-boîtes et desserti une partie du couvercle de fer-blanc. Il mit la boîte de conserve sous le nez du journaliste. Il s'en éleva une odeur âcre qui n'avait rien à voir avec celle de l'ananas, fût-il ferrugineux.

— Voilà ce que les prostituées appellent la *confiture*, dit le douanier en chef. Drôle de confiture pour les grands enfants gourmands de voyages au pays des songes.

À la lueur d'une lanterne Raoul jeta un œil sur le contenu. Il aperçut une pâte noirâtre, épaisse, goudronneuse qui dégageait des senteurs acides.

— Si vous n'en aviez jamais vu, dit Paul Toulouse, voilà de l'opium brut. C'est le latex du pavot dont la couleur s'oxyde au contact de l'air.

Il jeta un coup d'œil aux colis que les douaniers chargeaient vers des fourgons qui venaient d'arriver :

— Il y a là de quoi intoxiquer bon nombre d'amateurs marseillais en ramassant au passage plusieurs centaines de milliers de francs-or.

— Vous en faites quoi ?

— Rassurez-vous, on ne le fume pas ! Nous le brûlons, tout simplement. Mais c'est le Tonneau des Danaïdes. Demain, après-demain, d'autres bateaux accosteront avec leur cargaison de mort dont la majeure partie nous échappera. Vous comprenez bien que je n'ai pas les moyens d'organiser un comité de réception toutes les nuits. D'autant plus que c'est souvent l'administration coloniale française qui est le principal fournisseur des trafiquants. Alors, je ne vais pas me tuer à la tâche.

Raoul ironisa :

— Je me mets à votre place ! Mais tout de même, si on renforçait la surveillance, si la drogue ne pouvait pas être débarquée dans les ports d'Europe, le trafic cesserait, non ?

Le chef-douanier s'exclama :

— Pensez-vous ! Les trafiquants se débrouilleraient pour passer ailleurs. Ils inventeraient d'autres astuces pour cacher la marchandise. Il y a trop d'argent en jeu. Ça ne cessera jamais. Allez ! La récolte a été bonne. Ça suffit pour ce soir !

Il consulta sa montre.

— Pour ce matin, devrais-je dire. Il est deux heures trente ! L'amant de ma femme va encore être obligé de se lever tôt. La vôtre, elle le prend comment quand vous découchez ?

— Elle en profite pour occuper toute la place dans le lit conjugal, répondit Raoul. Pour ne pas la réveiller, j'en suis réduit à finir la nuit sur la *radassière*[1] de la salle à manger.

1. Canapé provençal paillé de style Louis XV, très élégant mais particulièrement inconfortable.

8

Où notre héros subit les conséquences de s'être montré trop curieux avec des gens qui ont horreur qu'on se mêle de leurs affaires.

— Eh, bien dis donc ! Toi au moins, quand tu fais une enquête, ça fait du bruit dans Marseille !

— Ne m'en parlez pas, mon oncle, dit la voix de Raoul au bout du fil. Je suis furieux. On m'a coincé au journal. Dès qu'ils ont appris que j'avais participé au comité de réception du *Rangoon*, ils ont tout de suite exigé un article pour l'édition de demain. Ce qui fait que ce que j'envisageais comme une enquête de fond sur le trafic d'opium à Marseille, devient un fait divers. C'est du gaspillage. En plus, mon confrère Albano me fait la gueule, parce que je piétine ses plates-bandes.

Baruteau s'esclaffa :

— Aussi ! ça t'apprendra à transformer les dockers en viande hachée. Ça fait un raffut pas possible, cette histoire.

— Légitime défense, patron ! J'ai des témoins et pas des moindres.

— Je sais. C'est un accident malheureux. Il n'empêche qu'une information va être ouverte. On n'y coupe pas. Si chaque fois que tu te mêles d'une enquête tu sèmes les macchabées partout, comment veux-tu que je m'en sorte, moi ? En plus, on a eu droit à une délégation de dockers au Commissariat central, réclamant la punition du coupable. Et tu les connais...

— S'il y a un coupable, dans l'affaire, objecta le journaliste, c'est tout de même celui qui, profitant de son métier, arrondissait ses fins de mois dans le trafic d'opium après les heures de bureau et à l'occasion tentait de fracasser le crâne d'un coup de *gantchou* de ceux qui y voyaient à redire.

— Tu as raison, *Garri*. Je disais ça juste pour t'asticoter. Parce qu'une fois de plus, quand j'ai vu ton nom mêlé à ça, tu m'as encore pris dix ans de ma vie. Avec tout ce que tu m'as fait voir, depuis que tu es petit – et encore plus depuis que tu es grand – je devrais être mort depuis quarante ans au moins !

Raoul ricana :

— Ça vous maintient en forme, mon oncle. Et ça vous interdit de mourir un jour. Il faut que vous continuiez à rattraper mes bêtises jusqu'à ce que j'aie l'âge de la retraite !

L'oncle et le neveu raccrochèrent en riant en écho.

*

Si les événements de la nuit s'étaient déroulés trop tardivement pour être exploités par les journaux marseillais du matin, en revanche, ceux de l'après-midi : *Le Soleil, Le Radical, Marseille-Soir,* faisaient leurs gros titres sur l'échauffourée qui avait opposé trafiquants et douaniers, mais également sur l'importante saisie d'opium opérée « *grâce à une opération d'envergure contre un trafic dont Marseille a fait – hélas ! – une de ses tristes spécialités* », écrivait *Le Soleil*.

Le Petit Provençal ne voulait pas laisser passer l'aubaine d'avoir eu – grâce à l'initiative de l'un de ses journalistes – un reporter aux premières loges de l'événement. Auguste Clérissy, le patron de la rédaction, avait « oublié » l'incident qui l'avait opposé à Raoul à l'occasion de l'exécution de l'anarchiste Berano et « *mon cher Signoret* » était rentré en grâce. Clérissy avait offert une boîte de somptueux cigares cubains *Cabanas y Carbajal* à un journaliste qui n'avait jamais fumé de sa vie, geste qui lui avait évité de le proposer pour une augmentation.

Cette notoriété soudaine ne faisait pas l'affaire de Raoul qui eût préféré poursuivre son enquête dans la discrétion pour mieux aborder le volet « fumeries clandestines d'opium à Marseille » sans avoir alerté les populations. C'était mal parti. Le jeune journaliste n'ayant pas un tempérament d'histrion ne décolérait pas de cette intempestive « réclame ». Sans compter qu'en le montant ainsi en épingle la rédaction en chef mettait son collaborateur en danger, l'offrant comme cible privilégiée à ceux – dockers véreux ou trafiquants avérés – soucieux de lui faire payer la mort d'Eugène Maschino, celui qui avait fini sa vie de voyou débité comme une bête d'abattoir par l'hélice du *Rangoon*.

Cela ne tarda pas. Dès le lendemain, les lettres anonymes contenant de claires menaces de mort encombraient le casier du reporter au siège du *Petit*

Provençal. Pour ne pas ajouter à ses soucis, Raoul s'abstint d'en informer son oncle, mais sa canne-épée – celle qui lui avait sauvé la vie lors de son tête-à-tête mortel avec le tueur envoyé par Momond Graziani, le barbeau qu'il avait privé de son gagne-pain, en arrachant de ses griffes sa « protégée » – avait repris du service. Le reporter ne se déplaçait plus sans elle. À plusieurs reprises, il eut la claire impression d'être suivi sur le trajet qui menait à son domicile, place de Lenche. Il est vrai que nombre de voyous étaient ses voisins dans ces Vieux-Quartiers où, depuis leur fondation, la pègre et les honnêtes gens, travailleurs du port pour la majorité, vivaient dans une sorte de communauté de fait. Chacun n'ignorait rien des activités de l'autre, mais personne ne se mêlait de ce qui ne le regardait pas.

Le reporter ne rentrait plus chez lui sans une halte au *Bar de la Place*, au rez-de-chaussée de son immeuble, afin de s'assurer, feignant d'être absorbé par la lecture des journaux du soir, qu'aucune silhouette inconnue ou inquiétante ne traînait dans les environs.

Ce qui n'empêcha pas une nuit où la rédaction d'un article l'avait retenu tardivement au journal d'entendre siffler à ses oreilles le couteau qu'une main adroite venait de lancer dans le bois de la porte d'entrée au moment où Raoul fourrageait de sa clef une serrure aussi imposante que rétive. Le reporter eut à peine le temps de voir une silhouette s'évanouir à l'angle de la Montée des Accoules, et une galopade s'éloigner. Inutile de la poursuivre. Dans le lacis du Vieux-Marseille, il n'avait aucune chance de rejoindre son agresseur.

Le papier plié en quatre, suspendu au manche de bois du couteau par un lien, prouvait deux choses : que le lanceur était de première force et qu'on n'avait pas voulu le tuer. Pour l'instant. Le court message qu'il venait livrer au destinataire le confirmait :

1er et dernier avertisemant.
Mèle-toi de tes affair

L'orthographe était fluctuante, l'écriture malhabile, mais le propos clair et l'intention précise.

Tout en mettant machinalement le carré de papier dans sa poche et en détachant la lame profondément enfoncée dans le bois de la porte, Raoul Signoret réfléchissait. L'attentat ne faisait aucune allusion au docker mort. La menace venait probablement des trafiquants d'opium. La constatation, au lieu de l'effrayer, le conforta dans son intention de poursuivre l'enquête jusqu'au bout.

Raoul se recomposa un maintien habituel avant d'entrer à pas de loup dans l'appartement. Cécile, à son habitude, l'attendait en lisant un des volumes de la série des *Rougon-Macquart*, d'Émile Zola, dont elle s'était fait offrir l'intégrale – c'était *Au bonheur des dames*, ce soir-là, titre qui donna à son époux l'idée de démontrer par l'exemple à sa bien-aimée qu'on ne le dénichait pas seulement dans les grands magasins, ce bonheur promis...

Une dizaine de jours plus tard, toujours au cours d'une soirée bien avancée, Raoul fut abordé dans la rue Caisserie par trois hommes apparemment éméchés qui, sous prétexte de lui demander du feu, l'entourèrent, bientôt menaçants. La rue était déserte à cette heure tardive. L'un des agresseurs réussit à ceinturer Raoul et les deux autres s'apprêtaient à lui « filer la rouste de sa vie en souvenir d'Eugène Maschino », pour transcrire les propres termes de leur menace. Mais l'ami du docker défunt, croyant immobiliser le journaliste dans ses bras en étau, ne se rendait pas compte qu'il constituait un excellent point d'appui pour un homme rompu aux sports de combat. Plus il serrait le torse de son adversaire, plus Raoul pouvait s'appuyer sur lui pour replier ses jambes et les lancer en même temps comme deux puissants ressorts. Les semelles du reporter finirent leur trajectoire dans la face de ses agresseurs, qui, les poings tout faits, furent tellement surpris de se retrouver si vite le nez en sang, quelques dents en moins, sur le cul à même le pavé, que l'homme-étau lui-même en lâcha sa proie et partit à son tour en arrière. Déjà, Raoul se mettait en garde et il n'eut qu'à montrer la dague d'acier cachée dans sa canne d'ébène pour que le combat cessât faute de combattants.

Magnanime, le reporter feignit de n'avoir pas entendu les insultes et menaces avec promesse de retour en force dont ses agresseurs – reculant la queue basse – l'abreuvèrent copieusement jusqu'à ce que la rue de l'Évêché les avale dans sa bouche sombre.

Cécile, attirée par les cris, telle Juliette à son balcon, applaudissait à tout rompre son Roméo, tandis que celui-ci saluait son chapeau à la main comme un acteur au moment des rappels.

On ne sut ni par qui, ni comment, Eugène Baruteau eut vent des menaces qui pesaient sur son neveu. À l'occasion d'une visite de ce dernier au Commissariat, au prétexte que le chef-adjoint de la Sûreté voulait lui apprendre que l'enquête préliminaire ouverte à la suite de la mort du docker-trafiquant allait être classée « sans suite » par le procureur de la République, le policier exigea que Cécile et leur fille Adèle fussent mises à l'abri jusqu'à ce que l'affaire se calme.

Le commissaire donna ses raisons :

— Je les connais. Courageux mais pas téméraires. S'ils te trouvent trop « dur à cuire », ils s'en prendront à ta femme ou à ta gosse. N'oublie jamais que ceux que l'on nomme « les durs » ne sont le plus souvent que des lâches. Ils n'attaquent que s'ils sont sûrs de gagner. Ce sont des gens sans honneur. Tu sais ? « L'honneur du Milieu », dont ils ont plein la bouche. Ça n'existe pas. Non seulement ils se dénoncent entre eux, ils sont sans parole, mais ils ne reculent devant aucune bassesse. C'est pourquoi ils n'hésiteront pas à se venger sur les tiens s'ils ne peuvent t'avoir, toi.

— Qu'ils y viennent ! répliqua le reporter, avec fougue.

— Raoul, ne joue pas au héros. Les cimetières en sont pleins et ça n'a pas changé le monde. Mets-les à l'abri, tes chéries, je te dis. J'ai fait passer un message personnel à *Coco* Migliacci qui connaît tout ce qui se fait de mieux en matière d'ordures humaines à Marseille pour qu'il avertisse tout le monde : si on touche un seul de tes cheveux, je les écrabouille tous jusqu'au dernier et j'éparpille leurs restes aux quatre coins des Bouches-du-Rhône. Mais on ne sait jamais.

Il peut y avoir parmi eux un *jobastre*[1] qui agit seul, pour son compte, malgré les consignes. C'est pour ça que je te le répète et au besoin te l'ordonne. Mets Cécile et la petite à l'abri. N'inquiétons pas ta mère, mais ma *Thérèsou* est prête à les prendre chez nous. Elle sera ravie de pouponner avec Adèle, elle qui ne s'est jamais consolée de n'avoir pas pu faire d'enfants.

Raoul finit par céder. Pour Adèle. Mais Cécile, malgré les assauts conjugués de son époux et de l'oncle Eugène, refusa de quitter sa maison.

— Il ferait beau voir que j'abandonne mon homme en danger. Je reste au front !

Est-ce la menace du sous-chef de la Sûreté ? La réputation de Raoul fit-elle annuler les projets de vengeance ? Toujours est-il qu'après quelques semaines, le journaliste put ranger sa canne-épée au râtelier.

Jusqu'à la prochaine fois...

1. Équivalent de cinglé.

— Non, je ne l'avais jamais vue. Tu sais, Berano, sa vie personnelle, en dehors de la Cause, on la connaissait pas. Maintenant, de toute manière, pour la *nistonne*, c'est trop tard. Elle est morte, *peuchère*. Elle devait avoir dix-huit-dix-neuf ans, pas plus. Berano, ça l'a *relégué*[1], cette histoire, le pôvre.

Raoul sentit une brusque suée lui monter au front.

— Sais-tu de quoi elle est morte ?

— Je crois qu'elle a voulu se faire avorter et que ça a mal tourné. Un peu comme la petite, là dans ton pro...

À son tour *La Bouille* demeura figé. Il ajouta dans un souffle :

— Oh, pute borgne !... Tu crois que ?...

— Je ne crois rien, dit Raoul. Mais tout est possible. Dans le procès Danglars, c'est une chanteuse qui a porté plainte en reprochant au docteur d'avoir raté l'avortement de sa bonne. Si c'est pas les mêmes, c'est bien imité.

L'anar roulait des yeux effarés :

— J'avais pas fait le rapprochement.

— Moi, je viens de le faire. Grâce à *Ravachol*.

Le journaliste s'abstint de dire à son ami qu'il soupçonnait le chien d'avoir aidé la malheureuse Gabrielle Bartou à partir avant la fin. L'affaire était assez compliquée comme ça pour ne pas en rajouter... Pour l'instant, du moins.

Le typo alla se rincer les mains à une minuscule fontaine scellée dans un mur de l'atelier tout en s'adressant à Raoul :

— Le père Danglars t'intéresse toujours ?

— Plus que jamais.

---

1. Détruit.

— Tu veux qu'on aille voir si *Le Tonkinois* a fini de cuver ses litrons d'hier, pour qu'il te parle de son bienfaiteur ?

— Oui, mais d'abord j'aurais voulu jeter un œil sur la maison du docteur. C'est loin le boulevard Latil ?

— Rien n'est jamais bien loin au Rouet. On va aller y faire un tour avant d'aller tirer *Le Tonkinois* de sa paillasse. C'est à côté du Rond-Point du Prado. Tu vas voir ce boulevard ! Tu ne vas pas en revenir.

Raoul ricana :

— Je me doute bien que Danglars n'a pas dû s'installer n'importe où.

— Je te laisse le plaisir de la découverte.

Ils quittèrent l'imprimerie dont le typographe cadenassa les volets de bois au cas où les *condés* repasseraient en son absence. *Ravachol* était sur leurs talons. La rue résonnait du bruit des machines, des grondements des roues cerclées de fer des charrettes sur les pavés, des cris des charretiers fouettant leurs bêtes pour faire avancer de lourds tombereaux chargés de fûts de bière ou de bidons d'huile, tandis que les cheminées crevant le ciel crachaient leur nuage infect qui obscurcissait le soleil. Des ménagères, sortant de maisons basses aux façades décroûtées et noircies, tiraient des marmailles hurlantes par la main en prenant la direction du marché du Prado tout proche. Les caniveaux encombrés de détritus charriaient des substances noirâtres, résidus d'ateliers, rejets d'usines ou de fabriques. Ils s'étalaient en flaques nauséabondes où pataugeaient les piétons passant d'un trottoir à l'autre. Des gosses aux joues chlorotiques jouaient dans ce cloaque, où ils faisaient naviguer des bateaux taillés dans l'écorce de pin et tourner de petits moulins de leur fabrication.

— Tu veux qu'on aille voir si *Le Tonkinois* a fini de cuver ses litrons d'hier, pour qu'il te parle de son bienfaiteur ?

— Oui, mais d'abord j'aurais voulu jeter un œil sur la maison du docteur. C'est loin le boulevard Latil ?

— Rien n'est jamais bien loin au Rouet. On va aller y faire un tour avant d'aller tirer *Le Tonkinois* de sa paillasse. C'est à côté du Rond-Point du Prado. Tu vas voir ce boulevard ! Tu ne vas pas en revenir.

Raoul ricana :

— Je me doute bien que Danglars n'a pas dû s'installer n'importe où.

— Je te laisse le plaisir de la découverte.

Ils quittèrent l'imprimerie dont le typographe cadenassa les volets de bois au cas où les *condés* repasseraient en son absence. *Ravachol* était sur leurs talons. La rue résonnait du bruit des machines, des grondements des roues cerclées de fer des charrettes sur les pavés, des cris des charretiers fouettant leurs bêtes pour faire avancer de lourds tombereaux chargés de fûts de bière ou de bidons d'huile, tandis que les cheminées crevant le ciel crachaient leur nuage infect qui obscurcissait le soleil. Des ménagères, sortant de maisons basses aux façades décroûtées et noircies, tiraient des marmailles hurlantes par la main en prenant la direction du marché du Prado tout proche. Les caniveaux encombrés de détritus charriaient des substances noirâtres, résidus d'ateliers, rejets d'usines ou de fabriques. Ils s'étalaient en flaques nauséabondes où pataugeaient les piétons passant d'un trottoir à l'autre. Des gosses aux joues chlorotiques jouaient dans ce cloaque, où ils faisaient naviguer des bateaux taillés dans l'écorce de pin et tourner de petits moulins de leur fabrication.

— Non, je ne l'avais jamais vue. Tu sais, Berano, sa vie personnelle, en dehors de la Cause, on la connaissait pas. Maintenant, de toute manière, pour la *nistonne*, c'est trop tard. Elle est morte, *peuchère*. Elle devait avoir dix-huit-dix-neuf ans, pas plus. Berano, ça l'a *relégué*[1], cette histoire, le pôvre.

Raoul sentit une brusque suée lui monter au front.

— Sais-tu de quoi elle est morte ?

— Je crois qu'elle a voulu se faire avorter et que ça a mal tourné. Un peu comme la petite, là dans ton pro...

À son tour *La Bouille* demeura figé. Il ajouta dans un souffle :

— Oh, pute borgne !... Tu crois que ?...

— Je ne crois rien, dit Raoul. Mais tout est possible. Dans le procès Danglars, c'est une chanteuse qui a porté plainte en reprochant au docteur d'avoir raté l'avortement de sa bonne. Si c'est pas les mêmes, c'est bien imité.

L'anar roulait des yeux effarés :

— J'avais pas fait le rapprochement.

— Moi, je viens de le faire. Grâce à *Ravachol*.

Le journaliste s'abstint de dire à son ami qu'il soupçonnait le chien d'avoir aidé la malheureuse Gabrielle Bartou à partir avant la fin. L'affaire était assez compliquée comme ça pour ne pas en rajouter... Pour l'instant, du moins.

Le typo alla se rincer les mains à une minuscule fontaine scellée dans un mur de l'atelier tout en s'adressant à Raoul :

— Le père Danglars t'intéresse toujours ?

— Plus que jamais.

1. Détruit.

9

Où un retour sur le quartier du Rouet permet à notre héros de constater que la vie réserve d'étonnantes coïncidences et de compléter son information sur les « lieux du crime ».

Le grêle carillon accroché à la porte vitrée de l'imprimerie Bouillot tinta à l'entrée de Raoul Signoret. Le reporter aperçut le typographe perché sur une chaise paillée, lui tournant le dos, occupé à placarder sur un mur de l'atelier une affiche lithographiée par ses soins.

— Deux checondes, che chuis jà toi, dit *La Bouille*, la bouche pleine de semences, ces petits clous aigus dont se servent les cordonniers.

Il en plantait une ribambelle sur les bords de l'affiche pour l'appliquer au mur sans plis ni ondulations.

Le journaliste eut le temps de déchiffrer un texte signé Victor Hugo, composé en gros caractères :

« *Vous voulez le service militaire obligatoire ? Contre qui ? Contre d'autres hommes. Moi, je ne veux pas de service militaire. Je veux la paix. Vous voulez les misérables secourus, moi je veux la misère supprimée. Vous voulez l'impôt proportionnel ? Je ne veux point d'impôts du tout. Je veux la dépense commune réduite à la plus simple expression et payée par la plus-value sociale.* »

Puis, en lettres capitales et écarlates, claquaient les mots-défis :

« *D'abord, supprimez les parasitismes,*
le parasitisme du prêtre, le parasitisme du juge,
le parasitisme du soldat.
Vous voulez la caserne obligatoire,
moi je veux l'école.
Vous rêvez l'homme soldat,
je rêve l'homme citoyen. »

Bouillot descendit de sa chaise et cracha les semences en surnombre dans une boîte métallique. Avec un clin d'œil à Raoul, il commenta son œuvre :

— C'est tiré de *Quatre-vingt-treize*. Il n'y allait pas de main morte, le père Hugo ! Hein ? Si Tabouriech l'avait croisé, il l'embastillait illico.

Raoul était ébloui par l'audace révolutionnaire d'un écrivain statufié de son vivant par la République.

La Bouille expliqua :

— Les flics déchirent mon affiche chaque fois qu'ils me font une visite. Et à chaque fois je remets le texte en place. Si ça les amuse, j'en ai une sacrée réserve !

Tandis qu'ils parlaient Raoul sentit un frôlement contre sa jambe gauche. Il baissa les yeux et vit un chien bas sur pattes qui le regardait gentiment. L'animal était le fruit de l'accouplement de deux races adeptes de l'échangisme, car si sa silhouette et ses pattes cagneuses rappelaient celles du basset artésien, sa tête et son pelage devaient tout au griffon. Le bâtard remuait la queue de façon remarquable. Au lieu de l'aller-retour habituel, il semblait battre une mesure à trois temps.

— Comment tu t'appelles ?

La Bouille devança la réponse du chien :

— C'est *Ravachol*.

— Il est à toi ?

L'anar rigola :

— Avec un nom pareil, tu penses bien qu'il n'est à personne. Surtout depuis la mort de Berano. Il était à lui. Ou plutôt à sa petite amie. Elle était bonniche chez une chanteuse et la patronne n'avait pas voulu qu'elle le garde. Berano avait recueilli le chien. C'est lui qui l'avait rebaptisé *Ravachol*.

Raoul qui s'apprêtait à caresser la tête du bâtard demeura pétrifié. Il avait bien entendu ? *Ravachol* était naguère « *le chien d'une petite bonne au service d'une chanteuse amie de cœur de Berano* » ? Serait-il possible que ladite chanteuse fût cette femme, cette... Hortense Chalifour, qui avait porté plainte contre le docteur Danglars après l'avortement raté de sa domestique ? Et donc que la domestique fût... Non. Raoul était victime de son imagination. Des coïncidences pareilles n'existent que dans les romans où l'auteur s'accommode de la vraisemblance pour ménager ses effets.

Il n'empêche qu'il demeura interdit, le geste suspendu au-dessus de la tête hirsute de *Ravachol* qui attendait sa caresse.

Bouillot le rassura :

— Tu peux le caresser, il mord pas.

Des images de cauchemar tirées des atlas du

docteur Barone détaillant les horreurs du kyste hydatique tournèrent dans la tête de Raoul. Il entendait résonner dans sa tête la question du chimiste : « Elle avait un chien votre morte ? »

Ravachol pourrait-il être le chien qui aurait infecté la malheureuse Gabrielle Bartou ? Non, décidément, c'était invraisemblable. Raoul se secoua. Il divaguait. Il se redressa, au désappointement du bâtard, frustré par ce bipède qui changeait d'idée comme de chemise.

Le journaliste rattrapa en marche une phrase de Bouillot. Le typographe avait continué des explications que le reporter, tout à ses pensées morbides, n'avait pas écoutées :

— ... alors, forcément quand il est mort, le chien est venu me trouver. Il habitait pas loin d'ici, Berano, rue Sainte-Famille. Ce qui fait que *Ravachol*, il m'a adopté comme papa de remplaç...

Devant la tête décomposée de son jeune ami l'anar laissa son propos suspendu.

— Oh, *Garri*[1], qu'est-ce qui t'arrive ? Tu es tout pâle...

— Ce n'est rien. Je n'ai pas pris le temps de déjeuner ce matin, et...

— *Eh, bè !* je vais te chercher un quignon de pain et un bout de fromage, j'ai tout ce qu'il faut au-dessus.

Il tendit l'index vers le premier étage et s'apprêtait à monter. Raoul le retint par la manche :

— Tu disais que Berano avait pour amie de cœur la bonne d'une chanteuse. Tu la connais, cette petite ?

---

1. Appellation affectueuse donnée en général par un adulte à un enfant ou par un aîné à un cadet. Équivalent de « mon rat ».

— Ils ne sont pas à l'école, ceux-là ?

— On est jeudi, *Garri*. Tu vois le beau terrain de jeu que la mairie a mis à leur disposition ? Quand je pense qu'on a un maire qui se dit socialiste[1] ! Un Jésuite rouge, oui !

Raoul tempéra :

— Tout de même, les employés municipaux lui doivent la journée de huit heures, les cantines scolaires sont devenues gratuites et il oblige les commerçants à accorder le dimanche à leurs employés.

L'anar bougonna :

— C'est la moindre des choses, pour un homme qui se prétend de gauche. Mais que fait-il pour les ouvriers, à part dire qu'il est favorable à la grève ? Tu vois dans quelles conditions il nous laisse vivre ? Pour un médecin, ça la fout mal. Quand Baret[2] a fait construire le grand collecteur, tout ce qu'il a trouvé à dire, c'est que ça allait propager les épidémies. Comme si l'état de nos rues et de nos maisons ne suffisait pas !

Raoul, à bout d'arguments, ne sut que répondre. Mais au regard qu'il porta sur ce qui les entourait, le vieil anar comprit qu'il l'avait convaincu.

Il en profita pour reprendre l'offensive :

— On nous a laissés croire que le progrès amènerait l'âge d'or. Tout ce que j'ai vu arriver, c'est un prolétariat sans qualification qu'on a entassé dans des coins comme le nôtre. Moi, je suis du temps des compagnons. Le métier, c'était comme un sacerdoce.

---

1. Le docteur Siméon Flaissières (1851-1931). Premier maire socialiste de Marseille de 1892 à 1902, puis de 1919 à sa mort.

2. Félix Baret (1845-1922), prédécesseur de Flaissières à la mairie.

Pour les compagnons chaque individu était unique. L'industrie, elle, n'a que faire des individus. Elle a seulement besoin d'esclaves rivés à leur machine. Tous semblables, tous remplaçables. L'amour du métier a fait place au rendement. C'est la liberté dans l'esclavage, l'égalité dans l'abrutissement, la fraternité dans la misère.

— Il n'y aura plus de patrons dans votre monde nouveau ? demanda Raoul Signoret pour asticoter son ami.

— Il y en aura, bien sûr. De mon temps on acceptait les ordres du patron parce qu'avant d'être votre patron, il était votre maître, celui qui transmettait l'amour du métier. Revienne ce temps, et disparaîtront ces sous-prolétaires décervelés par le pouvoir capitaliste, que nous fabriquons par milliers[1].

Tout en argumentant, le typographe avait obliqué vers l'avenue du Prado. *Ravachol* l'avait planté là pour aller inventorier le contenu d'une poubelle devant une boucherie. Il se délectait de choses innommables. De nouvelles images morbides se formèrent dans la tête de Raoul.

Voyant Bouillot se diriger vers l'avenue du Prado, le reporter ironisa :

— On passe par chez les riches ?

— Bien forcé. Le quartier a poussé de *biscanti*[2]. Tu sais comment on est, à Marseille ? Chacun fait ce qui l'arrange. Les patrons ont tracé les voies conduisant à leurs usines ou à leurs ateliers, sans souci du voisin.

---

1. L'argumentation de Bouillot doit beaucoup à l'anarchiste Marius Jacob dans le livre que Bernard Thomas lui a consacré.
2. De travers.

Comme ils ont buté sur les clôtures des propriétés qui subsistaient, nombre de rues sont des impasses. C'est le cas du boulevard Latil. Tu t'attends à une large artère plantée de platanes ou de micocouliers et tu tombes sur une *traviole* qui ne mesure pas plus de cent mètres de long et s'achève sur un mur. On ne peut l'aborder qu'en passant par l'avenue du Prado.

— C'est pas le plus désagréable, remarqua Raoul Signoret tandis que les deux hommes s'avançaient à travers le marché installé sur le trottoir de gauche en montant.

Le spectacle valait autant par ses couleurs que par sa musique. Sous les voûtes des platanes dont les jeunes feuilles commençaient à pointer sur les bourgeons de cette mi-mai, les étals présentaient des montagnes miniatures de fruits, de légumes venus de tout le terroir marseillais cueillis et descendus en ville le matin même par des caravanes de charrettes tirées par des ânes et des mulets. Les bêtes somnolaient à présent, attachées aux troncs des arbres bordant l'avenue, insensibles aux voix de stentors des *partisanes*[1] hélant le chaland. Ces cris ajoutaient au pittoresque de l'immense scène de comédie toujours recommencée qui se jouait ici chaque matin. Des matrones mafflues, coiffées de bonnets blancs sur leurs cheveux relevés sur la nuque, le corsage débordant sous le fichu croisé sur la poitrine, prenaient à pleines mains aubergines, choux, carottes, haricots verts et artichauts en vantant la marchandise sans craindre les comparaisons :

— Ah, que je suis belle aujourd'hui, les clients !

1. Revendeuses de fruits et légumes sur les marchés.

Que je suis fraîche ! Allez, la salade, deux sous les trois !

— C'est un peu cher. Vous me les faites à un sou les deux ?

— *Oh pécaïre !* Ma belle, y a rien à rabattre, je mangerais de l'argent !

Plus loin, une marchande de fruits proposait :

— *Tè*, ma chérie ! Goûtez-moi ces pommes. Elles vous fondent dans la bouche. On dirait le Petit Jésus qui passe en culottes de velours !

Ailleurs, c'étaient les revendeuses de *picons*[1]. Elles offraient leurs oranges à prix imbattables :

— Allez, un sou les quatre ! Un sou les quatre !

Raoul Signoret avançait à travers la foule en remplissant ses poumons des senteurs mêlées de fruits et de légumes frais et ses oreilles de la cacophonie propre aux marchés provençaux, faits d'éclats de rires et de voix, de fausses disputes et de réflexions cocasses :

— Les tripotez pas comme ça *avé* les doigts, mes poires ! Y en a qui viendront après vous et qui les mangent *avé* la peau. Je sais pas dans quoi vous avez mis les mains, moi, avant de venir !

Vocalement comme physiquement, la clientèle ne faisait pas le poids.

— Quoi ! pas mûres ! Si c'est de la compote que vous cherchez, j'en vends pas ! *Boudiou !* Les vieux, *vé* ! il faudrait les noyer à la naissance !

---

1. Du nom de cette marque d'apéritif qui n'employait que l'écorce des oranges. Les fruits inutilisés ne pouvant être conservés longtemps étaient bradés dans les rues.

Bouillot et Raoul arrivaient boulevard Latil quand la trompe enrouée d'une automobile à pétrole les fit sursauter. C'était le temps où le passage d'une voiture provoquait un attroupement. Celle-là, qui descendait majestueusement l'avenue du Prado, était une *Turcat-Méry*[1] noire, flambant neuve, sortie probablement quelques minutes auparavant des usines de la marque, situées à moins de cinq cents mètres de là, au tout début du boulevard de Mazargues[2]. Elle roulait moins vite qu'un bon cheval au trot tirant un fiacre, mais elle avait une autre allure avec son chauffeur assis à l'air libre, vêtu d'un manteau de peau de bique en dépit de la douceur de la température, le nez chaussé de lunettes de soudeur. Le passager, lui, était à l'abri derrière des vitres coulissant de haut en bas, dans une cabine suffisamment dimensionnée pour accueillir un homme en chapeau haut de forme ou une bourgeoise élégante en chapeau. Déjà les passants s'agglutinaient autour de l'engin pour le *bader*[3] sans retenue. Un nouveau coup de trompe enrouée éclata et fit baisser les conversations. Comme les autres, Raoul Signoret et Émile Bouillot s'étaient retournés vers les arrivants. Le journaliste vit le passager faire de grands gestes des bras comme pour héler quelqu'un. Il sursauta, se rendant compte que ces appels muets s'adressaient à lui. Le chauffeur

1. Léon Turcat et Simon Méry, deux cousins, ouvrirent en 1899 dans une grange familiale le premier atelier de construction de la firme qui allait porter leur nom jusqu'en 1929. Le premier prototype qu'ils conçurent dans leur atelier de montage fut vendu, l'année de création de la firme, à huit exemplaires. En 1911 une *Turcat-Méry* remportait le premier rallye de Monte-Carlo.
2. Aujourd'hui boulevard Michelet.
3. L'admirer. De ce verbe on a tiré badaud.

s'était joint à son maître pour attirer l'attention du reporter.

Raoul Signoret, intrigué, s'approcha, suivi du typographe.

— Merde, mon beau-père !

— Jacquemet, l'esclavagiste ? L'homme qui s'engraisse sur l'exploitation des Africains ? Vas-y tout seul, je t'attends ici.

— Viens avec moi, supplia Raoul. Ça sera moins long.

La Bouille se figea sur place :

— Rien à faire. Tu avais qu'à pas épouser sa fille. Démerde-toi.

Il lui tourna le dos.

Le journaliste obtempéra, pour éviter que la trompe redoutable ne provoque un attroupement. Il s'avança avec un sourire contraint. Il devait être le seul bipède de l'avenue contrarié par la perspective d'admirer de près une *Turcat-Méry*. Car il ne faisait aucun doute que Léon Jacquemet ne l'avait hélé que pour le faire baver d'envie.

Le père de Cécile, l'air ravi, ouvrit la portière en grand :

— Bonjour mon cher Raoul !

Cela changeait le reporter des salutations glacées dont le gratifiait d'habitude le négociant. Léon Jacquemet ne pardonnait pas à ce jeune *écornifleur* d'avoir séduit sa fille. De l'avoir privé du grand mariage dont il rêvait pour Cécile avec le fils d'un collègue-concurrent – comme lui dans l'import de denrées coloniales – qui aurait bien arrangé ses affaires. Cette petite sotte entêtée était allée s'enticher d'un « journaleux ». Socialiste, de surcroît ! Ah ! Il en avait entendu sur le compte de son gendre parmi ses collègues de la Chambre de Commerce !

Raoul céda aux convenances, imaginant la voix de Bouillot le traitant de courtisan :

— Quel magnifique engin, beau-père !

Léon Jacquemet se rengorgea. Comme on vante les qualités d'une pouliche de Grand Prix, il énuméra les caractéristiques de l'automobile qu'une meute de *minots* avait investie, tripotant les accessoires, passant les mains sur la carrosserie, exigeant du chauffeur qu'il fît retentir sa trompe.

— Eh, oui ! c'est une 18 HP[1] quatre cylindres. Je viens de la sortir à l'instant de l'usine. Elle est équipée d'une boîte à cinq vitesses auxquelles s'ajoutent deux vitesses en marche arrière.

Raoul se contentait d'opiner en pensant à autre chose.

Léon Jacquemet continuait à énumérer les caractéristiques de sa belle auto :

— Je l'ai fait carrosser par Teillard. Il s'est également chargé de la sellerie de cuir et de la capote. Il n'en existe que trois exemplaires comme celle-là à Marseille.

— Vous en êtes satisfait ?

— C'est un peu tôt pour le dire, je viens juste d'en prendre possession. Mais j'ai tout lieu de croire ce que m'ont dit les constructeurs : on roule à près de 48 kilomètres-heure avec un engin pareil. Il paraît que les essais dans la montée de la Gineste[2] ont tenu les promesses. Polydore en est revenu enthousiasmé.

À l'énoncé de ce prénom, le journaliste se tourna

1. Pour horse power, l'équivalent de nos cv.
2. Col entre Marseille et Cassis.

vers le chauffeur que sa pelisse transformait en explorateur polaire. Il dut se mordre les joues pour ne pas rire en reconnaissant sous une casquette enfoncée jusqu'aux sourcils et derrière des lunettes étanches qui lui mangeaient la moitié du visage, l'ancien cocher des Jacquemet, transformé en phaéton mécanique. Il s'en tira en rendant hommage au progrès humain et au savoir-faire des Turcat-Méry. Leur nom était inscrit en lettres de cuivre tarabiscotées sur le haut du radiateur en nid d'abeilles.

Le beau-père, puérilement fier, oubliant ses griefs, proposa :

— Vous plairait-il de faire un petit tour ? Je rentre chez moi ranger ce bijou.

Déjà, il se poussait pour faire de la place sur la banquette qui fleurait le cuir neuf.

Raoul inventa un prétexte :

— Ce serait très volontiers, mais j'ai un rendez-vous et je suis déjà en retard. Une autre fois, volontiers, beau-père.

À ce nom qui réveillait sa rancune mal endormie, Léon Jacquemet fronça involontairement les sourcils. Vexé, il dit sur un ton sec :

— Quand vous voudrez, mon gendre. Dites à Cécile et à la petite de venir un prochain dimanche. Je suis sûr que la *Poupette* sera ravie de faire un tour à la campagne « dans la toto de Bon-papa ».

De nouveau, Raoul eut toutes les peines du monde à garder son sérieux. Devant son jouet neuf, le redoutable Léon Jacquemet retombait en enfance. Il dit en refermant la portière :

— C'est bien dommage que vous n'ayez pas une minute. Nous en aurions profité pour parler de mon ami Danglars. Je sais que vous suivez son procès.

Quelle honte on lui fait ! Un homme d'honneur tel que lui ! Ah, elle est belle la justice de *votre République* ! J'espère que vous allez le ménager dans votre journal.

Raoul répliqua froidement :

— Je rends compte de son procès, mais je ne suis pas son juge.

Le journaliste se découvrit et salua le négociant d'un geste large.

Sur un ordre de son maître, Polydore enclencha la première vitesse, desserra un frein à main qui rappelait la manette d'un aiguillage ferroviaire et la *Turcat-Méry* s'éloigna, majestueuse, comme un bateau quitte le quai, sous les regards ravis de l'assistance, laissant dans son sillage un nuage bleu-gris parfumé au ricin qui fit tousser les badauds.

Le journaliste retrouva le typographe près d'un tronc de platane auquel il était appuyé en l'attendant, tirant sur son *cachimbéu* [1], cette courte pipe marseillaise en terre brune. *La Bouille* l'avait bourrée de caporal ordinaire, poétiquement surnommé *gros cul*, tabac de base de la Régie puisé dans un paquet cubique de couleur grise. Le typographe tétait le tuyau avec un air ravi en regardant l'auto s'éloigner :

— Je serais curieux de savoir combien de journées d'ouvriers représente un tel engin.

Pour ne pas avoir à répondre Raoul dévia la conversation :

— Elle est belle ta bouffarde.

— Je l'ai achetée chez Izouard, au coin de Belsunce.

1. Prononcez *catchimmbéou* avec l'accent tonique sur le é.

— C'est là qu'on fait les meilleures ?

— C'est là qu'on fait les dernières. Il est le seul à en vendre encore.

Le boulevard Latil était bien comme Bouillot l'avait décrit. Une impasse prise de la folie des grandeurs.

— Qui était donc le célèbre Latil pour qu'on lui ait dédié cette voie royale qui s'achève en cul-de-sac ?

La réponse de Bouillot fusa :

— Comme par hasard, un bourgeois ! Non content de faire sa pelote en vendant le terrain à la Ville, il a exigé que son nom soit donné à la nouvelle voie.

Mais la surprise était ailleurs. Au numéro qui correspondait à l'adresse du docteur Danglars, parmi des maisons de mise modeste et face aux hangars de la distillerie *Picon et Cie,* se dressait un château miniature au fond d'un modeste parc. On l'aurait cru tiré d'un décor d'opérette. Derrière deux platanes, deux tourelles à échauguettes, coiffées de chapeaux pointus en pierre, flanquaient une façade pseudo-Renaissance plaquée sur le bâtiment comme un masque de carnaval. Un escalier à double révolution achevait de donner à l'ensemble son aspect irréel. Le reste de la bâtisse – un gros pavillon – était composé d'un cube quasi aveugle et sans grâce, surmonté d'un toit à quatre pentes recouvertes de tuiles mécaniques rouges.

C'était comme une île au sein d'un océan de pauvreté. Le docteur Danglars était bien domicilié au Rouet, mais ses fenêtres regardaient les beaux quartiers de Saint-Giniez-Paradis. Lui aussi, aurait dit *La Bouille,* « montrait son cul » aux pauvres. Peut-être les soignait-il et ménageait-il leur argent. Mais il demeurait un grand bourgeois à l'abri de ses hauts murs qui le gardaient de toute promiscuité. On venait voir le « Bon docteur » comme jadis les paysans faisaient visite à leur seigneur. Chapeau à la main et dos courbé.

— Bel exemple de style bourgeois dans sa mégalomanie hein ? dit Bouillot. Un château Renaissance en béton armé. Il fallait le faire !

La réflexion du typographe tira le journaliste de sa rêverie.

— Et dire que le pognon amassé sur la sueur du prolétaire sert à ça. Tous leurs picaillons ne leur ont pas donné un gramme de bon goût.

Raoul demanda :

— C'est Danglars qui a fait bâtir cet ersatz ?

— Non c'est Pastorel, je crois, un associé de Picon.

— C'est donc là que le docteur avait son cabinet avant ses ennuis ?

Bouillot précisa :

— C'est aussi son domicile. Son cabinet de consultation est au rez-de-chaussée, à droite.

— Je n'arrive pas à comprendre ce qui l'a poussé à s'installer là, alors qu'il serait mieux à sa place en face.

Le journaliste montra d'un geste large les beaux quartiers.

La mimique de Bouillot avoua son ignorance.

Les deux hommes s'étaient approchés et tentaient de voir la bâtisse par-dessus le mur du parc qui s'étendait jusqu'à l'avenue du Prado.

Une voix aigre et haut perchée glapit dans leurs dos.

— Si vous voulez, je peux vous prêter une échelle !

Ils firent volte-face et se trouvèrent devant une grande femme l'air revêche, que son chignon tiré sur la nuque rendait encore plus sévère. Elle portait au bout de ses longs bras deux couffins remplis de légumes. Habillée de noir dans des vêtements sans grâce, elle dardait sur les deux hommes des yeux furibonds. Elle paraissait faite de plusieurs morceaux que la Nature n'était jamais parvenue à harmoniser. Son visage osseux, son teint hépatique et sa poitrine plate contrastaient avec un bassin évasé qui supportait un derrière de jument.

Bouillot glissa à l'oreille de Raoul :

— Mon pauvre père n'aurait pas manqué de dire « *A maï de cuou que de mourre*[1] *!* ».

Le journaliste, confus comme un écolier surpris à fumer dans les cabinets, dit maladroitement :

— On regardait vos fleurs.

— Surtout qu'il n'y en a pas ! Allez ! allez ! Vous étiez en train de repérer l'endroit pour préparer un mauvais coup. Vous avez beau être bien habillé, jeune homme, votre compagnon vous trahit.

La Bouille, vexé, fulmina :

— Vous pouvez parler de la dégaine des autres, *mascarée*[2] comme vous êtes, valet du Capital !

La femme ne se laissa pas impressionner.

— Je ne suis peut-être pas habillée à votre goût, mais ou vous partez, ou je peux aller chercher les gendarmes. Ils sont pas loin, là, sur le Prado.

Le journaliste prit son compagnon par le bras et dit à voix assez forte pour être entendu :

— Partons, Émile. Ne contrarions pas davantage les fonctions hépatiques de madame, elle est assez jaune comme ça.

1. « Elle a plus de c... que de figure. »
2. Mal habillée, déguisée.

La femme glapit en fourrageant avec ses clefs dans la porte métallique qui permettait d'accéder au parc miniature :

— Voyou ! Malappris !

Les deux hommes s'éloignèrent sans répliquer, ricanant comme des galopins. Raoul Signoret avait pris dans sa poche de veste le carnet à couverture de moleskine qui ne le quittait jamais et consultait les notes prises avec l'oncle Eugène :

— Ça doit être la fameuse Lili Chauchoin, la gouvernante de Danglars.

Au moment où ils regagnaient l'avenue du Prado, Raoul, par réflexe, se retourna vers le « boulevard » et son « château ». La porte métallique par laquelle Lili Chauchoin venait d'entrer s'ouvrait à l'instant et la tête d'un petit homme au faciès asiatique apparut. Il jeta un coup d'œil à droite et à gauche. Apercevant les deux hommes stationnant au carrefour, il eut un bref mouvement de repli, comme s'il voulait rentrer. Mais il se ravisa et passa sur le trottoir, bientôt suivi par un congénère. Même taille, mêmes cheveux aile de corbeau, raides et drus, même costume couleur muraille. On les aurait pris pour des copies conformes, si l'un des deux n'était affecté d'une forte claudication. Ils quittèrent la propriété, salués par la gouvernante qui referma derrière eux. Tout en reprenant sa marche, Raoul Signoret saisit Émile Bouillot par le bras pour le faire ralentir, afin de laisser les arrivants les dépasser. Ils devisaient comme deux paisibles promeneurs.

La Bouille consulta sa montre :

— Il est près de onze heures, je crains que notre ami *Le Tonkinois* soit déjà parti en tournée. C'est le mot qui convient.

— On le verra une autre fois. Rien ne presse.

Les petits hommes passèrent devant le journaliste et son compagnon sans leur accorder la moindre attention. Ils paraissaient pressés et marchaient d'un pas aussi rapide que le leur permettait l'infirme. Ils se dirigèrent vers le Rond-Point du Prado où des fiacres stationnaient.

Le reporter les laissa prendre du champ et demanda à mi-voix à son compagnon :

— Sais-tu si Danglars emploie du personnel d'origine asiatique ?

Le typographe fit des yeux ronds :

— Comment veux-tu que je sache ?

— Je ne sais pas, moi, ça aurait pu se savoir dans le quartier.

— *Le Tonkinois* le saura peut-être.

— Auquel cas, dit Raoul sibyllin, ça nous en ferait déjà trois.

— Trois quoi ?

— Trois Tonkinois...

10

Où notre héros rencontre un pittoresque personnage qui lui fournit un précieux renseignement sur le passé colonial du docteur Danglars.

Franzi Schnelldorfer, dit *Le Tonkinois*, émergea péniblement d'un rêve embrumé et se retourna sur sa paillasse, réveillant de vieilles douleurs, compagnes habituelles de son échine rompue. Elles ne l'avaient laissé en paix que durant quelques heures d'un sommeil éthylique. Il s'assit sur sa couche, passa sa paume sur une barbe de quatre jours, clapa du bec, se rinça la bouche avec un *chicoulon*[1] de vin rouge et bâilla. L'homme vivait seul depuis des lustres. Aucune compagne potentielle – fût-elle comme lui une épave humaine – n'aurait été assez désespérée de sa vie pour la passer avec ce cloporte. Depuis quand n'avait-il plus touché une femme ? Il repensa à ces fillettes à peine nubiles qui jadis partageaient sa couche. Enlevées par des trafiquants de chair fraîche

1. Un fond de bouteille ou de verre.

d'Hanoi, à des paysans trop heureux de s'en débarrasser, elles étaient revendues pour quelques piastres aux soldats français. C'était le bon temps. Ils étaient les rois, chez les *Naï-naï*[1]. Il avait trente ans, toutes ses dents, portait l'uniforme bleu, pantalon blanc de l'infanterie coloniale et s'imaginait propriétaire d'un avenir.

Aujourd'hui, à quarante-six ans, Franzi Schnelldorfer était un vieillard prématuré, qu'un accident de travail sur le port de Marseille, où, son temps fini, il s'était employé alors comme docker occasionnel, avait rendu quasi impotent. Brisée par la chute d'un sac de riz depuis un palan, sa jambe droite mal réparée l'avait rendu boiteux. Sa démarche était chaotique, comme son élocution, aggravées par un état d'imprégnation alcoolique permanent. *Le Tonkinois* vivait d'activités mal définies. La principale consistait à récolter les fruits et légumes délaissés après le départ des maraîchers du marché du Prado. Il la complétait avec l'inventaire des poubelles du quartier du Rouet. Mais l'ex-militaire vivait surtout de charité publique, car, son accident survenu après sa démobilisation, il ne pouvait prétendre à pension d'invalidité. En souvenir de leurs communes campagnes lointaines, le docteur Danglars donnait quelque argent à l'ancien soldat. L'ivrogne s'empressait de le convertir en litres d'un vin rouge râpeux qui achevait de lui ruiner la santé. Le médecin avait mis à la disposition de l'infirme une remise lui appartenant, place des Économies. Là, faute de confort, *Le Tonkinois* était au moins à l'abri de la pluie et du froid.

---

1. Par cette onomatopée, les Marseillais de l'époque désignaient les Asiatiques en général.

— « Place des Économies », dit Raoul à son compagnon tandis qu'ils débouchaient sur cet espace entouré de masures, quel drôle de nom !

— Les économies, ce sont les propriétaires qui osent louer ces cabanes qui les font, ironisa Bouillot. On les a construites à partir des gravats provenant des maisons démolies lors du percement de la rue de la République[1], rachetés cinq francs le tombereau.

Des gosses dépenaillés et sales jouaient *au bataillon*[2]. Ils se traînaient dans la poussière sans souci de l'état de leurs vêtements.

— Qui habite là ? demanda Raoul.

— Des gens qui ne peuvent aller ailleurs. Des immigrés, des *Babis*[3] surtout, des journaliers : *chiapacans*[4], *estrassaires*[5] et autres *estamas*[6] ou raccommodeurs de faïences. Tu connais cette ville...

— Oui. Depuis toujours elle fabrique des Marseillais avec tous ceux qui viennent poser leur sac de misère sur son rivage.

Le typographe montra du bras la remise :

— C'est là que loge notre ami *Le Tonkinois*.

La bâtisse dominait ses voisines. Ancienne remise à voitures et écurie, elle avait été dimensionnée en conséquence.

— Voilà le palais.

Bouillot frappa à la porte à deux battants :

---

1. Voie percée de 1862 à 1864 pour relier le Vieux-Port aux nouveaux bassins de La Joliette. Elle porta le nom de rue Impériale jusqu'en 1870.

2. Jeu durant lequel deux bandes d'enfants se faisaient la guerre « pour de rire ».

3. Des Italiens (péjoratif).

4. Tondeurs de chiens.

5. Chiffonniers (prononcez *estrassaïré*).

6. Étameurs.

— Franzi, oh ! Franzi, tu es là ?

Une voix fêlée répondit :

— *Voueï !* Qui c'est ?

— *La Bouille*.

— Je t'ouvre.

Avec un imperceptible mouvement de recul, Raoul Signoret vit apparaître une face en lame de couteau. L'homme avait coiffé un chapeau informe, aux couleurs lavées par les pluies et le soleil. Il portait d'indélébiles traces de sueur et de crasse. Le reste suivit, révélant une veste de lainage usée à laquelle manquaient plusieurs boutons. Ce qui permettait d'apercevoir la ficelle maintenant en place un pantalon trop large et trop long. Il avait dû être celui d'un habit, car il était rayé gris et noir. Peut-être Franzi le devait-il à « une charité » du docteur Danglars.

— *Qué* bon vent, camarade *La Bouille* ?

Le Tonkinois jeta sur les deux hommes un regard flou.

— Je te présente mon ami Raoul Signoret du *Petit Provençal*. Il aurait quelques questions à te poser.

— À moi ?

Franzi demeura bouche ouverte.

— Au sujet du docteur Danglars.

— Et *quesse* qui veut savoir ?

— Il voudrait que tu lui parles du temps où vous étiez au Tonkin, le docteur et toi.

S'adressant seulement au typographe, l'ivrogne répondit :

— Dis-lui que j'ai rien à lui dire.

— Pourquoi tu dis ça, Franzi ? Mon ami est là pour le défendre.

— Le défendre ? Le docteur il se défend tout seul.

Les *journalisses*, y zont dit assez de saloperies comme ça.

Bouillot lui posa la main sur l'épaule :

— Dans son journal, mon ami veut faire le portrait du docteur. Le plus ressemblant possible, pour que les gens aient une bonne opinion.

Le Tonkinois regarda enfin Raoul :

— Ah. Il faut pas y faire du mal, hein ? Parce que le docteur Danglars, c'est le Bon Dieu, pour moi. Il m'a sauvé la vie. Attention à ce que vous allez dire de lui.

Raoul intervint :

— Je n'ai pas l'intention d'en dire du mal, au contraire. Tous ceux que j'ai rencontrés jusqu'ici m'ont donné du docteur l'image d'un homme de bien.

— De bien ? reprit *Le Tonkinois*, je comprends qu'il est de bien. Plus *brave*[1] que cet homme, je connais pas.

Raoul sentit le moment venu :

— Comment l'avez-vous connu, le docteur ?

Le Tonkinois ne répondit pas, mais s'adressant à *La Bouille* :

— Il a pas soif, ton ami ? Il paierait pas un coup, des fois ?

Raoul intervint :

— Volontiers. Vous connaissez un bistrot pas loin ?

Le typographe s'esclaffa :

— T'inquiète, il les connaît tous. On va à la *Civette Sportive* ?

---

1. Les Marseillais emploient volontiers cet adjectif non comme synonyme de courageux, mais de généreux, serviable, charitable.

Franzi Schnelldorfer referma la porte de la remise et se mit en route de sa démarche disloquée. Raoul et Bouillot se portèrent à sa hauteur, l'encadrant en serre-livres.

— C'est pas loin, dit l'infirme comme s'il voulait rassurer le journaliste.

En effet, à quelque cent mètres de là, dans la Traverse des Juifs, la *Civette Sportive* proposait deux tables en terrasse au soleil de cette fin de matinée. Des fauteuils de bois blanc tendaient leurs bras aux arrivants. *Le Tonkinois* s'y affala tandis que les deux autres s'installaient à ses côtés. À peine assis, Raoul revint à la charge :

— Racontez-nous comment vous vous êtes connus, le docteur et vous.

— Alfred ! Trois Pernods ! cria l'infirme.

— Oh, oh ! dit Bouillot, quand c'est gratuit, on fait des infidélités au pinard !

Franzi Schnelldorfer sourit de tous ses chicots et désignant Raoul :

— Un jeune homme si bien habillé, ça m'étonnerait que ça boive du vin, non ? Alors... t'occupe. C'est pas toi qui paies.

Puis, se tournant vers le journaliste comme s'il poursuivait à haute voix ses pensées :

— Quand les Prussiens nous ont *escagassés*, en 70, j'ai voulu rester français. C'est pour ça que, malgré mon nom *boche*, je suis un vrai patriote. Comme on n'avait pas les moyens de leur reprendre l'Alsace-Lorraine, je me suis engagé dans les *marsouins*[1] et je suis parti me battre au Tonkin. Vous vous rappelez

1. L'infanterie de marine.

Francis Garnier ? Celui qui s'est fait tuer par les *Pavillons Noirs*[1], à Hanoi en 73 ?

Raoul et *La Bouille* échangèrent un coup d'œil qui mettait leur ignorance en partage. *Le Tonkinois* s'en rendit compte :

— Vous savez rien alors ? Garnier ! Francis Garnier, le chef de l'expédition. Ah, c'était un type celui-là ! Avec cent quatre-vingts bonshommes, il a attaqué la citadelle d'Hanoi et il a fait deux mille prisonniers !

Le journaliste et le typographe échangèrent un nouveau regard complice qui disait leur scepticisme[2]. Le Pernod devait opérer la multiplication des *Naï-naï*...

L'ivrogne continuait comme pour lui-même :

— Les *Pavillons Noirs*, ils ont tué Garnier en traître à coup de lance, à Ninh-binh ou à Haï-duong, je me rappelle plus...

Comme tous les anciens combattants Franzi Schnelldorfer était intarissable :

— Et ils continuaient à faire des misères aux commerçants français. Ils voulaient pas qu'on fasse des affaires avec les Chinois. Alors, en 82, on est revenus sous les ordres du commandant Rivière pour les mettre au pas avec deux compagnies d'infanterie, une compagnie de marins et vingt canons. Mais Rivière, il a fait chou blanc lui aussi. Il a été tué au combat du Pont-de-papier. Oh ! vache morte ! Le gouvernement, il a décidé de faire les choses en grand. Jules

1. Pirates commandés par des chefs de guerre qui rançonnaient les commerçants occidentaux.

2. Ils avaient tort car l'exploit est authentique. Avec 36 marins et 30 soldats d'infanterie auxquels se joignirent 180 fantassins, Francis Garnier vint à bout d'une garnison de 7 000 hommes.

Ferry, il nous a envoyé les trois mille hommes du général Bouet. Vous avez dû apprendre ça à l'école, non ? C'est de l'Histoire de France...

Raoul Signoret évita prudemment de répondre. Il était un peu perdu.

Le dénommé Alfred venait de poser trois verres et une carafe d'eau fraîche sur la table. Franzi Schnelldorfer la manipula comme si elle contenait de la nitroglycérine. Il se contenta de troubler le liquide ambré au fond de son verre et en avala d'un trait le contenu, comme une potion, sans attendre les deux autres qui allongeaient leur alcool.

« Et le docteur Danglars, dans tout ça ? songeait Raoul en surveillant la teinte de son Pernod, quand est-ce qu'il arrive ? »

Comme s'il était doué de transmission de pensée, l'infirme reprit son récit sans qu'on l'ait sollicité :

— C'est à ce moment-là que j'ai connu le docteur Danglars. Il était médecin militaire à bord de l'aviso *Amiral Parseval* dans l'escadre de l'amiral Courbet. Mille huit cents hommes et quatorze pièces d'artillerie. On a attaqué à Sontay et Bac-Ninh, pendant que la Légion enlevait Phu-xa. Et à partir de là, les *Naï-naï*, ils ont rigolé jaune.

Pas peu fier de son astuce, *Le Tonkinois* s'interrompit et guetta le visage de ses interlocuteurs. Face à leur absence de réaction, il fut pris de ce qu'il faut bien appeler un fou rire qui lui mit les larmes aux yeux. Il évoquait la stridulation de la cigale et l'usage frénétique du moulin à poivre. Cela s'acheva par une quinte de toux mémorable. Franzi cracha épais, récupéra un peu de son souffle et continua :

— Moi, j'ai été blessé. Au siège de Tuyen Quan. Je me suis empalé sur un gros bambou taillé en pointe que les *Naï-naï*, ces *bordilles*[1], ils planquaient dans les herbes. On les voyait pas. On s'enfilait dessus. Ça s'est infecté, j'ai bien failli crever. C'est le docteur Danglars qui m'a sauvé. Un vrai miracle. C'est comme ça qu'on est devenus amis à la vie à la mort.

Le patron du bar se tenant sur le seuil de son estaminet suivait avec intérêt les propos de l'ivrogne. *Le Tonkinois* en profita pour faire renouveler les consommations sans en référer au bailleur de fonds.

— Une autre fois, j'ai chopé une saloperie d'amibe qui me bouffait le foie. Et il m'a *resauvé*, le docteur. Si c'est pas le Bon Dieu, cet homme, c'est au moins un de ses amis. Aussi, il peut me demander ce qu'il veut. Je tuerais ma femme, si j'en avais une.

Il fit entendre à nouveau le crissement qui lui servait à rire.

Raoul abonda :

— On comprend. Mais dites-moi, il est resté longtemps au Tonkin, le docteur Danglars ?

Franzi parut réfléchir.

— Je peux pas vous dire. Mais il est reparti avant moi, ça c'est sûr. Parce que longtemps j'ai pas été transportable. Six mois de traversée, dans l'état où j'étais... Mais tant qu'il y est resté, il venait me voir à l'hôpital. On était devenus vraiment *collègues*.

Il vida son verre d'un coup.

— Et puis un jour, je l'ai plus vu. Il était retourné en France, on m'a dit. Des gens ont raconté que c'était à cause d'une femme. Ça m'aurait pas étonné. Il était bel homme. Si vous l'aviez vu dans son uniforme blanc...

---

1. Au premier sens : ordures ménagères. Mais s'employait également au sens figuré.

— Vous l'avez connue, cette femme ?

— Eh, non ! On avait beau être *collègues*, le docteur et moi, on fréquentait pas les mêmes gens. S'il a couché avec une *damote* de la colonie, il est pas venu me le dire. Tout ce que je sais c'est qu'il a eu une histoire et qu'on l'a rapatrié en France *fissa*. Y avait eu un scandale, il paraît, mais j'ai pas su quoi. J'ai jamais demandé, vous pensez ! Ça me regardait pas.

Le Tonkinois demeura un instant silencieux, fit signe au patron de « remettre ça ». Les deux autres refusèrent pour eux-mêmes tout en lui payant un nouveau verre. L'ivrogne ajouta :

— Il aura eu une histoire avec la femme d'un gradé qui l'aura fait virer. On rigolait pas avec ces choses dans l'armée.

— Comment vous êtes-vous retrouvés ? demanda Raoul.

— À Marseille, par hasard, bien des années après. Je savais même pas qu'il était installé ici. Je suis tombé sur lui un jour où je faisais les cageots après le marché du Prado. Il m'a donné une pièce en me disant : « Tenez, avec ça payez-vous un *biftek*, c'est bon pour ce que vous avez. » Il m'avait pas reconnu. Mais moi, oui. Oh, docteur ! J'ai crié ! Et j'ai pas pu dire plus, je chialais comme un *minot*. Comme si j'avais retrouvé mon père. Je lui ai sauté au cou. Il avait pas changé. Question mentalité, s'entend. Toujours aussi *brave* avec les malheureux. Il m'a aidé quand il a vu dans quelle mouscaille j'étais. C'est lui qui m'a fait engager comme docker sur le port. Il connaissait un maître-portefaix dont il avait soigné la femme. Après, quand ma jambe a été écrasée par le sac de riz tombé du palan qui déchargeait l'*Annam*, le docteur m'a encore soigné gratis. Là, il a pas pu faire grand-chose. J'étais trop esquinté. Mais quand j'ai besoin, j'ai qu'à aller le voir. Je suis pas le seul. Tenez, il est même ami avec des *Naï-naï* qu'il a connus à Hanoi et qui sont venus s'installer à Marseille. Je les rencontre souvent quand je vais chez le docteur demander une petite pièce.

Bouillot et Raoul échangèrent un coup d'œil. *Le Tonkinois* fournissait les réponses avant même qu'on le questionne.

*

— Eh ! bien, l'auréole de saint Hippolyte Danglars vient de prendre deux ou trois pointures de plus, disait Raoul Signoret à Émile Bouillot après s'être enfin débarrassé des souvenirs glorieux de Franzi Schnelldorfer.

L'ivrogne avait tenu à chanter en guise d'au revoir ce remarquable couplet :

« *À la caserne les punaises*
Et les cafards
Font gratter l'armée française
Tous les soirs ! »

Bouillot était déçu.

— Je crois que je t'ai fait perdre ton temps, avec cette arsouille. Excuse-moi.

Raoul le rassura :

— Tu as tort de dire ça. Certes, il a un peu tourné autour du pot, notre ami Franzi, mais ce qu'il a dit n'est pas dépourvu d'intérêt. Il a fallu attendre la fin, mais... comment dire ? L'information est tombée.

— Tu trouves ?

— Je pense que saint Hippolyte se faisant virer du Tonkin pour avoir fait scandale à cause d'une histoire de cul, ça ne va guère avec le reste du portrait.

— Tu crois ?

Le journaliste fit halte et, l'index levé, ajouta simplement :

— Je ne sais pas m'expliquer quoi, mais il y a quelque chose qui n'est pas net chez ce bonhomme. Cherchons la femme, comme on dit, on en saura peut-être plus... Le procès reprend la semaine prochaine.

11

Où l'acharnement du président de la cour d'assises met l'accusé en difficulté sans pouvoir empêcher la défense de marquer un point capital.

Les examens médicaux ayant été rassurants, le procès Danglars reprit après deux semaines d'interruption. C'était le vendredi 23 mai précédant la Pentecôte. Ce qui obligea – au terme de cette première journée d'audience – à reporter la deuxième – qui devait être la dernière – au mardi suivant. Elle fut pour le praticien un véritable chemin de croix. Lui, qu'on avait décrit avant le procès comme un homme confiant en son issue, fut l'objet de la part du président Melchior Bouchet d'une mise sur la sellette qui frisait l'agression.

À son habitude, le médecin commença d'une voix sourde, basse, hachée, un récit peu intelligible, ponctué d'une gesticulation inappropriée. Il semblait coupé du monde. Le président l'observait se débattre avec, dans le regard, l'aménité du saurien prêt à fondre sur une proie guettée depuis des heures.

— ... La jeune fille était malade des nerfs. Je lui ai prescrit de prendre de la... des lotions calmantes...

Le président tentait de l'interrompre :

— Attendez qu'on vous pose des questions !

C'était un vœu pieux. Danglars, les yeux dans le vague, poursuivait son monologue, s'animant d'un coup :

— Je n'ai point fait ce dont on m'accuse ! C'est faux ! C'est mensonger ! Elle avait une langue affreuse. L'haleine était fétide. Le ventre ballonné, mais cela n'avait rien à voir avec l'état encore peu avancé de sa grossesse...

Le docteur marqua une brève pause durant laquelle le président Bouchet tenta de glisser une question, mais l'accusé, avec un air extatique, poursuivait comme s'il débitait un texte appris :

— Je me suis borné à pratiquer un toucher avec un doigt. Il s'exhalait de son corps une odeur putride. L'utérus était enflammé et je ne poussai pas plus avant mon investigation.

Il éleva la voix en martelant :

— Ce toucher vaginal superficiel n'a pu provoquer un avortement ! À aucun moment je n'ai utilisé une canule. C'était inutile.

Le président s'impatientait et frappait machinalement avec son maillet. Me de Baffeoli tentait en vain de capter le regard de son client. Danglars, les mains crispées sur le rebord du box, poursuivait dans un état quasi somnambulique :

— Je lui ai conseillé de revenir me voir deux fois par semaine après lui avoir ordonné des bains de siège. Là s'est bornée mon intervention.

Avec la même soudaineté qu'il avait pris la parole sans qu'on l'y conviât, il s'arrêta net. Il parut comme absent des débats. On craignit un nouveau malaise. Le président en profita pour intervenir :

— Avez-vous utilisé une sonde ?

— Je l'ai introduite à peine. Il n'était pas nécessaire d'aller plus loin, je l'ai aussitôt retirée souillée de sang et d'humeurs.

Un murmure dégoûté monta des travées.

— Vous disiez tout à l'heure vous être borné à un toucher digital. Vous voilà à présent sonde en main. Allez-vous sortir maintenant un spéculum de votre trousse ?

Le docteur Danglars vacilla. Son regard flotta sur la cour :

— Je ne l'ai jamais utilisé pour Mlle Bartou.

— Comment se fait-il alors que la malheureuse puisse décrire très exactement cet instrument dans la lettre où elle vous accuse ?

Danglars bredouilla une réponse qui n'arriva pas jusqu'au banc de la presse.

« Bouchet à l'émeri », glissa l'incorrigible Robane en bourrant les côtes de Raoul avec son coude.

— Combien avez-vous reçu pour cette consultation ?

— Cent francs, dont j'ai donné quittance.

Le président tapota son maillet dans le creux de sa main gauche et, fielleux, insinua :

— Si c'était pour un avortement, en effet, ce n'était pas cher payé. Êtes-vous sûr que ce n'est pas neuf cents francs ?

La salle protesta contre cette insinuation gratuite.

Me de Baffeoli bondit de son banc et de sa voix de bronze interpella le magistrat :

— Monsieur le Président, je m'élève avec force

contre ces insinuations. Le docteur Hyppolite Danglars est réputé pour son désintéressement. Chez lui, payait celui qui pouvait, c'est de notoriété publique. Bien des témoins viendront le dire à la cour.

Le président Bouchet répliqua sans s'émouvoir :

— Maître, vous prendrez la parole quand je vous y convierai. Je me bornerai à vous faire remarquer que Mlle Bartou, sans être démunie, était dans une situation financière modeste. Le docteur Danglars ne lui aurait réclamé que cent francs. Il est certain que ce n'est pas – à ce que l'on dit – le tarif habituel exigé pour un avortement clandestin. Mais, après tout, qui nous prouve que, par esprit de charité, le docteur n'aura pas – comment dire ? – accordé une réduction à la malheureuse ?

Cette réflexion odieuse souleva dans le public et parmi les avocats un cri d'horreur auquel le président Bouchet mit fin en menaçant de faire évacuer la salle d'audience. Puis, il revint à Danglars, sidéré, muet, qui regardait devant lui, comme s'il était ailleurs :

— Est-ce dans les habitudes du corps médical de donner ainsi quittance ?

Danglars répondit de son timbre monocorde :

— La jeune fille est revenue me réclamer ce reçu. Je le lui ai donné volontiers. Je pensai qu'elle ne voulait pas risquer d'être soupçonnée par la personne qui lui aurait prêté l'argent de l'avoir gardé pour elle.

Bouchet eut un rictus mauvais :

— Mouais. Et vous laissiez du même coup une preuve officielle qui montrait la pratique d'un tarif ordinaire pour une consultation ordinaire, n'est-ce pas ?

Un long murmure parcourut les travées, fait de

centaines de chuchotements se prolongeant dans l'assistance.

Le président mâchait le travail pour l'accusation.

— Mlle Bartou a décrit l'opération en détails. Vous l'auriez « piquée » à l'aide d'une canule.

Danglars, l'air buté, se contenta de répéter :

— J'ai donné à Mlle Bartou une consultation sur son état de malade pour la rassurer. Pas pour la faire avorter. J'ignorais alors de quoi elle souffrait, mais on voyait qu'elle n'était pas bien, en dehors de son état de grossesse.

Imperturbable, le président continuait à pilonner :

— Le soir même, la jeune fille a perdu beaucoup de sang et elle a fini par faire une fausse couche.

— Je l'ignorais aussi, répliqua le médecin.

— L'accusation soutient que cette fausse couche était la conséquence de votre intervention.

— Elle souffrait d'une grave affection du foie, intervint, exaspéré Me de Baffeoli.

— Qui peut être consécutive à l'avortement ! assena le président sur le ton d'un homme qui ne connaît pas le doute.

L'avocat se rassit, rageur.

Danglars ne réagissait plus. Il ne semblait plus vouloir participer aux débats dont dépendaient pourtant non seulement son honneur de praticien et d'homme, mais sa vie.

— C'est la lecture de la lettre laissée par la malheureuse où elle accable le docteur, qui a poussé Mme Chalifour à avertir la police, poursuivait le président Bouchet. La jeune fille, avant de mettre par écrit ses accusations, avait fait un récit variant dans la forme, mais égal dans le fond – à l'infirmière, à un interne, au docteur Labbé lui-même, le chef du service. Qu'avez-vous à répondre à cela ?

Danglars demeurait coi. C'est son avocat qui répondit :

— Monsieur le Président, la malheureuse, si près de sa fin, n'avait peut-être plus toute sa tête et, dans son délire, elle s'est peut-être crue victime de...

Bouchet le fusilla :

— Maître, gardez donc ce genre d'argument pour votre plaidoirie.

Prenant acte de l'inertie de l'accusé, c'est à Me de Baffeoli que le président, implacable, demanda :

— Gabrielle Bartou, sur son lit de mort, n'a-t-elle pas demandé à voir votre client ?

— Si.

— Il est venu ?

— Non.

— Savez-vous pourquoi ?

L'avocat, qui voyait le piège, ne put que lâcher à regret :

— Il m'a expliqué que le temps lui manquait. Qu'il avait la conscience tranquille. Le docteur voyait peu l'utilité de son intervention à la clinique. Gabrielle était entre de bonnes mains.

Le président fut égal à lui-même :

— Bel esprit de compassion, comme vous disiez ! L'accusation – et je la comprends – pourra penser que si le docteur Danglars n'est pas venu au chevet d'une patiente mourante, c'est peut-être parce qu'il craignait d'entendre certains reproches quant à son savoir-faire de praticien.

La déposition de Mlle Massot, infirmière à la clinique Blanchard et amie de la victime, qui assista de ce fait à ses derniers jours, fut l'une des plus attentivement suivies.

— Quelqu'un a accompagné Gabrielle Bartou lors de sa visite chez le docteur Danglars. Vous aurait-elle informée de l'identité de cette personne ? demanda le président de la cour d'assises.

— Gabrielle ne m'en a jamais rien dit. La seule chose qu'elle m'ait confiée est que son amant insistait pour qu'elle se fît avorter à tout prix, car il n'était pas question pour lui de mettre au monde un futur malheureux.

À ces mots, dans lesquels il retrouvait des convictions anarchistes, Raoul Signoret, qui venait de dresser l'oreille, ne put s'empêcher de penser que cet enfant, s'il avait vécu, aurait de fortes chances d'être aujourd'hui orphelin.

— Mlle Bartou vous a-t-elle décrit sa visite chez l'accusé ?

La jeune infirmière poursuivit sa déposition comme si Gabrielle parlait par sa bouche :

— Le docteur me fit asseoir et prit une tige de fer longue, brillante, un peu recourbée, qu'il introduisit dans un autre instrument de chirurgie et avec lequel il me « piqua ». Je perdis du sang. Le lendemain j'eus une hémorragie abondante et peu de temps après, je suis tombée tout à fait malade.

Le président insista lourdement sur le « *après* ».

À cet instant, Me de Baffeoli intervint :

— Mademoiselle, la jeune fille vous aurait-elle dit avoir bu de l'absinthe pure pour faire passer sa grossesse ?

La jeune infirmière parut réfléchir un court instant :

— Je crois m'en souvenir, oui. C'est son amant qui l'aurait contrainte à en absorber.

Un mouvement de houle parcourut l'auditoire.

Melchior Bouchet reprit les rênes :

— Saviez-vous mademoiselle que votre amie était retournée chez le docteur Danglars pour lui demander un reçu ?

— Elle me l'avait confié, oui, monsieur le Président.

— Selon vous, dans quel but avait-elle accompli cette démarche ?

— À mon avis, pour elle, ce reçu officialisait la culpabilité du docteur.

— C'est ce qu'elle vous a dit ?

— Pas précisément, mais cela se conçoit.

— Nous ne sommes pas ici pour recueillir des impressions, mademoiselle, intervint Me de Baffeoli, mais pour entendre la vérité des faits. Gabrielle vous a-t-elle dit ou non que ce reçu était pour elle un document accusateur ?

La jeune femme se troubla :

— À dire vrai, je sais qu'elle m'en a parlé, mais je ne saurais dire si c'est après la visite du 14 août, ou plus tard, à la clinique, près de sa fin, quand elle a tout révélé sur son lit de mort.

Enfin, l'attention de tous se fixa sur Hortense Chalifour quand elle fut appelée à la barre. Elle était en grand deuil, comme si Gabrielle Bartou eût été sa propre fille ! À la demande du président, l'ex-patronne de Gabrielle souleva son voile de veuve, mais dans la position où elle se trouvait, elle ne révéla ses traits qu'à la cour. Ni le public, ni le banc de la presse ne purent détailler son visage. Le voile noir formait autour de sa tête une sorte de capuchon de nonne qui empêchait qu'on vît son profil. Notamment l'accusé, vers qui jamais elle ne se tourna, réservant son visage aux seuls trois juges. Quant à Danglars, tout le temps de la déposition, il demeura la tête baissée et le regard fixé sur le plancher du box. À aucun moment les yeux du médecin et de « l'artiste lyrique » ne se croisèrent.

En revanche, la diction et la voix de *Jeny d'Amor*, une voix travaillée et « placée » dans le masque par la pratique du chant, portaient étonnamment, bien que Hortense Chalifour eût adopté le ton de la confidence douloureuse :

— J'ai découvert le drame de ma pauvre Gabrielle quand elle fut contrainte de s'aliter. Je tombai des nues.

Me de Baffeoli demanda la parole :

— Madame, Gabrielle Bartou vous avait-elle confié le nom de l'individu à qui elle devait son état ?

— À aucun moment, Maître. Elle me parla d'« un jeune homme », sans jamais le nommer, précisant seulement que ses convictions lui interdisaient d'être père.

— C'était peut-être un curé ! glissa l'ineffable Robane à ses confrères qui s'agitèrent sur leur banc.

Hortense Chalifour poursuivait sa déposition :

— Tandis que l'état de la malheureuse enfant s'aggravait, fort inquiète, je la mis suffisamment en confiance pour qu'elle fît des aveux complets sur son état. La visite chez M. Danglars, l'avortement...

À cet instant, son timbre se brisa. « L'artiste » savait doser ses effets et jouer de sa voix comme d'un instrument à provoquer l'émotion. Elle savait son texte « au rasoir » et le débitait en professionnelle.

Son témoignage ressemblait à une scène de mélodrame.

Hortense Chalifour avait dit ces dernières paroles dans une sorte de sanglot dont la modulation bien dosée émut jusqu'au cœur de pierre du président Bouchet. Le magistrat avait abandonné son air indigné. Il regardait le témoin avec une sorte de compassion, surprenante chez cet être dont la froideur était un état permanent. Raoul Signoret ne put s'empêcher de le noter.

Le président reprit son interrogatoire. Il avait abandonné toute brusquerie. Il posait ses questions avec une modération dans les termes et les intonations nouvelles dans cette bouche sans lèvres.

Me de Baffeoli, qui rongeait son frein depuis un moment, interpella le témoin :

— Madame, vous savez que votre femme de chambre est retournée chez le docteur Danglars après la fameuse consultation où il aurait pratiqué des manœuvres ayant provoqué un avortement ?

— Elle m'avait dit son intention, en effet.

— Est-ce vous qui lui avez recommandé de demander un reçu ?

« L'artiste » fut un bref instant désarçonnée :

— Non... Je lui ai seulement conseillé de demander au docteur Danglars une consultation pour qu'elle n'ait pas l'air d'être venue pour le seul reçu.

Me de Baffeoli feignit de se contenter de la réponse, mais poursuivit :

— Le docteur a collé un timbre mobile sur ledit reçu. Mais, il a omis de signer le timbre. Pour qu'il devienne un document authentique ayant force de preuve éventuelle devant un tribunal, *a fortiori* une cour d'assises, il faut apposer sa signature *sur* le timbre.

— Que m'importe ! s'offusqua Hortense Chalifour. En quoi suis-je concernée ?

L'avocat se rapprocha du témoin :

— Sur le reçu en question, le timbre est collé *à côté* de la signature.

— Mais pas du tout ! protesta l'artiste. Gabrielle est revenue de la consultation avec le reçu signé et me l'a montré.

L'avocat eut une mimique qui disait ne pas croire un mot de ce qu'il entendait :

— Elle n'est pas là pour confirmer vos dires, dommage. Moi, je croirais plutôt que quelqu'un a signé « Danglars » *après* et *à la place* du docteur. À côté du timbre, parce que la personne qui a imité la signature du docteur ignorait qu'il fallait l'apposer *sur* le timbre.

Tandis qu'il parlait, Me de Baffeoli avait tendu une feuille de papier à son client sur lequel il lui avait demandé d'apposer sa signature. Il s'approcha de la cour et du jury :

— Messieurs[1], dit-il, je vous demanderai de comparer la signature que voici, de la main du docteur Danglars et faite à l'instant sous vos yeux, et celle qui se trouve sur le fameux reçu...

L'avocat se tut et regagna son banc avec un bel effet de robe et de crinière.

La défense venait de marquer un point capital. Le brouhaha qui suivit son intervention le confirma. Le doute venait de s'insinuer dans des opinions

1. Rappelons qu'à l'époque les jurys sont exclusivement masculins.

affermies un instant auparavant. Il ne fit que croître avec les témoignages des médecins légistes. Répondant aux demandes précises du président Bouchet, le docteur Brouardel, premier cité, conclut :

— Il est incontestable qu'il y a eu grossesse et fausse couche. Mais je suis formel, la jeune fille est morte d'un kyste du foie.

Cette déclaration provoqua une émotion considérable dans la salle.

— La grossesse ne l'aurait-elle pas aggravé ? demanda le président qui voyait Danglars lui échapper.

Brouardel fit une réponse de Normand :

— La maladie a pu devenir mortelle à la suite de la grossesse et de l'avortement, surtout s'il a été provoqué.

Le pli soucieux qui barrait le front du juge s'atténua.

— Avez-vous trouvé trace d'un avortement criminel ?

La réponse de Brouardel releva de la dialectique jésuite :

— Aucune, monsieur le Président. Mais un opérateur habile peut parfaitement dissimuler les traces de son intervention.

— À votre avis, docteur, l'accusé a-t-il procédé d'une façon normale à l'examen de la grossesse de Mlle Bartou ?

— Non, monsieur le Président. Ce qu'il a fait ne pouvait pas le renseigner sur une grossesse.

Bouchet ne cacha pas son exaspération :

— Enfin docteur il faudrait savoir ! Si M. Danglars n'a pas poussé suffisamment son examen, vous êtes en train de nous dire qu'il n'a pas pu provoquer un avortement. Oui, ou non ? Répondez clairement, je vous prie : un simple toucher des organes avec le doigt détermine-t-il un avortement naturel ?

Confus comme un enfant pris en faute, Brouardel fit la réponse que la cour redoutait :

— C'est très possible. Il y a des femmes qui avortent spontanément pour une émotion violente, un faux pas, un rien.

Bouchet l'expédia. Décidément il ne tirerait rien de positif de cet âne diplômé. Sa colère monta d'un cran quand le docteur Tarnier, l'autre médecin légiste, vint conforter l'avis de son collègue.

L'audience fut levée par un président irrité qui n'attendait pas du renvoi au mardi suivant un nouveau revirement dans l'opinion des jurés : elle était tout entière consacrée à l'audition des témoins à décharge, au nombre de quarante. Parmi eux, outre les patients du praticien venus tresser les louanges du « bon docteur », on trouverait deux généraux en retraite, un amiral, deux intendants de l'infanterie de marine et le propre beau-père de Raoul, Léon Jacquemet. Celui-ci fréquentait le même cercle que le praticien et le retrouvait au sein du conseil de fabrique de la paroisse Saint-Giniez, plantée au cœur des beaux quartiers, où proliféraient les hôtels particuliers et les propriétés bâties par les grandes familles de la ville qui recevaient volontiers « le médecin des pauvres ».

12

Où dans la tête de notre héros s'insinuent des interrogations sans réponses, tandis que la cour d'assises rend un verdict qui laisse un goût d'inachevé.

Raoul Signoret avait quitté la cour d'assises d'Aix-en-Provence, le vendredi précédent, la tête pleine de réflexions antagonistes. L'attitude hargneuse du président à l'égard de l'accusé avait profondément choqué le journaliste.

— Vous avez vu, mon cher Signoret, avait dit Me de Baffeoli – suffisamment fort pour être entendu du président Bouchet qui passait dans la salle des pas perdus – on n'arrête pas le progrès : à présent les audiences d'assises se déroulent avec deux avocats généraux !

Il était visible que tout ce qui pouvait disculper le docteur Danglars exaspérait le magistrat. Il avait houspillé les experts, malmené les témoins comme s'il redoutait ce qui aurait pu miner le dossier d'accusation. Le président dictait clairement le futur verdict.

Quant au docteur Hyppolite Danglars, il ne laissait pas d'intriguer le journaliste. Il était maladroit. Ses dérisoires explications, ses discours inutilement embrouillés, donnaient de lui l'image d'un homme fourbe, empêtré dans ses contradictions. Il ne savait pas se défendre. Ce qui a son importance sur la scène de théâtre qu'est une cour d'assises. Un bon mot, une réplique qui fait mouche, une repartie cinglante, un effet de surprise, un argument inattendu, peuvent retourner l'opinion des jurés et même celle des juges quand ils ne sont pas trop bornés. Ce qui peut arriver. La piètre performance du praticien n'avait pas créé l'empathie indispensable avec ceux qui l'écoutaient et le jugeaient.

D'où le rôle primordial d'une défense talentueuse et habile.

« Si on devait guillotiner tous ceux qui ont une gueule antipathique et un discours filandreux, songeait Raoul en s'asseyant au banc de la presse pour la dernière audience, il ne resterait pas beaucoup de monde sur terre. »

Il n'empêche que quelque chose – il n'aurait su dire quoi – retenait le journaliste d'aller spontanément au secours du médecin avec son habituelle générosité. Lui qui choisissait d'emblée le camp de l'opprimé, gardait envers le praticien une inconsciente prévention. Demeuraient encore trop de zones d'ombres dans la personnalité du « bon docteur ». Il paraissait altruiste et généreux, bien des témoignages l'attestaient. Mais il avait refusé de se rendre au chevet d'une patiente mourante qui le réclamait, au prétexte « *qu'il avait sa conscience pour lui* ». Et surtout, il n'avait pas eu de scrupules à dénoncer aux autorités son propre neveu, Berano, comme un anarchiste dangereux.

Le reporter était à ce point tarabusté par ces interrogations sans réponses, qu'il s'en ouvrit auprès de Bouillot :

— Ce type est une ordure sous l'apparence d'un homme de bien. Il a laissé sa jeune sœur dans un quasi-dénuement. Quand la famille l'a bannie, celle-là, pour avoir fauté avec un *Babi,* il n'a pas eu un geste de compassion. Ni pour elle, ni pour son neveu. Elle l'a élevé seule, ce *minot* et elle y a laissé sa santé.

— Berano n'avait pas un travail ? demanda Raoul.

— Du travail ? Tu parles, comme on en trouve quand on est fiché « anar » chez les *condés* !

Bouillot, remuant ces pensées, secoua la tête :

— L'année dernière, Berano est venu dire à Danglars que sa sœur était très malade et réclamer de l'aide. Ce salopard, non seulement n'est pas allé la soigner, ce qui ne lui coûtait rien, mais il a refusé l'argent que son neveu lui demandait en attendant d'avoir un travail et de rembourser. Alors, après le coup fumant du Crédit Municipal avec la bande à Jacob, quand Berano s'est retrouvé avec de l'argent plein les poches, il a d'abord fait soigner sa mère, ce qui était le plus urgent, puis il est venu trouver son oncle pour lui dire son fait. Il paraît que ça a bardé.

— C'est-à-dire ?

— Berano lui a jeté une liasse de billets de banque à la figure de la part de sa sœur. Et il a dit à Danglars que si jamais elle mourait, il ne laisserait à personne le soin de lui faire la peau.

Raoul blêmit.

— Tu penses que Berano a dit à son oncle d'où il tenait l'argent ?

— Tu parles qu'il se sera gêné ! Il lui aurait même dit que c'était à cause de fumiers de son espèce que des types comme lui n'avaient aucun remords à récupérer ce que d'autres ont volé.

Le reporter baissa la tête.

— Je connais la suite...

— Que veux-tu dire ?

— Après ces menaces, Danglars a eu la trouille et il est allé tout raconter au procureur de la République. C'est mon oncle qui me l'a dit. C'est Danglars qui a dénoncé le coup du Mont-de-Piété. Ce qui explique l'acharnement de Tabouriech à poisser Berano.

La Bouille était devenu pâle comme la Mort.

— Oh, con... qu'est-ce que tu me dis là...

Il ajouta dans un souffle :

— S'il est acquitté, je l'attends à la sortie du tribunal, ce fils de pute !

La déposition à charge de l'étonnante « artiste lyrique », Hortense Chalifour, avait fourré dans la tête du journaliste une suspicion, une interrogation vague dont il ne parvenait pas à se défaire. À quoi rimait son invraisemblable tenue de deuil ? Certes, on avait affaire à une « théâtreuse », habituée aux effets. Mais enfin, ce voile entourant la tête avait eu un avantage certain : dérober son visage à la majorité des présents. Notamment à Danglars. Une sorte d'illumination avait frappé Raoul. Ces deux-là ne se connaîtraient-ils pas ? Et dans ce cas, pourquoi refusaient-ils – chacun à sa manière – le face-à-face ?

Cela n'avait duré qu'un bref instant. Puis le reporter avait chassé l'idée comme appartenant à une imagination surmenée. Mais elle revenait à la charge. Si Hortense Chalifour connaissait Hyppolite

Danglars *avant* l'affaire, qu'est-ce que ça pouvait changer ? Il reconnut n'avoir pas de réponse.

Pour l'instant.

*

« La troisième audience du procès Danglars devant la cour d'assises des Bouches-du-Rhône, écrivait Raoul Signoret dans *Le Petit Provençal* du 21 mai 1899, a tourné carrément au concert de louanges. Quel contraste avec l'audience précédente ! »

Officiers généraux, majors du Service de santé des Armées, anciens compagnons d'armes du docteur, commerçants marseillais des quartiers Prado-Paradis et humbles patients des rues ouvrières du Rouet, tous étaient venus attester unanimement l'honorabilité, la délicatesse, l'esprit de charité, de compassion et le parfait désintéressement du praticien, louer l'honnête homme, aimé des impécunieux, estimé des nantis, irréprochable à tous égards. Certains évoquèrent « le noble cœur », « le philanthrope », d'autres « l'homme de grande droiture qui n'aurait pas manqué sur le tard aux principes ayant guidé toute sa vie ». Les militaires vinrent confirmer que Danglars « n'avait jamais voulu accepter d'honoraires de ses anciens compagnons d'armes ».

Le général Lallemand, dont le patronyme fit glousser l'auditoire, s'exclama, montrant l'accusé du bras : « Mais que fait-il là ? Je suis aussi étonné de voir mon vieux camarade Danglars ici que je le serais de m'y trouver moi-même. » La vieille baderne se tailla un franc succès de rire.

Cela tournait à la litanie des saints et l'incorrigible

Auguste Robane, du *Petit Marseillais*, qui s'ennuyait ferme, constellait son carnet de notes de caricatures obscènes d'un réalisme saisissant. On y voyait le docteur Danglars, le front ceint d'une auréole, dont le priapisme ne faisait pas de doute, s'apprêtant à sodomiser d'un appendice aux proportions phénoménales, Melchior Bouchet, sa toge relevée jusqu'à l'hermine sur des fesses en gousses d'ail. Le duo était environné de variations sur le patronyme du magistrat sous forme de calembours inspirés par le sujet : « *Trompes-Bouchet* », « *Bouchet Rectal* » et autre « *Bouchet la chandelle* ».

L'attention du public, un temps anesthésiée par les laudes entonnées d'un chœur unanime, se réveilla quand apparurent deux autres témoins cités par la défense. C'étaient deux confrères de l'accusé. Ils allaient démolir point par point l'édifice déjà ébranlé par les docteurs Brouardel et Tarnier.

Le premier était le docteur Étienne Pozzo di Borgo, l'un des plus brillants lauréats de la faculté de médecine de Marseille. Il fut formel : il ne faisait pas de doute à ses yeux que le processus de l'avortement, naturel ou provoqué, fût déjà engagé quand Gabrielle était venue consulter le docteur Danglars. C'est même pour cette raison, expliquait le professeur, que le médecin avait constaté sur les organes ces symptômes morbides qui l'avaient empêché de pousser son examen plus loin.

Le second témoin, le docteur Borfigat, avait longtemps travaillé sous les ordres de Danglars. Il vint rappeler une habitude, une manie du praticien :

— Lorsqu'il procédait à une consultation portant sur des affections spécifiques au beau sexe, le docteur Danglars, avant toute autre constatation, examinait la partie malade à l'aide d'une sonde recouverte d'un linge stérile sur lequel il recueillait les éventuelles sécrétions intimes. C'est ainsi qu'il aura procédé avec Gabrielle Bartou.

La mine hérissée du président Melchior Bouchet s'était encore allongée. Il sentait sa proie, si bien happée quelques jours auparavant, glisser d'entre ses mâchoires.

Raoul Signoret écrivit à la fin d'un compte rendu que nous avons retrouvé :

« Hier encore soupçonné d'être un habile "faiseur d'ange" déguisé en praticien philanthrope, Hyppolite Danglars redevenait à vue d'œil une figure de vitrail. »

L'évocation des lettres « suspectes » saisies chez le praticien allait parachever la métamorphose. L'instruction, conduite avec désinvolture, s'était abstenue d'interroger les signataires des fameuses lettres dans l'huis clos d'un cabinet. Si bien que la défense avait été contrainte de faire venir à l'audience, devant deux cents témoins, des gens priés de fournir publiquement des renseignements sur les affections pour lesquelles le docteur les avait traités.

Tour à tour furieux ou honteux des gens respectables furent contraints de donner des détails sur l'état de leur rectum ou dévoiler la nature des pertes blanches qui les handicapaient...

Un témoin à la barre en profita pour engueuler la cour :

— On a trouvé chez le docteur une carte de visite à mon nom, lui recommandant ma femme ? Et alors ? Je souffre d'une hernie et il a guéri mon épouse d'hémorroïdes. La police est venue demander à notre marchande de légumes si mon épouse n'avait pas fait une fausse couche. C'est agréable, je vous jure ! C'est délicat ! Heureusement, nous sommes des gens honorablement connus dans le quartier Rabatau.

Lorsque la parole fut donnée à Me Étienne de Baffeoli, l'un des orateurs les plus brillants du palais, l'avocat dans son préambule ne tourna pas autour du pot :

— Messieurs, vous allez acquitter le docteur Danglars. Votre verdict ne lui rendra pas le bonheur. Vous comprenez bien que sa vie est brisée. Du moins, la solennelle déclaration d'innocence que vous allez prononcer tout à l'heure sera-t-elle l'éclatante proclamation signifiant que son honneur – cet honneur auquel ses frères d'armes sont venus vous dire qu'il n'avait jamais failli – lui est rendu !

Des bravos saluèrent cette forte péroraison auxquels des coups de maillet furieux du président Bouchet parvinrent difficilement à mettre fin.

Affaissé sur le rebord du box, qu'il avait saisi à deux mains, le docteur Danglars, épuisé par la tension subie au fil des audiences et par les quatre mois de détention préventive que le Parquet lui avait infligés, restait sans réaction.

À nouveau, le public éclata en bravos et en applaudissements. Ils précipitèrent la sortie vers la salle du délibéré d'un président courroucé, le mortier de guingois sur le crâne, suivi par les jurés comme une portée de canetons dans le sillage de leur mère.

Vingt minutes de délibération suffirent pour que le président du jury, un paysan rougeaud de Puyricard, à l'élocution hésitante et un gros pli soucieux barrant son front charnu et ruisselant, réponde non à toutes les questions.

Sous les cris de joie de l'assistance, le président Bouchet prononça, l'air navré, l'acquittement pur et simple du docteur Hippolyte Danglars.

Un seul homme, perdu dans la foule, faisait une figure d'enterrement et dardait sur le médecin des yeux furibonds. Il se nommait Étienne Bouillot, typographe de son état et anarchiste de conviction.

13

Où une Justice qui est loin d'avoir fait la lumière met dans la tête de notre héros des soupçons dont il ne parvient pas à se débarrasser.

— Il n'y a que les montagnes qui ne se rencontrent pas. Devine qui je quitte à l'instant ? demanda Cécile en embrassant son mari.

Raoul Signoret ne put s'empêcher d'admirer une fois de plus la silhouette élancée de sa femme et son élégance naturelle, en un temps où les corsets étranglant la taille faisaient aux femmes des croupes de juments, où l'excès de fanfreluches les transformait en gravures de mode. Cécile portait une jupe longue en soie puce qui lui allait à ravir. Un simple corsage blanc à manches bouffantes faisait ressortir son teint mat de Méridionale. Elle avait planté sur ses cheveux sombres remontés en chignon sur la nuque, un coquin canotier qu'elle portait crânement penché en visière sur le front.

Le journaliste sirotait un *Kina Château d'if*, apéritif

à la mode à base de quinquina et de gentiane à la terrasse de la *Grande Brasserie des Allées*, en attendant l'arrivée de sa femme. Il lui fit une réponse attendue :

— Qui as-tu bien pu rencontrer... Attends, laisse-moi deviner... Ton amant ? Le fils Julliand ?

— Non, ça c'était hier après-midi, mon chéri, tu tiens mal les comptes de mes frasques.

Cécile prit place sur un fauteuil d'osier.

— J'ai rencontré mon amie Mathilde.

— Mathilde qui ?

— Mathilde Massot.

— L'infirmière amie de la *pôvre* Gabrielle Bartou ?

— Elle-même. Nous sommes allées prendre un thé chez *Castelmuro*[1]. Il y avait des années que je ne l'avais plus revue. Tu devines de quoi nous avons causé.

— Vous avez dit du mal de moi. Mes oreilles ont sifflé tout l'après-midi. C'est ton amie, Mlle Massot ?

— Nous avons fait nos études d'infirmière ensemble. Tu lui avais tapé dans l'œil, quand tu venais me chercher à la sortie des cours de l'Hôtel-Dieu. Au point qu'elle m'avait dit. « Celui-là, le jour où tu n'en veux plus, dis-le-moi, je suis preneuse. »

Raoul joua les flattés :

— Aaah ! Mais elle est très bien cette petite ! Tu devrais l'inviter à la maison un de ces soirs.

— Compte là-dessus, beau masque !

— Mariée ?

— Souvent.

Le garçon venait de se pencher vers Cécile pour prendre sa commande :

— Un diabolo-grenadine.

1. Célèbre pâtissier de la rue Paradis.

Raoul ricana :

— Oh, oh ! La soirée commence fort ! D'emblée une orgie.

— Tssss ! Les sarcasmes d'un éthylique glissent sur moi comme la pluie sur les plumes d'un canard !

Cécile jeta un œil sur le verre de son mari :

— Qu'est-ce que tu bois, toi ?

— Un sirop pour la toux.

La jeune femme revint à son propos :

— Mathilde m'a dit que la fin de cette pauvre fille avait été bien longue et douloureuse. Elle se demande si elle n'avait pas un peu perdu la tête. Parce qu'elle se souvient bien que Gabrielle Bartou voulait à tous prix se débarrasser de l'enfant. Pourquoi, ensuite, a-t-elle accusé – comment l'appelles-tu ?

— Danglars. Hippolyte Danglars.

— Je ne comprends toujours pas pourquoi elle l'a dénoncé, si elle était venue lui demander de la faire avorter.

Raoul acquiesça :

— Moi, non plus, malgré le procès. Si j'avais été à la place de Bouchet...

— Qui c'est, celui-là ?

— Le président de la cour d'assises d'Aix. Il y a des questions dont j'aurais attendu la réponse avec intérêt, crois-moi.

— Lesquelles ?

— Une, surtout. J'aurais demandé aux témoins de la clinique Blanchard : le médecin-chef de service, les infirmières, telle ton amie, qui connaissait la pauvre fille *avant* qu'elle soit hospitalisée, si quelqu'un avait vu Mlle Bartou écrire sa lettre accusatrice.

— Pourquoi dis-tu ça ?

— Elle est longue, cette lettre : au moins cinq pages serrées. Quand on est à l'article de la mort, ça m'étonnerait qu'on écrive à la sauvette une lettre pareille. Gabrielle Bartou a dû mettre du temps à rédiger son réquisitoire. Dans une chambre d'hôpital, on entre et on sort à tout moment. Quelqu'un a forcément dû voir la mourante en train d'écrire. Je ne sais pas moi, réclamer du papier, de l'encre. Or, personne n'y a fait allusion.

Cécile l'interrompit :

— Tu sais à qui cette lettre a été remise ?

— À personne ! Gabrielle l'aurait laissée dans le tiroir de sa table de nuit.

Cécile regardait son mari s'animer et son sourire n'avait rien de moqueur :

— Qu'est-ce que tu sous-entends, mon cher Lock Holmes ?

— Je vais te le dire, mais pour l'instant, pas un mot à la reine mère. Aurait-elle la moustache cirée de l'oncle Eugène, le phénix de la Sûreté marseillaise. Juré ?

— Craché.

— J'ai comme qui dirait l'impression que feu Gabrielle Bartou n'a jamais écrit cette lettre...

— Pourtant...

— Silence femelle ! Écoute bien et dis-moi qu'en matière de déduction je laisse loin derrière *Monsieur Lecoq* du regretté Émile Gaboriau[1].

— Je le dis, bien que ma préférence aille à Edgar Poe.

---

1. Secrétaire de Paul Féval, Émile Gaboriau (1832-1873) fut le « père » du roman policier français (*L'affaire Lerouge, Monsieur Lecoq, Le dossier 113, Le crime d'Orcival, La corde au cou*).

— Alors, voici : je ne suis pas certain que Gabrielle Bartou eût jamais su écrire ! Ou du moins suffisamment pour rédiger une lettre de ce calibre et de cette tenue. On nous en a lu de larges extraits aux audiences. Côté rédaction, c'était très correct. Très bien tourné. Tu veux mon avis ?

— Comment ne le voudrais-je pas ? C'est toi qui paies le diabolo-grenadine.

— Ce n'est pas une petite bonne de dix-huit ans qui a rédigé ça. Elle n'avait pas le vocabulaire suffisant. Et la main plus faite pour le plumeau que pour le porte-plume. « On » l'a écrite pour elle, cette lettre et « on » la lui a fait signer. « On » ne m'enlèvera pas ça de la caboche que j'ai dure !

Cécile objecta :

— « On » l'a peut-être prise sous dictée et simplement recopiée. « On » la lui aura seulement fait signer.

— Si tu veux me faire de la peine, femme, continue comme ça.

— Ce n'était pas mon intention, mon maître. D'autant plus que si je m'obstine, vous allez me priver du repas envisagé. Au fait, où allons-nous dîner ?

— Au *Grand Café Glacier*.

— Mais, c'est un café ! On n'y va que pour boire.

— Pas le soir, innocente ! Il faut sortir, mon petit cœur. Il faut se tenir au courant. Le soir, dans la salle mauresque qui occupe le fond du café, on peut sacrifier au dieu Comus [1] et se faire servir de délicieux petits plats qui viennent du ciel.

— Du ciel ?

1. Dieu romain des banquets et de la fête.

— Si Votre Grâce veut bien me suivre, Elle verra ce qu'il en retourne.

Raoul se leva, fit le tour de la table, tendit à Cécile un bras en anse de panier après avoir mis dans la soucoupe les trente centimes réclamés et tous deux descendirent d'un pas tranquille vers la rue Cannebière.

— Adèle va bien ?

— Ta mère la garde chez nous. Il ne faudra pas rentrer à point d'heure. Mais dis-moi : pourquoi cette sortie, ce soir ?

— Pour rien, mon amour. Justement, pour rien. Pourquoi faudrait-il attendre une occasion, un prétexte ? J'avais envie de sortir avec une jolie femme que j'aime. Il n'y a rien d'autre, en fait d'arrière-pensée, que de te contempler un moment en tête à tête amoureux, sans témoin, sans fifille, sans belle-mère, sans oncle et tante. Je ne célèbre rien que nous deux ensemble.

Pour masquer son émoi, Cécile serra plus fort le bras de Raoul :

— J'ai bien fait de ne pas te repasser à Mathilde Massot.

C'est le soir, à la lumière de ses cent vingt becs de gaz multipliés à l'infini par d'immenses glaces placées en face-à-face, que la salle du *Grand Café Glacier*, décorée dans un style néo-grec, avec ses tables de marbre, ses dorures, ses colonnettes, ses stucs, ses plafonds peints représentant des scènes agrestes, les larges dalles de son sol, prenait, hors l'agitation fébrile de la journée, toute sa luxueuse beauté.

Cécile, éblouie, avait un regard d'enfant découvrant

le palais des merveilles. L'aspect féerique s'amplifia encore quand, installée à une table face à Raoul dans la salle mauresque, plus intime, elle vit descendre du plafond par un ingénieux système d'élégants passe-plats, les assiettes contenant la commande faite au maître d'hôtel et venir se placer sous le nez des convives !

— À nos amours, dit Raoul en levant son verre de vin blanc de Cassis, au goût de pierre à fusil, qui accompagnait à merveille des filets de rougets frais pêchés.

— Qu'elles durent toujours, reprit Cécile en écho.

Refusant le café – le *Grand Café Glacier* se vantait d'en servir cinq cents tasses à l'heure – Raoul Signoret revint sur une idée qui lui trottait dans la tête depuis le début du repas. Il l'avait repoussée pour ne pas en troubler l'ordonnance et le plaisir de Cécile.

— Dis-moi, puisque tu ne veux pas que je rencontre Mathilde Massot, cette mangeuse d'hommes, ne pourrais-tu pas, toi, Cécile épouse Signoret, aller la trouver et lui poser de ma part quelques questions annexes qui me turlupinent ?

— Toi, je te vois venir. Tu vas nous refaire le coup de l'affaire Coulon et reprendre l'enquête à zéro. Attention ! voilà Raoul Signoret le justicier masqué ! Tremblez hors-la-loi ! Et vous, nervis, regagnez vos tanières !

— Tes sarcasmes de femme repue et entretenue ne m'atteignent pas. Ferais-tu ça pour moi ?

Avec un éclat dans la pupille Cécile avoua :

— Je ferais bien d'autres folies pour un beau jeune homme comme toi. Et pour dire vrai, je n'attendais que ça. Souviens-toi avec quelle maestria j'ai résolu l'énigme de l'assassinat de Mme Magnan et découvert la retraite du vicaire assassin de Mazargues. Si je ne m'en étais pas mêlée, vous pataugeriez lamentablement encore aujourd'hui, ton oncle et toi.

Raoul souleva la bouteille ambrée de son seau à glace et en estima le niveau :

— Hm ! À partir de deux verres, c'est carrément la crise aiguë. Enfin, merci inspecteur ! La Sûreté marseillaise et *Le Petit Provençal* ne dureront pas assez longtemps pour payer leur dette de reconnaissance à une enquêteuse d'élite. Cependant, quitte à vous décevoir, la mission me paraît ce coup-ci infiniment moins périlleuse. Je la dirai même indigne de vos talents. Il s'agit d'aller tirer les vers du nez d'une infirmière amie, munie d'une liste de questions d'apparence anodine et d'en rapporter les réponses à votre collaborateur, ici présent.

— Veux-tu que j'aille la voir à la clinique ?

— J'aimerais mieux pas. Inutile d'attirer l'attention. Retrouvez-vous chez *Castelmuro,* puisque c'est devant un *ménélik* ou un *nègre en chemise* qu'on confesse le mieux.

Cécile, mise en verve, avertit en passant une main sur sa taille de sylphide :

— Dans ces conditions, je ferai une note de frais. Sans parler des séances de sudation et des massages pour éliminer les kilos superflus.

Raoul lui jeta un regard amoureux :

— Un dessert ? Vivons dangereusement.

— Alors, je ne vois pas comment tu échapperais à m'offrir une glace, c'est l'endroit ou jamais.

Ce choix fut l'occasion d'une nouvelle surprise qui ravit la jeune femme. Car le *Grand Café Glacier* s'était fait une spécialité unique, du moins à Marseille. Il proposait des glaces à thèmes, garnies de sujets religieux, militaires, mythologiques et autres, au choix du client. Il servait des sortes de pièces montées où se détachaient des personnages moulés et colorés selon les parfums employés. Cécile et Raoul virent arriver avec des cris de surprise, l'un une scène représentant une Bacchante et un Silène dans leurs habituelles occupations, l'autre Achille et Hector combattant sous un mur de Troie en nougatine !

Une promenade digestive fut la bienvenue. Elle joignit l'utile à l'agréable quand, ayant atteint la tour massive dite « du Roi-René », figure de proue du fort Saint-Jean, veillant sur la passe du port, ils s'assirent sur un banc de pierre face au large. Comme deux amoureux, ils firent des vœux et des projets d'avenir en regardant monter la lune à son premier quartier depuis l'horizon marin. Son reflet semait la surface des flots exceptionnellement calmes d'une pluie de larmes d'argent. Cécile et Raoul poursuivaient leur dialogue de comédie commencé à la terrasse de la *Grande Brasserie des Allées*.

— À quoi penses-tu ? demanda la jeune femme.

— À toi. À nous, bien sûr.

— Et qu'en penses-tu ?

— Du bien.

— Tu ne regrettes pas Mathilde Massot ?

— Difficile à dire. Je manque d'éléments de comparaison.

Cécile joua les offusquées :

— Tu aurais pu avoir la délicatesse de dire que je suis incomparable.

— Je manque d'éducation, je sais. Que veux-tu, je

ne suis pas le fils Julliand, dans le lit duquel ton père aurait tant aimé te voir te vautrer pour la plus grande prospérité de ses affaires.

Cécile répliqua, faussement sérieuse en se blottissant contre son homme :

— J'ai fait la bêtise de ma vie en n'écoutant pas les recommandations paternelles.

Raoul avait passé son bras autour des épaules de sa femme et la serrait très fort contre lui.

Ils se revoyaient aux premiers temps de leurs amours, quand il fallait ruser pour ne pas risquer de rencontres qui eussent pu être rapportées aux parents de Cécile. Fallait-il qu'elle l'aime, son journaliste, pour renoncer sans regrets aux conforts qui lui étaient promis ! Elle avait rompu avec son milieu, ses amies, toutes « casées » par des mariages arrangés entre familles, sans consultation des intéressées. Malgré les prédictions de mauvais augure énoncées par Léon Jacquemet, son ménage « tenait ». Mieux : avec le temps, leur amour, loin de s'éroder, s'était encore approfondi. L'arrivée d'Adèle n'avait fait que le conforter. Raoul s'épanouissait dans son métier, Cécile – à qui le statut de femme au foyer faisait horreur – trouvait dans sa fonction d'infirmière à domicile un sacerdoce qui convenait à sa nature généreuse. Si tout cela ne relevait pas du mot bonheur, ça lui ressemblait beaucoup.

Trois *pointus*, qui partaient pour la pêche de nuit, passèrent sous les yeux des amants. Ils avançaient de conserve, labourant la vague d'un front têtu, dans un silence seulement troublé par le claquement de la toile tendue de la petite voile latine aiguë comme une lame et le chuintement des flots sur le bois de la proue. Cécile et Raoul suivirent le sillage phosphorescent des trois barquettes jusqu'à ce qu'elles aient disparu derrière la *Tête de More*[1].

— Raoul...

— Mon cœur ?

— Je... je me demande si nous n'avons pas mis en route le petit frère commandé par Adèle...

Une seconde d'éternité s'écoula.

Pour masquer la joie mêlée d'émotion qui venait de le saisir, Raoul dit sobrement :

— Je le savais...

— Tu le savais !?

Il poursuivit le même jeu.

— Je peux même te dire quand ça s'est produit.

— Tu *galèjes*...

— Pas du tout. Je me souviens parfaitement du moment où, me retirant de toi, j'ai posé longuement ma tête sur ton ventre.

Cécile, intriguée, se demandait où il venait en venir.

— Et alors ?

— Tu pensais sans doute que c'était là un geste de tendresse dont je suis coutumier.

— Naturellement.

— En fait, j'écoutais.

— Ce garçon a perdu l'esprit, murmura Cécile. Tu écoutais quoi ? Qu'as-tu entendu ? Raoul poursuivit, imperturbable :

— Un immense cri de déception.

— De déception ? Toi, déçu ?

---

1. Le promontoire rocheux où se dresse le Palais du Pharo à l'extrémité de la « rive-neuve » du Vieux-Port.

— Non, pas moi, mais les millions de spermatozoïdes qui venaient de réaliser qu'il n'y a qu'un vainqueur dans la course à l'ovule et criaient leur désespoir.

— Et dire que je l'écoute, bécasse que je suis !

Cécile se mit debout et cria à la nuit :

— J'ai épousé un *fada* !

Raoul, debout à son tour, enlaça sa femme et l'entraîna dans une valse improvisée où les rires se mêlaient aux cris de joie.

— Bécasse, peut-être, mais sûrement la plus belle !

Tous deux reprirent leur souffle avant de s'en retourner vers la place de Lenche en traversant Saint-Jean. Ils marchaient en se tenant mutuellement par la taille.

— Tu es sûre ?

— Rien, ce mois-ci. Il faut attendre vingt-huit jours. Nous saurons s'il y a confirmation.

— Vingt-huit jours... reprit Raoul, pensif, en écho. C'est long.

Mais la farce eut le dernier mot :

— Oh ! J'ai une idée ! Si tu allais consulter Danglars ? Il te dirait, lui !

Les quelques passants attardés que le couple croisa se demandèrent, offusqués, qui étaient ces fêtards secoués de fous rires qui échangeaient des propos sans suite en se bourrant les côtes.

14

Où, devant un cassoulet familial, notre héros pose des questions que les juges avaient préféré ignorer.

— *Li sian maï*[1] *!* s'exclama Eugène Baruteau dès que son neveu Raoul Signoret lui eut fait part des doutes qui subsistaient dans son esprit.

Cette « affaire Danglars » l'obsédait. Le policier taquina le journaliste :

— Voilà le lointain descendant caché du chevalier Bayard qui enfourche de nouveau son blanc destrier ! Tiens, reprends plutôt de ce succulent cassoulet que tante *Thérèsou* fait mijoter depuis quarante-huit heures pour que tu t'en pourlèches les cinq doigts et le pouce, comme on dit chez nous. Tu sais qu'elle l'a fait dans les règles, avec les sept croûtes ?

Se tournant vers son épouse le commissaire l'enveloppa d'un regard tendre, inconnu des voyous marseillais.

1. Littéralement, en provençal, « *On y est encore !* ». Exclamation qui marquait l'exaspération et se traduirait aujourd'hui par « *Ça recommence !* » ou « *On remet ça !* ».

Avec l'autorité d'un chef de la police en passe de devenir divisionnaire, l'oncle Eugène remplit une seconde fois à ras bord l'assiette de son neveu et alla pêcher à son intention un reste de saucisse noyé dans les haricots *tarbais* enrobés de graisse d'oie, fondant sous le palais. Au passage, il harponna à son profit un morceau de confit rescapé du premier assaut et lui fit un nid douillet avec une louche de haricots.

Cécile questionna sa tante :

— C'est quoi cette histoire des sept croûtes ?

Thérèse Baruteau expliqua les secrets de la confection d'un cassoulet « comme là-bas ».

— On recouvre les haricots d'un mélange de panure d'ail et de persil saupoudrant la graisse d'oie. Quand tu mets au four, tu laisses se former une croûte, ensuite tu la crèves, tu mélanges bien et tu recommences six fois. C'est la tradition.

Baruteau renchérit en tentant de resservir de force sa sœur :

— Et ça te fait ce cassoulet onctueux qui n'a rien à voir avec le mortier qu'on te sert sous ce nom dans les buffets de gare.

La mère de Raoul protestait :

— Eugène, tu vas me faire éclater !

— Allez Adrienne, pas de chichis entre nous. Un cassoulet pareil tu n'en mangeras pas deux en dessous du parallèle passant par Castelnaudary. Pourquoi crois-tu que je la garde, ma *Thérèsou*, malgré toutes les misères qu'elle me fait ?

La mise en cause répliqua :

— Toi, c'est plutôt à mon cassoulet que tu ferais des misères.

— Ne cherche pas à salir ma réputation par des

calomnies : ce n'est pas à lui que je fais du mal, c'est toi que j'honore !

— À travers ma cuisine. Merci, c'est délicat.

— À mon âge, on rend les honneurs comme on peut, dit l'oncle Eugène avec un clin d'œil à Raoul.

Il voulut corrompre sa nièce, mais Cécile tint bon en dépit d'une nouvelle charge renforcée par *Thérèsou* elle-même.

— Pour faire plaisir à Eugène, Cécile ! Vous avez la chance de pouvoir manger tout votre saoul et de rester mince comme un *estoquefiche*[1]. Moi, il suffit que je passe devant chez le charcutier pour prendre un kilo.

Baruteau la brocarda :

— Tu y passes, mais il t'arrive aussi de t'y arrêter, ma *Nine*. Tu sais, je ne t'en garde pas rigueur. Ces kilos, tu les places admirablement en rondeurs qui m'enchantent.

Face à cette déclaration d'amour originale, la tante rougit comme une jeune fille confuse, tandis que les convives s'esclaffaient.

La petite Adèle, son jambon-purée avalé, jouait dans le jardin ensoleillé avec *Erda*, la tortue, qui devait son nom à Raoul, alors adolescent friand de légendes germaniques.

Le dimanche en famille, le chef-adjoint de la Sûreté marseillaise remisait ses sourcils froncés et la voix de tonnerre qui avait impressionné plus d'un caïd dans les bureaux de l'*Évêché* et jouait ravi les oncles gâteau (et gâteux, ajoutait *Thérèsou*) avec sa petite-nièce. Les Baruteau, malgré toute leur bonne volonté, avaient été privés par la nature de descendance directe. Ils

1. Morue salée (stockfish).

s'étaient consolés en reportant toute la tendresse dont ils étaient prodigues sur un neveu privé trop tôt de père qui avait eu un oncle-papa et deux mères pour l'élever. Depuis son mariage avec Raoul, Cécile avait pris sa place sans restriction dans le cœur généreux de Thérèse et Eugène.

Si la réunion familiale se déroulait dans une joie habituelle, Raoul, incorrigible, ne pouvait s'empêcher d'y mêler des préoccupations professionnelles. Il trouvait là l'occasion de parler librement avec son oncle, loin d'oreilles indiscrètes, tandis que ces dames papotaient tricot, cuisine, couture et éducation.

Le repas achevé, les deux hommes s'installèrent dans un coin du salon pour savourer une vieille fine, le commissaire lui donnant pour compagnie un *puro* Hoyo de Monterrey[1], au parfum de cuir tempéré par des notes mielleuses et épicées. C'était la seule tentation hebdomadaire que s'autorisait le policier, admise et pardonnée d'avance par Thérèse Baruteau, depuis qu'il avait cessé de fumer la pipe pour soigner son emphysème.

En suivant des yeux le rond de fumée parfait qui montait vers le plafond, le policier, sachant que Raoul ne le lâcherait pas de sitôt, revint de lui-même au sujet :

— Alors, mon beau, qu'est-ce qui te tracasse dans ce procès Danglars ? Toujours cet idéal de justice qui fait de toi le Voltaire de notre temps ?

— C'est ça, mon oncle, fichez-vous de moi !

— Pourtant, on n'a pas condamné un innocent, cette fois.

1. Cigare cubain.

— Je n'affirme même pas qu'on ait laissé courir un coupable.

— Alors ? Où est le problème ?

Raoul réfléchit un instant et lâcha :

— On ne l'a pas jugé pour la faute qu'il aurait commise.

Baruteau fit des yeux ronds :

— Diable ! Qu'est-ce que ça veut dire ?

Raoul chercha ses mots. Rien n'était clair dans sa tête, mais il *savait* intuitivement que Danglars n'avait pas commis un avortement clandestin. Il y avait autre chose à lui reprocher. Mais quoi ? Les juges non plus n'avaient pas trouvé.

— Rendre la justice, ce n'est pas seulement châtier ou innocenter. C'est établir la vérité sans qu'il subsiste le moindre doute. Trop d'éléments du dossier sont laissés dans l'ombre.

— Tu es trop idéaliste, mon cher Raoul. Le monde est imparfait et les hommes encore plus, nous le savons tous.

— Je n'arrive pas à m'y résigner.

— Que peux-tu y faire ?

— Examiner tous les aspects, tous les ressorts d'une affaire qui a conduit ce médecin devant les assises. Poser *toutes* les questions et non quelques-unes. Bâtir mon intime conviction sur des preuves irréfutables et non sur des impressions.

Raoul fit un signe discret à Cécile pour qu'elle les rejoigne. Adrienne Signoret et Thérèse Baruteau étaient plongées sur un sujet délicat : le tour de main à prendre pour réussir un feuilleté qui ne ressemble pas à un pansement humide. Elles ne s'aperçurent pas de l'éclipse de leur belle-fille et nièce.

Raoul dit à sa femme qui prit place près d'eux :

— Je voudrais que tu dises à l'oncle Eugène ce que t'a raconté ton amie Mathilde.

— Au sujet de la lettre ?

— Tout juste.

— Eh ! bien, aucun des personnels de la clinique Blanchard n'a jamais vu la malheureuse Gabrielle Bartou écrire la moindre lettre, durant tout le temps qu'elle a passé dans le service.

Raoul intervint comme s'il ignorait la réponse et demanda à sa femme :

— Cette lettre, c'est elle ? C'est Gabrielle Bartou, qui l'a donnée à une infirmière ?

— Non, on l'a trouvée après son décès dans le tiroir du petit meuble métallique placé au chevet du lit.

— Qui l'a trouvée ? demanda Eugène Baruteau.

— Mon amie, Mlle Massot. Elle l'a remise au médecin, chef du service, qui a averti la patronne de Gabrielle.

Baruteau demanda à son neveu :

— Tu en déduis quoi ?

— Que cette lettre aura été écrite par quelqu'un d'autre que la petite bonne. On l'aura signée de son nom, mais elle a été apportée de l'extérieur. Le défenseur de Danglars, Me de Baffeoli, y a fait plus qu'allusion à l'audience. Il a montré qu'on avait imité la signature du médecin sur un reçu. Mais bizarrement, une fois cela dit, on n'en a plus parlé.

Baruteau fit un geste qui sous-entendait : « ça ne serait pas la première fois ».

— J'ajouterai, pour conforter mes soupçons, dit Raoul, que personne n'a jamais vu la signature de

Gabrielle Bartou *ailleurs* que sur cette lettre. En tout cas, aucun document produit aux audiences ne portait ni son écriture, ni sa signature.

— Qui aurait fait ça, d'après toi ?

— Pour l'instant, même si j'ai ma petite idée, je n'ai aucune certitude.

S'adressant à sa femme :

— Inspecteur Cécile, achevez votre rapport.

— Mathilde Massot, mon amie, l'infirmière de la clinique Blanchard qui a assisté et donné des soins à la pauvre fille jusqu'à son décès, m'a dit que la patronne de Gabrielle Bartou venait la voir tous les jours et passait des heures en sa compagnie. Vous savez qu'elle est artiste et qu'elle est donc libre dans la jour...

Eugène Baruteau interrompit sa nièce et demanda à Raoul :

— Tu soupçonnerais cette femme ?

Le policier eut un geste d'apaisement :

— Attendez, mes enfants ! Ne sautons pas trop vite à la conclusion. Cette petite était à son service. Elle la savait seule au monde. Mon Dieu, cette sollicitude envers une fille si jeune encore et si mal en point ne suffit pas à mes yeux à en faire un *corbeau* [1] potentiel. Pour vous, elle serait suspecte ?

— Elle ou d'autres... répondit Raoul. Mais elle était bien placée pour agir.

— Ta conclusion, alors ?

— On a voulu se venger de Danglars. Mais on ne le visait pas pour cette affaire d'avortement. D'ailleurs, les experts médicaux ont été formels : ce n'est

1. Auteur de lettre anonyme ou apocryphe.

pas un geste maladroit lors d'un examen gynécologique qui a fait mourir la petite, mais une infection massive du foie.

— Tu veux dire qu'on a foutu Danglars dans la panade à l'occasion de ce décès, mais que c'est autre chose qu'on voulait lui faire payer ?

— Ça se pourrait bien.

— Pas idiot, comme raisonnement. Mais qu'y faire maintenant ?

— On reprend l'enquête de zéro.

Baruteau, qui venait de réussir un rond de fumée d'anthologie avec son *puro* et le regardait ravi, faillit s'étrangler.

— Ah, non ! Je t'aime bien Raoul, mais pas moi ! Tu me vois arriver en disant « le président de la cour d'assises est un *bagalenti*[1] » ? Qu'il a rien compris au dossier et a conduit les audiences comme une *favouille*[2] ? On retourne à la case départ, comme au jeu de l'oie ?

— Vous non, mon oncle. Vous ne pouvez pas vous le permettre. Mais moi...

— Toi ? Tes chers confrères vont encore dire que tu te pousses du col, que tu as la tête enflée. Que tu te prends pour l'agence Pinkerton[3] à toi tout seul.

— Eh, bien, mon oncle, laissez-les dire...

1. Un jean-foutre.
2. Petit crabe. Au sens figuré : pas dégourdi, maladroit.
3. Célèbre agence de police privée fondée en 1850 à Chicago par Allan Pinkerton.

15

Où Émile Bouillot, typographe et anarchiste, assiste par hasard à une bien étrange scène nocturne devant le domicile du docteur Danglars.

— Signoret ?

— Lui-même.

— C'est Mostacchi, le planton du hall. Y a un bonhomme qui te demande. *(Vous êtes monsieur ?)* Pouillot Émile. Y te demande.

— Pas Pouillot, Bouillot. Avec un B. Comme banane que tu es.

— *Voueï ? Bè* y te demande. Je le fais monter ?

— Non. Je descends.

Depuis que la direction du *Petit Provençal* avait doté chaque journaliste d'un poste téléphonique personnel, la vie professionnelle d'Auguste Escarguel n'avait plus la même saveur. Autoproclamé « décrocheur de combiné » quand il n'y avait qu'un poste pour deux, il se faisait un plaisir de jouer les standardistes pour Raoul Signoret. Il s'informait avec courtoisie sur l'identité de l'appelant, prenait la précaution de demander par gestes à l'appelé s'il était d'accord pour prendre la communication. Au besoin, il se chargeait d'inventer des excuses ou prétextes, lorsque Raoul, son vis-à-vis, lui paraissait trop occupé, conseillant à l'interlocuteur de renouveler son appel. Ainsi Auguste Escarguel pimentait-il ses journées toutes semblables. On le payait pour rédiger la rubrique « *Faits et Méfaits* » du journal. Il en était le titulaire et l'unique rédacteur depuis trente-sept ans. Il commençait à s'en lasser. En trente-sept ans de pratique, Auguste Escarguel ne s'était jamais levé de sa chaise pour autre chose que se rendre périodiquement aux toilettes situées à l'étage inférieur (sa prostate lui jouait des tours) ou pour retourner chez lui sa journée faite. C'est pourquoi l'arrivée du téléphone dans cette existence de cloporte avait paru au vieux journaliste sans ambition une invention proche de la magie. Tout d'un coup, Auguste Escarguel entendait arriver à son oreille, par la petite grille d'ébonite, toute la rumeur du monde. Il se sentait enfin une âme de grand reporter, prêt à filer sur un simple appel à l'autre bout de la planète en se jetant dans le premier paquebot en partance, sans même avoir pris le temps de boucler sa valise.

Hélas, la joie du vieux rédacteur avait été de courte durée. En dotant chaque journaliste d'un poste personnel, on avait fait reculer la convivialité générale de la rédaction. Désormais, chacun parlait pour soi avec des gens dont Escarguel ne savait pas le nom, dont il ignorait le contenu de la conversation. Plus on avait de moyens de communiquer et moins on racontait de choses aux confrères. Quelle tristesse !

Auguste Escarguel releva la tête de sa feuille, regarda Raoul mettre sa veste d'alpaga et coiffer son canotier avec l'air d'un vieux chien que son maître abandonne et poussa un soupir chagriné.

— Gu, on me demande en bas. Je reviens.

Escarguel regarda son jeune confrère s'éloigner en murmurant :

— Il ne m'a même pas dit qui la demande...

Et il reprit sa rédaction. Titre :

Un cheval emballé renverse une voiture des quatre-saisons

Hier matin, rue Longue-des-Capucins, un grave accident a eu lieu qui aurait pu avoir des conséq...

Raoul Signoret descendait deux par deux les marches étroites qui conduisaient au rez-de-chaussée du journal. Il était ravi de revoir le vieil anar dont un excès de travail l'avait éloigné. Le hall était vide, exception faite du planton.

Le journaliste gagna la sortie et jeta un œil dans la rue de la Darse. Pas de Bouillot.

Il s'informa près du planton :

— Il est parti ?

— Ton ami ? Il m'a dit qu'il allait faire un tour à l'atelier...

— M'étonne pas.

Raoul prit l'étroit couloir qui conduisait au cœur du journal. Il était jadis celui du théâtre dont *Le Petit Provençal* avait colonisé la coquille vide à la manière des bernard-l'ermite. Ainsi la salle des linotypes[1] et

1. Machines à composer au plomb qui assemblent les caractères en mots et en lignes à partir d'un clavier.

le *marbre*[1] se tenaient-ils à l'emplacement exact où rutilait jadis le velours des fauteuils de l'orchestre de *L'Alhambra lyrique et mimique.*

Raoul aperçut la petite silhouette trapue de *La Bouille* en grande discussion avec les typos de l'atelier. Ils prenaient l'air par l'ouverture béante donnant sur la rue Sainte, à l'arrière de l'immeuble abritant le journal. Cette haute porte métallique était celle par où, jadis, on introduisait les décors dans les coulisses du théâtre.

Le journaliste s'approcha du groupe. Ça parlait métier, bien sûr. Ils en étaient tous si fiers !

L'arrivée de Raoul arracha Émile Bouillot à ses confrères.

— Alors, lâcheur, dit le typographe. Il faut que je vienne jusqu'ici ?

Raoul serra la main rugueuse qui se tendait :

— J'ai honte, et tu as raison de me tirer les oreilles. Mais j'ai un patron, moi.

— Défenestre-le. Et prenez le pouvoir.

— Mmmm. Son bureau est au premier étage. Il s'en tirerait...

Les deux hommes s'esclaffèrent.

— Tu es venu me voir comme ça, ou tu passais pour une raison précise ?

Bouillot jeta un coup d'œil circulaire en roulant des yeux terribles :

— Je suis venu repérer les lieux pour le soir où je

---

1. Plateaux de fonte (à l'origine en marbre) où se mettaient en place les titres et les colonnes de caractères en plomb dans des formes aux dimensions des futures pages des journaux à imprimer.

viendrai poser une bombe chez les porte-parole du patronat.

Raoul entra dans le jeu :

— Dans l'ordre d'urgence, commence donc par *Le Petit Marseillais*. Ça me laissera le temps de me mettre à l'abri.

Bouillot redevint sérieux.

— Tu vois un endroit où on puisse causer tranquilles ?

— C'est pas ce qui manque le long du Quai du Canal. Il y a un bistrot par maison. Mais ils sont en permanence remplis de confrères occupés de parler d'eux et de leurs écrits. Je n'ai guère envie de leur rendre des comptes sur mes fréquentations. On va aller à la *Brasserie Pavillon*. C'est tellement grand qu'on y passera inaperçus. Sais-tu qu'elle est également installée comme nous sur l'emplacement d'un ancien théâtre ?

La Bouille l'ignorait. Passées les frontières du quartier du Rouet sa science avait des lacunes.

— J'y vais pour la bière, dit Raoul. Elle y est toujours de première fraîcheur. Il faut dire qu'elle n'a pas fait un long voyage jusqu'à ton bock. Elle arrive de la rue Bernard-du-Bois.

L'œil du typographe s'éclaira :

— Ah, c'est la *Velten*. Je connais.

— Comment ! Tu fais des infidélités à celle de ton quartier, la *Bière Marx* ?

— Je fais une exception pour Velten, car ce sont les seuls patrons républicains de Marseille que je connaisse.

— Avec Jules Charles-Roux, tout de même.

— Si tu veux, admit l'anar.

— Chez les Velten c'est de famille, rappela Raoul,

puisque le fondateur de la brasserie s'affichait déjà comme républicain. Si je ne m'abuse, l'actuel patron, Godfried, a soutenu Gambetta et il a financé Clovis Hugues[1] pour fonder *La Jeune République* en 76, l'ancêtre du *Petit Provençal*.

La Bouille rigola :

— Dans ces conditions, j'aurais mauvaise grâce à ne pas aller trinquer avec toi et à faire gagner trois sous à celui que nous pendrons en dernier.

Raoul, taquin, précisa :

— Pour ne pas te prendre en traître, je dois t'informer que la *Velten* est aussi la bière préférée de mon oncle.

Ils poussèrent la porte à tambour de la vaste salle enfumée où les chocs des porcelaines et des verres sous les becs à pression claquaient au-dessus de la basse continue des conversations. La noria des garçons en demi-deuil portant avec adresse des plateaux chargés de douzaines de bocks avec leurs soucoupes créait une frénétique animation.

Une banquette en moleskine dans le fond de la salle agréablement décorée par Arnaud Durbec leur offrit un havre à l'écart des buveurs. Les deux hommes s'y assirent côte à côte. À peine installés et commande faite, Bouillot se pencha vers son jeune ami et lui saisit l'avant-bras :

— Je te dérange peut-être pour rien, petit, mais figure-toi que l'autre soir...

Il se reprit.

1. Clovis Hugues (1851-1907) poète, journaliste et homme politique républicain, socialiste, anticlérical, élu député de Marseille en 1881.

— Je devrais dire l'autre matin parce que ça ne devait pas être loin de trois heures, je revenais d'une réunion...

Il fit une brève pause, se mordit la lèvre inférieure, puis continua :

— Pardonne-moi : l'habitude de me méfier... À toi je peux le dire. Une réunion du Groupe des Réformateurs. Celui auquel j'appartiens.

— Je vois, fit Raoul. Vous dessiniez les plans pour faire sauter tout Marseille en commençant par la Bonne Mère et la Chambre de Commerce. Ça prend du temps, c'est pour ça qu'à ton âge, tu étais encore dans la rue à cette heure-là.

La Bouille sourit, mais ne releva pas. Il continuait son récit.

— Le local où nous nous réunissons se trouve dans l'arrière-salle d'un bistrot à côté du Champ de Manœuvre[1]. Je revenais à pied chez moi, en passant par l'avenue du Prado, parce qu'au Rouet, ils ont oublié d'éclairer les rues. Il n'y avait plus assez de lampadaires pour nous, ils étaient tous chez les riches.

— Et tu avais peur de rencontrer un anarchiste rentrant chez lui.

Bouillot répliqua sobrement :

— Couillon. Tu la veux ou tu la veux pas, mon histoire ?

Raoul ouvrit des yeux extasiés :

— Je me dessèche d'en savoir la fin. Accouche !

Le typographe saisit la balle au bond :

— Alors commande deux autres bocks et je la finis !

1. À l'emplacement de l'actuel parc Chanot.

Tandis que le garçon s'éloignait il reprit :

— Je marchais en pensant à rien, quand tout d'un coup je me suis retrouvé à hauteur du boulevard Latil. Machinalement, j'ai jeté un coup d'œil, tu sais ce que c'est. On le fait même pas exprès.

— Et tu as vu Danglars qui dansait tout nu sous la lune, une plume dans le derrière.

— Non, mais j'ai vu quelque chose qui m'a encore plus étonné.

Là, pour bien marquer qu'il reprenait la main, *La Bouille* cessa de parler et regarda Raoul dans les yeux :

— Tu aimerais bien savoir *qué* ?

— Si c'est au prix d'un nouveau bock, dis-le-moi, je vais aller marchander le fût.

L'anar se fit magnanime :

— La suite, je vais te la dire gratis. Devant le château de la Belle-au-Bois-Danglars, il y avait deux voitures attelées. D'ailleurs, c'est le bruit d'un cheval s'ébrouant dans la nuit qui m'a attiré l'attention.

— Jusque-là, ça vaut même pas un sirop d'orgeat.

— Attends. Tu vas me l'offrir ce troisième bock. Les voitures semblaient attendre. Je me suis planqué derrière un tronc de platane et j'ai *espinché*[1] tant que j'ai pu.

— Alors ?

— Pendant un long moment, rien. Et puis tout d'un coup, la porte du jardin s'est ouverte. Tu sais, la porte métallique devant laquelle on s'est fait appeler Jules par le cerbère-femelle du docteur ?

— Lili Chauchoin, sa gouvernante, oui.

— J'ai d'abord vu un type qui sortait à reculons

1. Regarder, observer, de préférence sans être vu.

en ayant l'air de porter quelque chose de lourd. Et à l'extrémité de cette chose lourde, il y avait un autre bonhomme qui la portait aussi. Et cette chose lourde, c'était un corps humain, que les deux bonshommes trimballaient en le tenant sous les épaules et par les jambes. Il était tout *mouligas*, on aurait dit un hamac de marine.

La bière rendait Raoul facétieux.

— À première vue, c'était pas un fœtus. Preuve que Danglars n'a pas recommencé à commettre des avortements clandestins.

— Mais n'empêche qu'il était là aussi, le Danglars. Malgré l'obscurité, je l'ai reconnu quand il est passé devant le fanal de la première voiture avec sa grande carcasse et sa tête de Jules Ferry. Et il avait l'air drôlement agité.

— Homme ou femme, le corps, d'après toi ?

— Homme. Sûr. Il avait un pantalon.

— C'était peut-être George Sand.

— Re-couillon, ponctua *La Bouille*, qui poursuivit. Les porteurs ont mis le corps dans la cabine de la première voiture et l'un des deux est monté sur la banquette du cocher. L'autre est resté à l'intérieur, avec le corps.

— Qu'est-ce que tu as fait ?

— Moi ? rien du tout ! J'ai pas bronché, derrière mon platane. La première voiture a démarré, elle a pris le Prado vers le Rond-Point et elle a tourné à droite en direction de la mer par le deuxième Prado. Mais quand ils sont passés près de moi, tu sais pas qui j'ai reconnu sur le siège du cocher ?

— *Le Tonkinois ?* demanda Raoul, au hasard.

— Tu es pas tombé loin. Tu y es presque.

— Accouche !

— Non pas *Le Tonkinois*, mais un des *deux* Tonkinois.

— Tu veux dire...

— Oui, les deux nains jaunes dont l'un boitait, qu'on avait vus sortir de chez Danglars le jour où on s'est fait tirer les oreilles par Tante Lili.

— Non !

— Comme je te le dis.

— Qu'est-ce qu'il foutait là ?

— Ça ! Je lui ai pas demandé.

— Et Danglars ?

— Il est monté dans la deuxième voiture et il a pris la même direction. Je suppose qu'il les a suivis. Qu'est-ce que tu en dis ? Je suis venu te voir pour rien ?

Raoul regarda le vieux typo avec tendresse :

— Même si tu étais venu les mains vides, tu m'aurais fait plaisir. Mais, là ! Mon vieux ! Je ne sais pas ce que tu as vu, mais tu as vu quelque chose. Et ce quelque chose je donnerais cher pour savoir ce que c'est.

La Bouille avait pris la tête d'un chien que son maître caresse.

— Qu'est-ce qu'ils pouvaient bien foutre avec un macchabée sur les bras ?

— Attends, pas trop vite ! C'était pas forcément un macchabée.

— Eh ! que veux-tu que ce soit ?

— Un type complètement *empêgué*[1] qu'on ramenait chez lui, par exemple. Ou quelqu'un pris

1. Ivre mort. Vient du provençal *embuga* qui désigne l'action de faire boire le bois d'un tonneau jusqu'à ce qu'il ne puisse plus rien absorber.

d'un malaise grave durant une soirée chez Danglars. Ça n'en fait pas pour autant des assassins.

— Tu veux dire que mon histoire...

— Non, non, mon vieux Bouillot. Ton histoire me passionne, même si le corps qu'on transportait n'est pas celui d'un mort. Peut-être plus encore, dirai-je. Il faut aller y voir.

— Y voir ? reprit le typographe en écho. Comment ?

— Il faut que j'y réfléchisse, mais il faut aller là-bas. Il doit bien exister un moyen d'y rentrer ?

— Chez Danglars ?

— Où voudrais-tu aller, chez Franzi Schnelldorfer ?

— Té, dit *La Bouille*, justement, moi j'y suis allé !

— Chez Franzi ? Pour quoi faire ?

— Pour vérifier que le macchab... que le corps qu'on transportait, c'était pas le sien, pardi !

Raoul se redressa et posa la main sur l'épaule de son ami.

— Inspecteur Bouillot, je vous félicite pour cette initiative. Si un jour vous cessez vos regrettables fréquentations, une place vous attend à l'*Évêché*. Je vous ferai pistonner par mon oncle.

La réaction de *La Bouille* fit converger les regards des buveurs vers lui :

— Oh pute borgne... ! Parle pas de malheur ! Merci bien !

— Tu ne m'as pas dit si *Le Tonkinois* était toujours en ce bas monde ?

— Je pense que oui.

— Tu penses, seulement.

— C'est-à-dire... J'ai évité d'entrer dans sa tanière.

J'ai mis mon oreille à la porte de la remise et je l'ai entendu qui beuglait :

« *V'là l'cent treizièm' qui passe*
Crénom quel régiment !
Faut qu'ça craq' ou qu'ça casse
Quand il marche en avant ! »

— Et tu l'as laissé dire ?

— Tu penses bien que non, moi j'ai gueulé encore plus fort une chanson de mon répertoire.

La Bouille commença à chanter :

« *Canons qui faites tant de bruit*
Fermez vos gueules qu'on s'entende ! »

Le chœur des buveurs, surpris, baissa de plusieurs décibels.

Raoul Signoret, qui imaginait la scène, éclata de rire.

— Dis Bouillot, la prochaine fois, quand vous referez un numéro comme ça, au Rouet, Franzi et toi, soyez chics, le gardez pas pour vous. Invitez-moi !

16

Où la découverte d'un corps flottant sur les eaux du port de La Joliette jette notre héros sur une nouvelle piste.

— Signoret, vous avez vu ? On a encore repêché un Chinois dans les eaux du bassin de La Joliette.

L'œil d'Auguste Escarguel, titulaire de la rubrique « *Faits et Méfaits* » du *Petit Provençal,* frisait d'excitation. Enfin, une nouvelle qui le changeait des minuscules événements, pâture ordinaire de son existence de cloporte.

Raoul, occupé à placer dans un article le mot ornithorynque, répondit par un grognement distrait.

Escarguel insista :

— C'est le deuxième en dix jours.

— Ah, oui ?... *t, h, o, r, y, n...*

— Ça vous semble pas bizarre, à vous ?

— Quoi donc, mon bon Auguste ?

— Signoret ! Je vous parle et vous n'écoutez même pas...

— Je vous prie de m'excuser. Vous disiez ?

— Je disais que pour la deuxième fois en dix jours,

on vient de repêcher le corps sans vie d'un Chinois dans le port de La Joliette.

— Eh, bien ! ça vous change des chapardages aux devantures et des chevaux emballés.

— Ça ne vous fait pas plus d'effet que ça ?

— Gu, ce n'est pas à vous qui avez quarante ans de métier que je vais apprendre qu'il s'en passe, toutes les nuits, sur les quais du port de Marseille. Un de plus un de moins... Sans doute un règlement de comptes entre traficoteurs...

Escarguel, dépité, baissa le nez et de sa plume sergent-major s'apprêta à calligraphier le reste de la nouvelle repiquée sur la main courante[1] de la police.

— Le pauvre mort se nomme Trân Van Pham, ajouta Escarguel pour lui-même.

— Alors ce n'est pas un Chinois, nota distraitement Raoul.

— C'est quoi, alors ?

— Un *Indo*chinois. Les noms qui commencent par Trân sont du nord de l'Indochine. Probablement que votre bonhomme était tonki...

Escarguel s'inquiéta de voir son jeune confrère tétanisé, la bouche ouverte :

— Eh, bien, qu'est-ce qui vous arrive ?

— Rien, je pensais brusquement que j'ai oublié de fermer le gaz, en partant de chez moi.

— Mme Signoret y aura remédié, dit le bon Escarguel de plus en plus intrigué par l'attitude d'un jeune homme qui, habituellement, présentait les signes d'un équilibre mental sans à-coups.

1. Document qui rapporte dans leur chronologie les grands et petits méfaits du jour.

— Sans doute, sans doute. Vous disiez qu'il se nomme, votre noyé ?

— Trân Van Pham. Mais ce qui est amusant, c'est qu'on le surnommait *Le Goï*.

— Le QUOI ?!

— *Le Goï*, Le Boiteux, en parler marseillais. Sans doute à cause d'une claudication. Il semble avoir été connu des services de monsieur votre oncle.

Raoul s'était levé d'un bond, avait contourné les deux bureaux face à face et se penchait sur le papier que tenait la main tremblotante d'Escarguel.

— Ah ! vous voyez que ça vous intéresse !

— Trân Van Pham dit *Le Goï*, ça alors...

— Vous le connaissiez ?

— De vue, seulement.

Raoul retourna vivement à sa place, bondit sur son téléphone et appela le Commissariat central.

Il eut aussitôt Eugène Baruteau au bout du fil.

— Tu fais aussi dans le fait divers, maintenant ? Laisses-en un peu aux autres... Qu'est-ce que tu lui veux à Trân Van Pham ? Il est mort, tu le sais ?

— C'est bien pour ça qu'il m'intéresse. C'était bien un type qui boitait ?

— Oui, avant qu'on lui plante un couteau dans le ventre hier soir, il avait du vent dans les voiles, en effet. Un accident de travail récolté au cours d'une précédente rencontre avec un ami qu'il avait dû regarder de travers.

— Il avait un casier ?

— Chargé comme le mur d'un lieu d'aisances public. Pas des choses mirobolantes, mais des petits trafics en tous genres. L'opium, notamment. Tiens, ça me fait penser... Tu sais où il travaillait, officiellement, si l'on peut dire ?

— Chez un importateur ?

Baruteau gloussa :

— En quelque sorte. Chez M. Trân, tu sais ? L'associé de mon ami *Coco* Migliacci, le barbeau de la rue Radeau. C'est ce Trân-là qui tient le *Pavillon de la Prospérité Céleste*, le restaurant chinois du boulevard des Dames qui sert de paravent à la fumerie d'opium dont je t'avais parlé et où je t'avais conseillé d'aller accompagné d'un de mes inspecteurs, tu te rappelles ?

Dans la tête de Raoul, les idées, les images se bousculaient. Il se revoyait en compagnie de *La Bouille* suivant ces deux petits hommes jaunes dont l'un boitait bas, qui venaient de sortir de la maison du docteur Danglars. Il revivait cette folle nuit qui l'avait poussé sous un prétexte irrationnel sur les quais de La Joliette pour assister au flagrant délit de trafiquants d'opium pincés par les services de la douane. Et puis tout à coup, allez savoir pourquoi, il se retrouvait aux assises, au moment où le docteur Danglars avait son étrange malaise. Tout cela se télescopait sous son crâne, s'enchevêtrait dans une tarentelle folle. Pourquoi, inconsciemment, reliait-il les trois événements ? Quelle force faisaient s'assembler contre sa raison ces épisodes disparates ? Des réflexions hétéroclites se remettaient en ordre d'elles-mêmes, comme mues par une force interne. Des intuitions abracadabrantes semblaient vouloir se teinter de logique. Il y avait là un début de piste à suivre. Il n'allait pas rester les bras ballants. Il fallait agir. Vite.

— Raoul ! Oh, Raoul ! Tu as perdu ta langue ? Tu es toujours là ? Pourquoi tu dis plus rien ?

La grosse voix d'Eugène Baruteau ramena le reporter sur terre.

— Pardonnez-moi, mon oncle, j'avais un problème avec mon téléphone.

Il mit rapidement fin à la communication.

Raoul Signoret n'avait plus qu'une idée en tête : au plus tôt, il irait boulevard des Dames, dîner au *Pavillon de la Prospérité Céleste*.

Il n'avait encore jamais goûté à la cuisine asiatique.

17

Où une visite dans une fumerie d'opium pour gens du monde apporte une réponse surprenante aux interrogations de notre héros.

Trente ans, la taille bien prise, élégant dans son habit sombre, une moustache noire en croc, une tournure d'officier en bourgeois, voilà en quelques traits le portrait de Jules Quilghini, inspecteur de la Sûreté à Marseille qui dînait ce soir-là au *Pavillon de la Prospérité Céleste* en compagnie de Raoul Signoret.

Si Quilghini est un nom corse, le faciès et le teint de l'inspecteur trahissaient, du côté maternel, des origines indochinoises certaines. La mère du futur policier, une Annamite, avait naguère succombé au charme méditerranéen et exotique (pour elle) d'un sous-officier de la Coloniale natif de Propriano, en poste à Da Nang. Il en avait fait son épouse légitime et l'avait ramenée en France, son engagement fini.

Ce qui expliquait que Jules Quilghini fût un « Chinois » à fort accent marseillais.

Les deux hommes, qu'on aurait pu prendre pour

deux amis en goguette, étaient, chacun à sa manière, « en mission ». Officiellement, le journaliste complétait son information sur l'opium et ses trafics dans le cadre de l'enquête commencée sur les quais de La Joliette. Le second, sur ordre d'Eugène Baruteau, lui servait ce soir de guide et de mentor en spécialiste de la question.

Baruteau avait vanté les mérites de son adjoint :

— Tu vas voir. C'est un as. Il va te faire gagner du temps. Il sait tout sur l'opium à Marseille. M. Trân – qui connaît son intérêt – est copain comme cochon avec lui.

— C'est-à-dire ?

— Nous fermons les yeux sur quelques-unes des coupables activités de cet honorable commerçant et en échange, il n'y a pas plus bavard que lui lorsque nous avons besoin de renseignements qui nous manquent sur certaines affaires où nous pataugeons. Donnant-donnant. Tu vois, l'affaire du *Rangoon*, c'est lui qui nous a prévenus.

— Sans doute parce que la drogue ne lui était pas destinée.

— Probablement. Il a balancé un confrère et éliminé pour un temps la concurrence. C'est de bonne guerre entre trafiquants.

— Et c'est aussi pourquoi vous avez retrouvé *Le Goï* flottant sur les eaux ?

— Tu as tout compris. La bande rivale a fait savoir à Trân qu'elle se doutait d'où venait le coup. Mais nous, on s'en fout. C'est leur cuisine. Je ne vais pas gaspiller mes équipes à rechercher ceux qui ont fait passer le goût du pain au *Goï*. Ils régleront ça très bien entre eux.

— Je ne m'y ferai jamais, avait redit Raoul qui s'était fait brocarder une nouvelle fois par son oncle.

Baruteau envisageait de proposer son neveu pour le prochain Prix de Vertu décerné par l'Académie de Marseille.

La prétendue clandestinité de la fumerie d'opium du *Pavillon de la Prospérité* n'était qu'un secret de Polichinelle connu de la bonne société marseillaise qui y avait ses entrées et habitudes. Il n'était qu'à voir les tenues vestimentaires des dîneurs, les robes longues de leurs femmes ou maîtresses, pour réaliser que l'établissement chic au décor luxuriant, avec ses piliers décorés de fleurs de lotus, ses murs ornés de tapisseries aux motifs compliqués, ses statues empruntées au Panthéon des divinités asiatiques, ses aquariums où évoluaient gracieusement des cyprins aux yeux globuleux et aux nageoires comme des voiles, n'était pas à la portée du premier venu. Ici, les négociants cossus venaient pour le prix d'un repas raffiné, se donner l'illusion du dépaysement, pimenté par le frisson que procure la transgression d'un interdit. L'opium était la drogue à la mode, celle qui rendait le moindre rimailleur en panne l'égal de Baudelaire et aux bourgeois gras et stupides donnait l'illusion fugitive d'être des aventuriers romanesques.

Quant à la police, si elle se bornait à réprimer trafics et trafiquants lorsqu'ils devenaient un peu trop voyants, il n'était pas dans ses missions prioritaires de tourmenter les consommateurs. Habitués huppés du *Pavillon de la Prospérité Céleste* ou pauvres diables cherchant dans les arrière-salles des bordels du quartier réservé un réconfort dans des rêves enfumés, ces clients-là étaient d'une espèce paisible et discrète. Le seul danger qu'ils présentaient était pour leur propre santé. Ils ne menaçaient en rien la paix sociale et les policiers avaient d'autres soucis ou urgences.

Voilà pourquoi l'inspecteur de la Sûreté Jules Quilghini que M. Trân en personne – petit homme grassouillet, aussi large que haut au perpétuel sourire aurifié – était venu accueillir avec force courbettes, était parfaitement à l'aise d'être là, en compagnie d'un journaliste, tout en sachant ce qui se passait derrière la lourde tenture ornée de dragons écarlates masquant l'accès à un long couloir faiblement éclairé, à quelques mètres de la table où il avait dîné de bon appétit de potage aux nids d'hirondelles, de porc au caramel et de beignets de fruits légers et craquants qu'il maniait en virtuose de la baguette.

Raoul Signoret, néophyte dans leur maniement, était allé à maintes reprises « à la pêche » sous la table. Les bouchées facétieuses semblaient montées sur ressorts dès qu'il tentait de les saisir à l'aide des fines baguettes d'ivoire entre ses doigts malhabiles.

L'inspecteur Quilghini – tout en dégustant un délicieux alcool de riz parfumé à la rose que M. Trân lui-même venait de poser sur la table – complétait l'information du journaliste :

— Nous sommes sans illusion. Quatre-vingt-dix pour cent de l'opium qui transite ou arrive dans le port de Marseille nous échappe. Nous en sommes réduits à des actions ponctuelles comme celle de l'autre nuit, qui rassurent les honnêtes gens et calment pour un temps le ministre de l'Intérieur. Que voulez-vous que nous fassions d'autre avec nos moyens, quand l'administration coloniale française elle-même trouve dans ce trafic une source considérable de revenus ?

— Mais cette drogue est un poison ! Un fléau pour la santé publique. Votre mission est aussi de la protéger, objectait Raoul, indécrottable idéaliste.

Jules Quilghini sourit :

— Certes, dans l'absolu vous avez raison. Mais alors, interdisons le tabac, l'alcool. Le petit verre que vous venez de boire...

— J'y ai juste trempé mes lèvres, pour en savoir le goût, je ne le finirai pas.

L'inspecteur reprit :

— Je ne dis pas qu'il ne faille rien faire pour ceux qui souffrent d'addiction...

— Addiction ?

— Lorsque vous ne pouvez plus vous passer d'une drogue. J'ai connu un opiomane qui en était à cent pipes par jour. Il n'avait plus quitté la fumerie depuis trois ans. Je ne vous décris pas son état : un squelette vivant dont l'esprit voguait vers des sphères inconnues. Là, oui, il faut s'en préoccuper. Mais quand il s'agit d'une expérience occasionnelle, une petite pipe est moins dangereuse que trois cigares ou un verre d'armagnac. Les gens *comme il faut* qui nous entourent et qui vont tout à l'heure « tirer sur le bambou » comme on s'offre un dessert, ne sont pas des toxicomanes *stricto sensu*. Ils participent à un jeu mondain.

Le reporter objecta :

— C'est ce que disent tous les drogués.

— Eh, bien, venez avec moi. Vous allez vous rendre compte par vous-même.

L'inspecteur fit signe à l'un des serveurs qui s'approcha. Il lui glissa quelques mots à l'oreille. Puis, se tournant vers Raoul.

— Allez ! nous allons passer à côté, vous pourrez constater que ça n'a rien de l'antichambre de l'enfer.

Raoul Signoret eut un involontaire mouvement de recul.

Quilghini l'observait amusé :

— La conscience professionnelle a des exigences, monsieur le journaliste.

Raoul grimaça :

— C'est que je n'ai jamais fumé de ma vie. Je ne vais pas commencer ce soir, surtout de cette façon.

L'inspecteur, qui s'était levé, se pencha vers le journaliste :

— C'est un reportage que vous voulez faire, ou un prêche pour la messe du dimanche ? Dites-moi, mon cher Signoret, vous ne souffrez pas de migraines ?

— Pas plus qu'un autre, pourquoi ?

— Je me demandais si votre auréole ne vous serrait pas un peu.

Raoul, vexé, se leva à son tour et suivit le policier.

La tenture qui masquait l'entrée d'un étroit couloir fut écartée par un serviteur en tunique de soie verte, coiffé d'une calotte noire. Les deux hommes s'y engagèrent à la file indienne. Le couloir n'en finissait plus. Au bout on descendait quelques marches. Ils débouchèrent enfin dans une vaste pièce carrée, plongée dans la pénombre, où flottait une odeur rappelant le cacao brûlé. Elle devait se trouver au niveau des caves de l'immeuble. Une grosse lanterne pendait du plafond ornée des inévitables dragons. Elle diffusait une obscure clarté qui permettait à peine de se diriger. Après quelques instants, l'œil s'habituait et l'on pouvait distinguer des sortes de bat-flanc de bois sombre, recouverts de coussins bariolés sur lesquels plusieurs couples étaient soit allongés sur le côté, soit assis le dos appuyé sur des coussins dressés verticalement contre le mur comme des dossiers. Certains, guidés par des serviteurs qui leur avaient préparé leur pipe, inhalaient des bouffées qu'ils exhalaient par les narines, tandis que d'autres reposaient déjà paisiblement les yeux mi-clos. Deux femmes discutaient à voix basse. Elles tenaient leurs pipes comme des flûtes à bec, tandis que les serviteurs silencieux et efficaces veillaient à ce que personne ne manque de rien, aidant l'un à faire chauffer le fourneau au-dessus de la lampe posée sur une table basse devant chaque fumeur, ou détaillant l'art de tirer le meilleur profit d'un opium de qualité dont l'odeur douceâtre et lourde imprégnait la pièce.

Ça n'avait que peu de choses à voir avec les récits lus par Raoul dans des témoignages de son confrère Paul Bonnetain correspondant du *Figaro* en Indochine, dépeignant ces tanières misérables où végétaient des loques humaines, abruties par des années de pratique. Ici, le décor et les participants rappelaient les descriptions esthétisantes d'un Loti, d'un Farrère ou d'un Albert de Pouverville, assurant que le rite de l'opium, avec son cérémonial magique, est « *une étape ouvrant la voie au discernement, au savoir occulte et à la connaissance, passant par l'extase, l'oubli, l'allégement, la lucidité* ».

Deux sofas tête-bêche étaient libres. L'inspecteur prit place sur l'un d'eux, invitant le journaliste à prendre l'autre. Ils s'allongèrent sur le côté, faisant face au centre de la pièce où étaient déposées les pipes, les lampes, les aiguilles servant à aller prélever les boulettes d'opium contenues dans des pots décorés d'idéogrammes. Raoul était tendu comme une corde de violon. À la fois excité par la découverte et culpabilisé d'enfreindre des principes de vie dont la pratique intensive du sport avait fait une règle intangible.

Leurs pipes furent bientôt prêtes. On entendait grésiller la boule d'opium dans le fourneau de terre fixé sur le tube de bambou.

— Si possible, essayez de tout aspirer en une seule prise, glissa Jules Quilghini. L'effet est meilleur. Thieu va vous guider.

Joignant le geste à la parole il aspira longuement la fumée. Il l'exhala lentement par le nez. Le dénommé Thieu le débarrassa de la pipe et l'inspecteur s'allongea les yeux clos.

Raoul, emprunté comme une poule qui a trouvé une clarinette, ne se décidait pas. L'œil exercé du servant le remarqua et il vint s'asseoir au bord du bat-flanc. Il ôta la tige de bambou des mains du journaliste et, montrant la façon de la tenir, lui plaça d'autorité l'orifice dans la bouche.

Thieu exhorta le client en lui chuchotant à l'oreille :

— Aspirez, monsieur, aspirez...

Raoul s'exécuta, mais dès que la fumée atteignit ses lèvres, ce fut plus fort que lui. Il lâcha l'embouchure et détourna la tête avec une grimace. Le regard étonné du serviteur le contraignit à emboucher de nouveau le tube dans lequel il souffla, produisant un panache tel qu'on n'en vit jamais de mémoire d'opiomane.

Thieu allait lui préparer une nouvelle pipe, mais Raoul l'en dissuada, prétextant un malaise. Il dit au serviteur qu'il allait simplement se reposer en attendant que son ami sorte de sa rêverie. Pour « *l'ivresse sacrée, l'accès par la porte éblouissante des voluptés lucides aux sphères subtiles, philosophiques et bienveillantes* » promis par Claude Farrère, on verrait une autre fois.

Combien de temps s'écoula-t-il avant que Quilghini, s'ébrouant, sorte de sa rêvasserie ? Raoul Signoret n'aurait su l'évaluer. La tête lui tournait un peu. Sans doute l'air confiné de la pièce chargé des senteurs capiteuses de l'opium n'y était pas étranger. Le journaliste avait passé son temps à observer les va-et-vient des clients du restaurant qui s'offraient un supplément non mentionné sur la carte ou à regarder entre ses paupières mi-closes les autres fumeurs, avachis ou somnolents, tout en continuant à se demander quel plaisir on pouvait prendre à pareilles pratiques.

Quelle force irrationnelle l'avait poussé à venir ici, ce soir ? Que comptait-il y trouver ? Qu'avait-il fait, sinon perdre un temps qu'il aurait pu passer dans les bras de Cécile ? Il était incapable de répondre.

Quilghini se leva. Apparemment, il n'avait pas un autre air que celui qu'il arborait en arrivant. Raoul se demanda si cela était le signe d'une pratique habituelle ou au contraire si, comme l'avait dit l'inspecteur, une prise occasionnelle n'avait aucune autre conséquence que de donner un coup de fouet, comparable à celui que vous procure un petit verre quand le *spleen* vous tourmente.

Le policier lui tendit la main pour l'aider à se lever et les deux hommes reprirent le couloir qui ramenait vers la salle du *Pavillon de la Prospérité Céleste*.

— Comment avez-vous trouvé ça ?

Raoul joua l'évasif :

— Étrange.

— Vous ne vous sentez pas plus léger, plus comment dire ? – mieux dans votre peau ?

— Franchement, non. Je me demande s'il n'en va pas avec l'opium comme de la pratique religieuse. Il faut avoir la foi. Et je ne l'ai pas.

Ils débouchèrent dans la salle dont la clientèle s'était clairsemée durant leur absence. Dans un renfoncement, à demi dissimulé par une des colonnes entourées de plantes vertes grimpantes, Raoul aperçut le dos grassouillet de M. Trân. Il parlait à quelqu'un assis en face de lui que le journaliste ne pouvait pas voir, d'où il se trouvait.

Quilghini réclama sa note à l'un des garçons, mais le patron, ayant reconnu sa voix, se leva et vint au-devant du policier pour lui signifier que l'addition était pour lui. L'inspecteur insista pour la forme tout en rangeant son portefeuille.

Raoul Signoret s'était avancé pour saluer à son tour le maître des lieux. Ce qu'il vit alors lui apporta la réponse à toutes les questions qu'il s'était posées en vain durant le temps où il était demeuré dans la fumerie. Elle était là sous ses yeux, cette réponse. Elle fit battre son cœur plus vite. Elle le persuada que les intuitions les plus irraisonnées sont parfois les meilleures. Il n'avait sans doute pas récolté au *Pavillon de la Prospérité Céleste* la matière à publier une enquête qui ferait date dans l'histoire du journalisme. Mais ça n'avait plus d'importance. Ce qui en avait, en revanche, c'est ce qu'il contemplait et qui valait à lui seul le déplacement.

L'homme au visage maigre et osseux, dont les

favoris lui donnaient une vague ressemblance avec feu Jules Ferry, attablé en face de M. Trân, propriétaire du *Pavillon de la Prospérité Céleste* et accessoirement trafiquant notoire d'opium, se nommait Hyppolite Danglars.

18

Où Cécile Signoret, prenant une initiative dictée par la curiosité, offre à Raoul une piste nouvelle, propre à fournir un début de solution aux problèmes posés.

À partir de ce jour, Émile Bouillot – quand il n'avait pas une commande d'imprimerie à honorer ou des tracts incendiaires à tirer pour la Cause – se mua en espion. Les endroits d'où il pouvait voir le « château » du docteur Danglars sans être vu n'avaient plus de secrets pour lui. Il ne se couchait jamais sans être allé tardivement « faire un tour » du côté du « boulevard ». Sa particularité d'être une impasse le rendait aisé à surveiller. L'insomniaque trouvait même dans cette promenade digestive un plaisir personnel. En même temps, le typographe-indicateur avait en permanence un œil sur les allées et venues du *Tonkinois*. En apparence, celui-ci poursuivait ses activités ordinaires : inventaire des reliefs du marché du Prado, mendicité multiforme et ivrognerie permanente. *La Bouille* avait noté que l'ex-soldat de la Coloniale passait fréquemment chez le docteur Danglars, mais n'en avait tiré aucune conclusion. Schnelldorfer n'avait-il pas confié devant un *Pernod* que le médecin lui venait en aide ?

Deux fois par semaine Bouillot et Raoul Signoret se retrouvaient au *Café Niel*, rue de Rome, vaste salle où le billard attirait de nombreux amateurs, plus occupés de leurs carambolages qu'à écouter les conversations des autres. C'était un café d'officiers de cavalerie et d'employés du télégraphe, à deux pas de la Préfecture. L'établissement avait été choisi par les deux hommes pour se situer à mi-parcours de leur lieu de travail respectif. On n'y rencontrait, semblait-il, ni journalistes, ni anarchistes, autres que les deux spécimens qui s'y donnaient rendez-vous.

Apparemment, le transport nocturne surpris par *La Bouille* devant le domicile du médecin n'avait pas eu de suite. Aucun fait divers plus ou moins sanglant ou sordide n'avait été signalé. Pour ne pas alerter sans raison sérieuse l'oncle Eugène, Raoul n'avait pas abordé la question avec le policier. Il « laissait venir ». S'il y avait eu affaire d'importance à laquelle le nom de Danglars fût mêlé, Baruteau n'aurait pas manqué de la claironner à Raoul, dont il connaissait l'intérêt pour cet étrange personnage.

D'autre part, le journaliste savait par les rapports de Bouillot que le praticien avait repris ses consultations habituelles, tous les après-midi, jusqu'à dix-huit heures.

Raoul Signoret avait beau retourner ses cogitations sur toutes leurs faces, il ne trouvait pas de *raison raisonnable* pour approcher le docteur Danglars. Seuls dans les romans-feuilletons publiés par *Le Petit Provençal*, on rencontrait des héros émules de Frégoli, capables de se déguiser en archevêque ou en capitaine des pompiers en moins de temps qu'il ne faut pour l'écrire, passer par les toits, s'introduire chez les gens sans se faire pincer, rouler impunément leur prochain dans la farine, sans que leurs créateurs se soucient de vraisemblances.

Dans la vie, on se heurtait à des obstacles infranchissables, à des problèmes sans solution.

C'est de Cécile, une nouvelle fois, que vint la proposition la plus apte à faire avancer une enquête dans laquelle son Raoul pataugeait.

Lasse d'entendre l'amour de sa vie enrager à longueur de temps, épuisée d'avoir à chercher le sommeil dans un lit conjugal transformé en tremplin par un dormeur agité de spasmes, exaspérée par les grognements oniriques de son compagnon, un soir, alors qu'ils venaient de se mettre au lit, elle lui mit en main le marché suivant : ou Raoul la laissait se mêler de l'affaire, ou lui-même « laissait tomber ». Ce n'était plus une vie que de la partager avec un époux atteint si jeune de névrose obsessionnelle.

Comme elle n'était pas journaliste, *elle*, Cécile avait raisonné en infirmière. C'est-à-dire comme quelqu'un familier de la méthode des médecins pour poser un diagnostic. Elle avait examiné les « symptômes » un à un, avant de penser au traitement le plus approprié.

« Voyons, s'était-elle dit, il faut approcher le docteur Danglars. Qui peut le faire le plus aisément ? Un patient. Quelle est la spécialité médicale dans laquelle la réputation du docteur Danglars est le mieux établie ? Les affections propres aux femmes. C'est-à-dire ? La grossesse en est une. Et de taille. »

Arrivée à ce stade de sa réflexion, Cécile avait

conclu par un syllogisme que Socrate n'aurait pas renié :

1) Le docteur Danglars soigne les femmes enceintes. 2) Je suis une femme. 3) Je suis sans doute enceinte. 4) Je peux lui demander une consultation. Ainsi pénétrerai-je avec une raison valable dans son univers qui intrigue mon cher et tendre, au point de le rendre insupportable.

C'était imparable. Au moins sur le plan de la logique du raisonnement.

Ce que Cécile « oubliait » de préciser, c'était qu'elle mourait d'envie de voir de près ce bonhomme dont la paradoxale personnalité empoisonnait la vie de son mari.

Le soir même, la jeune femme avait demandé, comme incidemment, à son époux si elle pouvait d'une manière ou d'une autre l'aider dans cette enquête qui l'obsédait et qui n'avançait pas.

Comme à l'habitude, Raoul avait commencé par s'opposer aux prétentions de Cécile à vouloir jouer au détective amateur.

— Tu n'as pas eu à te plaindre de moi, les deux fois où je suis partie en mission, lui avait-elle rappelé à propos.

— C'est vrai. Mais là, ce n'est pas la même chose. Il n'y a ni assassinat, comme à La Blancarde, ni crime maquillé en suicide, comme à Mazargues.

Cécile, dont la mémoire n'oubliait rien, eut tôt fait de rafraîchir celle de son époux :

— Ça ! Tu n'en sais rien ! Tu me dis que ton ami *La Bouille* a assisté à un transport de corps aussi mystérieux que nocturne. Qui te dit que ce n'était pas un assassinat dont on cherchait à effacer discrètement les traces ou les preuves ?

— Comprends-moi, avait objecté Raoul. Ce n'est pas un cadavre que je cherche, pour l'instant. Si cadavre il devait y avoir, l'enquête relèverait de la police. Ce que je veux savoir, c'est ce que fait le docteur Danglars en compagnie de trafiquants d'opium et pourquoi quelqu'un – par une dénonciation qui a toutes les chances d'être calomnieuse – l'a fait envoyer aux assises, espérant sa condamnation.

— Crois-tu qu'il y ait un lien entre les deux ?

Raoul eut une moue dubitative.

— Je donnerais cher pour l'établir. Cela a-t-il un rapport avec ses fréquentations du côté de la pègre ? *Chi lo sà ?* Pas moi. Et c'est pour ça que j'enrage.

Cécile le taquina :

— Eh bien, qu'attends-tu pour aller lui demander ce qu'il te cache ?

— C'est malin ! J'aimerais bien trouver un prétexte, ça oui ! Je donnerais cher pour aller faire un tour dans son pseudo-château. Il s'y passe des choses pas claires : ces *Tonkinois* que je vois sortant de chez lui et que je retrouve dans l'entourage de M. Trân, trafiquant notoire. Le transport nocturne de ce bonhomme mal en point que Bouillot a aperçu sortant de chez Danglars. Il a une double vie, ce monsieur *comme il faut*, dirait ton père.

La jeune femme resta un long moment silencieuse, comme si elle réfléchissait à une chose précise.

Raoul, de son côté, avait l'air d'un enfant boudeur à qui on refuse un jouet. Cécile entreprit de lui rendre son entrain et sa bonne humeur, grâce à des dons qui lui étaient propres, auxquels son jeune mari semblait particulièrement réceptif.

C'est encore essoufflée, penchée sur la poitrine haletante et nue de son époux, ses longs cheveux dénoués procurant à Raoul des frissons bienvenus en ces temps caniculaires, que Cécile Signoret fit son entrée officieuse dans l'enquête sur l'affaire qu'on appela plus tard « Le secret du docteur Danglars ».

La jeune femme contemplait Raoul apaisé et radieux. Elle pensa le moment venu de confier à son époux l'initiative qu'elle avait prise l'après-midi même sans le consulter.

— Tu ne vas pas *me crier*, comme dit tante Thérèse, quand je vais te dire ce que j'ai fait.

Cécile bâillonna Raoul d'un long baiser, puis, lui révéla son emploi du temps de l'après-midi même :

— Te rappelles-tu la plaisanterie dont tu me gratifias, certain soir, lorsque je te fis part de mes espoirs de grossesse ?

Raoul avoua ne pas se souvenir de la bêtise qu'il avait pu proférer pour masquer son émotion.

— Tu m'as dit finement : « Si tu allais voir Danglars. Il te dirait, lui. »

— C'est exact. Et c'était idiot. Je te demande pardon.

Cécile eut un sourire qui fit fondre Raoul :

— D'accord. Te voilà pardonné. À une condition...

— Ah, je me disais bien...

— Tu ne te disais rien du tout, gros menteur. Il ne s'agit pas de chantage, mais d'une proposition d'aide concrète. Monsieur Sherlock Holmes de la place de Lenche, vous êtes en train de *vous néguer*[1] comme on dit chez vous autres, gens du peuple. Alors, je vous dis ceci : Moi, Cécile Jacquemet, épouse Signoret, je

1. Vous noyer.

suis allée, pas plus tard qu'aujourd'hui, au cabinet de consultation d'Hyppolite Danglars, boulevard Latil, au Rouet.

— Quoi ?!

Raoul, stupéfait, fut aussitôt rendu muet par deux lèvres tièdes.

Cécile lui laissa reprendre sa respiration en lui mettant un index sur la bouche et continua comme si de rien n'était :

— Je voulais voir de près la tête de celui qui tourmente mon chéri au point de le rendre insomniaque, atrabilaire, en un mot : insupportable.

— Merci pour les compliments. Mais sous quel prétexte y es-tu allée ?

— Mon Dieu qu'il est bête quand il s'y met ! J'avais pris rendez-vous pour une consultation. Je peux te dire que sa clientèle s'est accrue à proportion de la célébrité que lui a conférée son acquittement. J'ai dû m'y prendre trois semaines à l'avance.

— Pourquoi ne m'en as-tu rien dit ?

Cécile sourit :

— Tu m'aurais défendu d'y aller ? Vrai ?

— Sûrement !

— J'ai eu au bout du fil Mlle Marie-Louise Chauchoin, sa secrétaire, qui m'a fixé le rendez-vous à la date d'aujourd'hui. Et je m'y suis rendue. J'ai vu sur la table de bureau derrière lequel trône le docteur, le chapeau haut de forme dans lequel les indigents mettent ce qu'ils peuvent pour régler leur consultation. Je lui ai confié que je me croyais enceinte, en lui demandant de bien vouloir m'examiner.

Raoul était abasourdi :

— Tu es folle. Et il t'a examinée ?

— Naturellement...

— Il s'est servi de sa fameuse canule ?

— Non. Il s'est servi de ses mains, enfin... de ses doigts préalablement protégés. Tout cela avec beaucoup de tact. C'est un monsieur très délicat. Il sait vous mettre à l'aise. On voit qu'il a fait ça toute sa vie.

— Cécile... tu me fais marcher !

Elle ne se départit pas de son calme :

— Pas du tout. Tu vois, c'est très facile d'entrer chez le docteur Danglars, quand on a un prétexte.

Elle ajouta, moqueuse :

— Évidemment, il t'était difficile de l'invoquer, celui-là. Mais trouves-en un. Je ne sais pas, moi, va consulter à ton tour.

— Et quand j'aurai passé ma consultation, qu'est-ce que je fais ? Je lui demande de me faire visiter les chambres ? Où se trouve la cave ? Qui était le type de l'autre nuit ?

Cécile asticotait son homme pour l'amener à réagir plus positivement :

— Je distingue dans cette réaction de mauvaise humeur comme un dépit.

— Bon, passons sur cette folie, dit Raoul qui ne voulait pas s'avouer vexé. Tu as voulu voir Danglars et tu as vu Danglars. Et maintenant ?

— J'espère le revoir. Tu n'as pas d'autres questions à me poser ?

Le journaliste fronça les sourcils, fit semblant de chercher et répondit non, boudeur.

— Tu es sûr ?

— Quelle question voudrais-tu que je te pose ?

— Oh, rien. Une chose insignifiante. Le résultat de l'examen, par exemple...

Le cœur de Raoul fit un bond dans sa poitrine.

— Quel mufle je fais !!

Les larmes lui vinrent aux yeux.

— Je te demande pardon.

Cela fut dit avec un tel accent de sincérité que Cécile se sentit émue, comme le matin où Raoul était rentré, de retour de l'exécution de l'anarchiste Berano. Elle le prit contre sa poitrine.

— Tu es ?...

Elle fit oui en fermant les paupières.

— Oh, mon amour ! Je ne mérite pas une femme telle que toi ! Je faisais mon numéro de grand journaliste froissé... Je posais mes questions stupides, alors qu'une seule aurait dû compter. Mon ardoise s'allonge. Combien de temps va-t-il falloir que je vive pour payer ma dette ?

— Le plus longtemps que tu pourras. C'est à cette condition que ta dette te sera remise.

Ils demeurèrent ainsi enlacés un grand moment, muets, heureux dans la tendresse partagée. Les mots n'avaient plus d'importance. Raoul posa sa tête sur le ventre doux de sa femme. Il lui semblait entendre la lointaine rumeur d'une vie minuscule qui s'installait déjà près d'eux.

Groggy par ce qui venait de lui choir sur le crâne en quelques minutes, il luttait contre le sommeil qui venait, afin de ne pas perdre une seconde de ces instants de grâce, quand Cécile reprit la parole :

— Je n'ai pas tout à fait terminé de te raconter ma visite.

— Je suis prêt à tout. Tu attends des jumeaux ? Tu es la fille cachée de Danglars ? Cet enfant à venir est le sien ?

Cécile rit de bon cœur.

— Il vaut mieux que je te le dise, tu ne trouveras

pas tout seul. Quand je suis arrivée, Mlle Chauchoin m'a fait entrer dans la salle d'attente et a rempli ma fiche. Quand je lui ai dit ma profession, elle m'a regardée et a simplement dit : « Faites-vous les piqûres à domicile ? » J'ai répondu « à l'occasion ». « Bien, a dit l'adjudant en jupons. Il se pourrait que le docteur fasse appel à vos compétences. Seriez-vous disponible ? » « Pour quoi faire ? » ai-je demandé. Elle a répondu : « Je vais lui en parler, il vous le dira lui-même. »

Cécile fit une légère pause et lâcha l'air malicieux :

— Il m'a engagée...

Le visage de Raoul incarnait à cet instant une allégorie de la stupéfaction humaine.

— Engagée ?! En voilà une autre ! Engagée à quoi ? À faire son ménage ? À repasser ses sarraus ? À être un peu plus raisonnable ?

— Engagée, comme infirmière.

Cela fut dit comme par inadvertance. Raoul se souleva sur un coude :

— Boh !

— Sois sans inquiétude. Danglars m'a demandé de lui faire une série de piqûres.

Raoul n'arrivait plus à suivre.

— Je deviens fou, moi, avec cette femme !

Il se demandait encore si tout cela n'était pas une vaste blague que lui faisait Cécile.

— Il ne peut pas se les faire lui-même ? C'est bien la peine...

Cécile l'interrompit et très sérieusement, expliqua :

— Quand je suis entrée dans le cabinet de consultation, Danglars avait ma fiche en main.

Raoul s'affola :

— Tu lui as dit ton nom ?

Cécile bondit :

— Il me prend vraiment pour une bécasse, ce bonhomme ! Ni ton nom, ni mon nom de jeune fille, puisque Danglars connaît mon père. Pour lui, je suis Clémence Galtier. J'habite rue de Lodi. Ça te va ?

— Celui-là ou un autre... Pourvu que ça ne soit pas le vrai.

— Bien. Alors je continue. Danglars m'a demandé : « Vous savez faire les intraveineuses ? » « Bien sûr ! » « J'aurais peut-être besoin de vos services. » Je devais faire les yeux étonnés qui sont les tiens à l'instant, quand il m'a expliqué le pourquoi de sa question. Il a pris un air gêné pour m'avouer... qu'il ne savait pas faire les piqûres !

— C'est bien la peine, tenta Raoul.

— Attends, ce n'est pas tout. Tu connais le bonhomme, immense et maigre comme Don Quichotte, avec sa voix grave. Il était redevenu un petit garçon timide pour m'expliquer. « Comme médecin militaire, j'ai fait face à des visions d'horreur sans jamais broncher. Vous me croirez si vous voulez, la moindre piqûre que je tente de me faire, me voit tourner de l'œil. C'est idiot, mais c'est comme ça. »

— Pauvre chochotte !

Cécile poursuivait :

— Il était rouge comme un *gratte-cul*[1]. Il me faisait pitié.

— Qu'est-ce qu'il a ?

— Comme affection ? Une maladie galante, comme on dit. C'est en principe un secret professionnel, mais

1. Graine du cynorrhodon, au pouvoir urticant, contenue dans une capsule rouge.

je ne suis pas médecin et en tant qu'adjointe à l'enquête, je dois fournir à mon chef bien-aimé tous les renseignements en ma possession.

La jeune femme expliqua alors que le docteur Hyppolite Danglars, malgré la rosette rouge sur demi-nœud d'argent au revers de sa redingote, qui désigne le commandeur de la Légion d'honneur, était aussi vérolé qu'un caporal de la Légion étrangère. Ce « souvenir d'Indochine française » décelé un peu tard lui valait d'avoir à subir périodiquement des séries d'injections intraveineuses d'un mélange de sels de mercure, de sulfate de zinc et de cuivre, de vin d'opium, dissous dans de l'eau distillée, substances réputées avoir une action contre la syphilis.

« J'utilisais jusqu'à récemment les services d'une vieille bonne sœur-infirmière, avait confié le médecin à la jeune femme. J'appréciais sa discrétion autant que son savoir-faire. Malheureusement elle est décédée. Je n'ai plus personne pour me faire les injections. Je n'ai pas voulu m'adresser à une infirmière de mes connaissances – vous comprenez pourquoi. Vous, je ne vous connais pas. Vous semblez être une honnête femme. Je ne vois pas la raison qui vous ferait colporter ce petit secret qui devra demeurer entre nous. »

Raoul se détendait :

— Il l'avait placé dans une bonne oreille, l'imprudent ! Et, avec moi, dès demain, tout Marseille sera au courant. Je cours au journal « pondre » une *Dernière minute* :

« Le docteur Hyppolite Danglars a la vérole ! »

Le journaliste fit mine de se lever.

En riant, Cécile enlaça le torse de son mari :

— Attends ! Tu vas connaître d'abord les termes de

notre accord. En échange de mes services, Danglars s'est proposé de surveiller ma grossesse « à titre gracieux, naturellement, a-t-il précisé. Ce sera ma façon de vous rétribuer ». Élégant, non ?

— Tu parles ! C'est pour revoir tes fesses qu'il a dit ça, ce vieux cochon. En tout cas, si c'est un garçon ne compte pas que je le prénomme Hyppolite !

— Tu lui demanderas d'être le parrain...

— Bonne idée ! Tu commences quand ?

— Après-demain.

— À quel rythme ?

— Une piqûre un soir sur deux à six heures, après les consultations.

— Combien en auras-tu à faire ?

— Il n'a pas précisé, mais il m'a dit que le traitement durerait plusieurs semaines. Il l'entrecoupe de cures à Néris-les-Bains[1].

— Bon. Ça nous donne un peu de temps pour nous organiser.

— Tu as une idée ?

— Oui, mais je ne risque pas de te la dire, tu irais moucharder à ton vérolé !

1. Station thermale alors réputée pour les maladies nerveuses et vénériennes. Alphonse Daudet la fréquenta jusqu'à sa mort (cf. *La Doulou*).

19

Où les premiers rapports de l'espionne « Clémence Galtier » confirment notre héros dans ses soupçons.

Le contenu des premiers rapports d'enquête de Cécile à son chef de réseau bien-aimé conforta celui-ci dans des hypothèses qu'il jugeait jusqu'alors déraisonnables, au point qu'il n'avait voulu les confier à personne.

Lors des premières injections intraveineuses faites au docteur Danglars, la jeune infirmière – préoccupée par le souci de bien faire son travail et, par son savoir-faire, rassurer un patient qu'elle savait anxieux de nature – n'avait pas été particulièrement attentive aux réactions du médecin. Elle le voyait tendu, comme quelqu'un « qui craint ». Elle mettait cela sur le compte de sa peur phobique des piqûres.

Quand Cécile entrait dans le cabinet de consultation, elle trouvait le médecin en bras de chemise, manche relevée (alternativement la gauche et la droite), la cravate et la ceinture desserrées. Il se tenait sur son fauteuil le buste rejeté en arrière, la tête appuyée sur le haut du dossier, le bras à piquer posé sur l'accoudoir. Il prenait plusieurs longues inspirations, puis fermait les yeux comme « s'il ne voulait pas voir ça ». Après avoir murmuré « quand vous voulez », il attendait, silencieux et stoïque, que l'aiguille pénètre dans la veine. Au fur et à mesure des jours passant, Cécile se détendit – mise en confiance par les compliments prodigués par Danglars : « Vous êtes un as ! Je n'ai rien senti. » L'injection faite, le docteur n'avait d'autre exigence que celle de prier l'infirmière de bien vouloir demeurer près de lui quelques instants. Le temps de s'assurer qu'aucun symptôme d'un choc anaphylactique ne se manifestait[1].

Ainsi, la jeune femme eut-elle loisir d'observer plus attentivement l'attitude du médecin *après* l'injection. Certains jours, Cécile nota une visible accélération du rythme cardiaque. Elle la mit d'abord sur le compte d'un tempérament émotif.

Cependant, l'infirmière-espionne remarqua bientôt qu'après un moment de tension suivant l'injection, le médecin paraissait tout d'un coup en état d'euphorie. Il devenait soudain prolixe, il allait parfois jusqu'à sourire. Son agitation coutumière se calmait. Il paraissait nettement mieux dans sa peau.

Cécile avait d'abord mis cela au crédit des effets bénéfiques de la piqûre. Les sels de mercure et les divers composants entrant dans le traitement – notamment l'opium – avaient la réputation d'apaiser les douleurs latentes des syphilitiques.

Un soir en particulier, elle fut frappée par une contraction exagérée dans les pupilles du médecin,

1. Augmentation de la sensibilité de l'organisme après l'introduction d'une substance étrangère (cf. les allergies).

apparue dès l'injection terminée. Contraction que les hommes de l'art désignent par le mot *myosis*. Danglars fut pris fréquemment de soudaines bouffées de chaleur, accompagnées de démangeaisons incoercibles. À Cécile qui s'inquiétait de savoir s'il ne s'agissait pas de réactions anaphylactiques, le médecin répondait par des paroles apaisantes. En général, au bout de quelques minutes d'une agitation inhabituelle, il se calmait et, ayant repris son comportement ordinaire, il raccompagnait l'infirmière jusqu'à la porte du jardin donnant sur le boulevard. Puis – en galant homme – aidait la jeune femme à monter dans le fiacre qu'il avait retenu pour elle.

En voyant ces symptômes se renouveler régulièrement et augmenter même d'intensité, Cécile s'en ouvrit un soir à Raoul :

— J'en suis à me demander parfois si ce sont bien des sels de mercure que je lui injecte.

— Que veux-tu insinuer ?

— Rien de précis, sinon que ses réactions sont bizarres.

Cette réflexion motiva la question de Raoul :

— Dis-moi : lorsque tu arrives pour faire ta piqûre, est-ce toi qui ouvres la boîte des ampoules ou en trouves-tu une déjà préparée ?

— Tiens ? c'est vrai ! Je n'avais pas fait attention, mais, en effet, il n'y a pas de boîte d'ampoules. Le produit à injecter est contenu dans un minuscule flacon que Danglars me donne.

— Quelle couleur, le produit ?

— Incolore. Le flacon est fermé par un bouchon de caoutchouc, non serti. Je n'ai plus qu'à le transpercer avec l'aiguille et à remplir ma seringue.

— Donc, résumons-nous. Tu arrives, le flacon est prêt, tu fais ta piqûre, tu t'assures que Danglars ne tourne pas de l'œil et tu repars ?

— Exact, chef.

— Bien sûr, pas d'étiquette, sur le flacon.

— Bien sûr.

— En conséquence, tu pourrais lui injecter du marc de Provence, il n'y a que lui qui le saurait.

— On peut dire comme ça. Encore que si ça sentait le marc, je demanderais à trinquer.

— Ça sent quoi ?

— Rien de particulier. Le médicament.

— Les effets ?

— Je te l'ai dit : il devient fébrile, il a le *bati-bati*[1], il transpire comme un bœuf, se gratte comme un furieux, puis se calme, semble ailleurs, comme parti dans un rêve, devient délicieux, charmant, comme détaché des choses de ce monde.

— Je note avec satisfaction, dit Raoul, qu'il n'en profite pas pour te mettre la main aux fesses. Ça vaut mieux pour lui, parce que la piqûre suivante, c'est moi qui la lui ferais !

Le journaliste réfléchit un instant, puis :

— As-tu déjà vu un vérolé à qui on donne du mercure ou de l'arsenic se comporter de la sorte ?

— Jamais.

— Comment réagissent-ils ?

— Ils n'ont pas de réaction particulière. Ils disent que « ça les soulage un peu ». À mon avis c'est de l'autosuggestion.

— Bon. Ma Cécile, peux-tu, la prochaine fois, me

1. Crise de tachycardie en parler marseillais.

rapporter le petit flacon en question ? Il doit bien rester un peu de produit au fond ? On n'aspire pas tout, avec une seringue.

La jeune femme fit la grimace :

— Mmm ! Ça me paraît difficile. Le flacon est sous les yeux de Danglars, posé sur le bureau, comment veux-tu que je le subtilise ?

Raoul prit l'intonation d'un adjudant de semaine au rapport :

— *Pas le sa'oir !* Qui c'est le chef, ici ?

— C'est toi, mon amour. Mais je n'en pense pas moins.

— Alors, exécution !

— Comment faire ? Danglars prend le flacon dès que j'ai terminé et passe dans la pièce à côté. Il me dit qu'il va le stériliser à l'autoclave pour la prochaine fois. Il ne doit changer que le bouchon.

— C'est un flacon de forme particulière ?

— Non, modèle courant. Ils servent à opérer un mélange homogène quand on doit injecter deux substances à la fois et que l'une se présente sous forme de poudre.

— On en trouve partout ?

— Pardi ! Même ici. J'en ai conservé une bonne quinzaine du temps où je travaillais à l'Hôtel-Dieu. Je m'en sers tout le temps.

— Eh ! bien, voilà la solution ! dit Raoul en prenant sa femme par l'épaule. Tu vas prendre un flacon vide, l'emporter avec toi chez Danglars et, au moment où il tourne la tête, ou que la *grattouze* le prend, *zoup* ! Tu fais l'échange.

— Et s'il s'aperçoit que mon flacon est vide ?

— Penses-tu ! Je l'ai vu de près au procès : il est

myope comme un harmonium. Et puis, qui t'empêche de mettre quelques gouttes d'eau dans ton flacon ?

— Mon Dieu ! qu'il est intelligent mon homme !

Pour le taquiner, Cécile reprit un air faussement sérieux :

— J'ai une idée. Je vais lui montrer mes fesses. Pendant qu'il est occupé à regarder ailleurs, je fais l'échange. Comme ça, tu n'y feras plus allusion pour rien...

Raoul s'approcha d'elle et l'enlaça aux hanches. Il lui parla au creux de l'oreille :

— Espionne de mon cœur, je suis fier de vous. Vous avez fait du bon travail. À moi de jouer. Mais auparavant, les images lubriques que vous venez d'évoquer devant moi ayant ranimé la flamme qui veille en permanence et que votre présence attise, j'ai bien envie de vous prouver d'avance ma reconnaissance avec des moyens habituels que vous semblez d'ordinaire si fort apprécier.

Cécile, attendrie en dépit de l'inhabituelle formulation, se blottit contre son homme. Celui-ci n'en perdit pas pour autant le souci de la future mission :

— Tu penseras à laisser au fond du flacon un peu plus de produit que d'habitude, afin qu'on en ait suffisamment pour le faire analyser.

La jeune femme, qui pensait déjà à tout autre chose, dit avant de poser ses lèvres sur celles de Raoul :

— Attendez, chef, je préférais nettement la phrase d'avant...

20

Où le contenu d'un mystérieux flacon confié à un expert en toxicologie conforte notre héros dans l'idée que le docteur Danglars a des choses à cacher.

— Eh, bien, mon cher monsieur Signoret, si je ne suis pas devenu complètement gâteux, le petit flacon que vous m'avez confié avant-hier contenait de l'héroïne d'excellente qualité. Demandez donc à la souris blanche à qui je l'ai injectée, si vous parvenez à la réveiller.

René Barone avait soulevé la calotte « pastorienne » dont il se coiffait en permanence, s'était gratté l'occiput et avait ajouté :

— C'est un produit rarissime. Il a été synthétisé l'an dernier seulement par Dreiser, un confrère allemand. Si je ne suis pas indiscret, où avez-vous trouvé ça ?

— Chez un monsieur très « comme il faut » qui tente de faire croire à mon épouse qu'elle lui fait des piqûres de sels de mercure pour soigner sa syphilis.

— Diable !

Le chimiste avait laissé sa phrase en suspens, ce qui était rare chez ce grand bavard. Raoul Signoret en avait profité pour préciser :

— C'est le médecin lui-même qui s'est prescrit le produit.

— Ah, bon ? dit l'homme à la calotte, en roulant des yeux ronds derrière ses lunettes. Vous me direz, ça ne me regarde pas. Chacun fait comme il veut. Je ne vous en demande pas plus monsieur Signoret. Si je collabore scientifiquement avec la police, je n'en suis pas pour autant un mouchard. Mais vous me direz au moins si je me trompe : j'ai l'impression que vous êtes « sur un coup », comme on dit dans le jargon de votre métier.

Raoul sourit, embarrassé.

— Je n'en suis qu'au début d'une enquête qui promet d'être longue, aussi, sans vous désobliger, je ne vous en dirai guère plus aujourd'hui, mais je vous promets de...

— Ne vous croyez obligé à rien, mon cher. Je fais ça pour le plaisir. Je parle du plaisir de chercher... et de trouver.

Raoul était confus :

— Tout de même, vous me venez en aide avec une telle gentillesse, une telle disponibilité.

— Il s'en faudrait que j'envoie paître le neveu de ce cher Baruteau ! Si vous avez besoin de renseignements supplémentaires, n'hésitez pas, je me ferai un plaisir d'éclairer votre lanterne.

Depuis le cours magistral sur le kyste hydatique – dont était probablement morte la malheureuse Gabrielle Bartou – le journaliste se méfiait des propositions de service de René Barone. Il savait l'homme capable de vous faire partager le résultat de ses recherches sans en omettre un détail. Mais le contenu du mystérieux petit flacon rapporté par Cécile ayant mis le chimiste en transe, Raoul se dit qu'il devait bien à cet homme serviable un peu de son temps.

— Je vous écoute.

Le visage de Barone s'éclaira. Il rectifia sa position sur le fauteuil de bois qui faisait face au bureau, frotta ses mains osseuses l'air enchanté, fit craquer leurs jointures et s'apprêta à une longue traversée. La calotte passa de la droite vers la gauche du crâne, signe d'excitation. Raoul Signoret s'apprêta à subir un nouveau cours magistral. Sujet : la toxicomanie depuis l'âge des cavernes. C'était le seul prix à payer car le chimiste venait de refuser une compensation financière pour le temps passé sur ses tubes à essais et ses cornues.

— Vous connaissez l'opium, je suppose ? lança-t-il tout de go.

— De vue, répliqua Raoul, pince-sans-rire.

— Pardon ?

— Je veux dire, ce que j'en sais date d'un cours de sciences naturelles que nous faisait au Grand Lycée[1] un professeur lui-même si somnifère que le recours à l'opium était inutile.

Barone s'esclaffa :

— Bon ! Allons donc droit au but.

Ce qui ne présageait en rien la longueur de son discours.

— Vous savez que c'est une résine extraite des capsules ligneuses que l'on voit sous les pétales du pavot ?

Raoul fit oui de la tête.

1. Aujourd'hui lycée Thiers.

— C'est un cousin des coquelicots de chez nous. Celui-là, nous l'appelons *papaver somniferum*. Ça se traduit tout seul.

— Jusque-là, je vous suis.

— Parfait. Cette résine est un peu *pégueuse*[1], comme le lait qu'on voit sur le pédoncule de la figue quand on vient de cueillir le fruit. Elle est blanche quand on la recueille, puis, sous l'effet de l'air elle s'oxyde et prend une teinte marron foncé. Vous avez déjà vu les boulettes que les fumeurs d'opium mettent dans leur pipe ?

Raoul avait pris un cours sur les quais de La Joliette :

— Bien sûr !

— Vous savez sans doute aussi que l'opium a pour effet de provoquer une dépression du système nerveux central. Celle-ci supprime la douleur physique, mais aussi la douleur mentale. Ce n'est pas pour rien que les Asiatiques l'appellent « *la plante de la joie* ». Mais le revers de la médaille, avec ce produit comme avec toutes les drogues qui en ont dérivé – dont l'héroïne, nous y viendrons –, est que les effets analgésiques, s'ils font merveille chez les gens souffrant de douleurs chroniques, comme les syphilitiques en phase 4, induisent une dépendance physique et que pour les sevrer, ça n'est pas rien !

— Je sais cela aussi.

— L'angoisse se double d'un effet d'un manque qui pousse l'opiomane à augmenter la fréquence des prises ainsi que les quantités ingérées ou inhalées. Vous savez les ravages que cette drogue a provoqués parmi les artistes.

---

1. Collante.

— Vous m'avez parlé d'héroïne, dit Raoul pour détourner le cours du fleuve verbal. Quel rapport avec l'opium ?

— Un rapport direct ! s'exclama Barone. Je vous explique. L'opium contient une proportion de morphine. Disons entre 8 et 20 %. Mais cette proportion est instable d'un pavot à l'autre. C'est pour cette raison que, lorsqu'on a réussi à isoler la morphine de l'opium proprement dit et qu'on s'est aperçu que ses effets étaient cinq à dix fois plus importants que ceux de l'opium naturel, on a pratiquement cessé d'utiliser et de prescrire médicalement ce dernier, au profit de la morphine. Notamment sur les champs de bataille, en 70, durant la guerre avec la Prusse.

Le chimiste s'interrompit et quitta son fauteuil.

— Ça me fait penser à quelque chose qui va vous amuser si je remets la main dessus.

Barone entreprit de dévaster le contenu de plusieurs tiroirs. En contemplant les photographies des créatures de cauchemars tirées de son microscope dont les agrandissements décoraient les murs du bureau, Raoul Signoret s'attendait au pire. Les « amusements » d'un chimiste n'étant pas forcément ceux d'un journaliste.

Barone se redressa et brandit triomphalement – en disant « j'ai trouvé ! » – une feuille de papier froissée, qu'il tenta vainement de « repasser » du plat de la main.

— Écoutez ça. C'est un sonnet intitulé « *À la morphine* ».

Il entreprit de déclamer gestes à l'appui avec un timbre de sociétaire honoraire de la Comédie-Française :

« Prends, s'il le faut, docteur, les ailes de Mercure
Pour m'apporter plus tôt ton baume précieux !
Le moment est venu de faire la piqûre
Qui de ce lit d'enfer m'enlève vers les cieux

Merci, docteur, merci ! Qu'importe que la cure
Maintenant se prolonge en des jours ennuyeux !
Le divin baume est là, si divin qu'Épicure
Aurait dû l'inventer pour l'usage des dieux !

Je le sens qui circule, et puis qui me pénètre !
De l'esprit et du corps ineffable bien-être
C'est le calme absolu dans la sérénité

Ah ! Perce-moi cent fois de ton aiguille fine
Et je te bénirai cent fois, sainte Morphine
Dont Esculape eût fait une divinité. »

René Barone jeta un œil sur son vis-à-vis pour juger de l'effet produit :

— Savez-vous de qui sont ces vers ?

— Pas la moindre idée.

Le chimiste eut un sourire satisfait :

— C'est de Jules Verne[1].

— Sans blague !

— Étonnant, n'est-ce pas ? Qu'en pensez-vous ?

— Il a bien fait de se mettre au roman.

Barone prit l'air navré d'un gosse à qui on vient de casser son jouet.

— Ah, vous n'aimez pas ?

— Disons que je préfère sa prose, bien que son style ne soit pas non plus un modèle.

1. Poésies inédites.

Le chimiste rangea sa copie, l'air penaud de celui qui a raté son effet.

Raoul le ramena au sujet :

— La morphine est devenue à son tour un « poison à la mode » si je ne m'abuse.

— Avec encore plus d'inconvénients. Chaque progrès a son revers. L'effet de la morphine sur la douleur est quasi immédiat, mais il est plus court que celui de l'opium. En outre, se produit une dépendance beaucoup plus forte et le sevrage est extrêmement difficile. Ce qui signifie que le consommateur doit augmenter les doses ou la fréquence, s'il veut ressentir les mêmes effets. Si vous voulez des comparaisons, je peux tuer un débutant avec une dose de 0,15 gramme, alors qu'un habitué peut prendre 1 gramme par jour sans problème autre que son esclavage. Un grand intoxiqué supporte ses 10 grammes quotidiens. Mais il ne peut plus arrêter et il finit un jour par absorber une surdose dont il claque.

— Eh ! bien, dites-moi, monsieur Barone, c'est pas gai tout ça ! dit Raoul pour se libérer de la tension qui l'oppressait.

— Ah, mon cher ! la toxicologie n'est pas un jeu de société. Comme tout ce qui a rapport avec la souffrance humaine. Depuis que l'homme est homme il a dû expérimenter tout ce qui pouvait s'avaler, s'injecter, s'inhaler, se fumer, se mâchouiller, pour tenter de moins souffrir, physiquement ou moralement. Quitte à abréger sa vie. Vous savez, mis à part quelques esthètes dévoyés ou snobs qui ont voulu faire des « expériences » dont ils se vantaient ensuite dans leurs œuvres – je pense aux *Confessions d'un fumeur d'opium*, par exemple, ou à cette folle tordue de Jean Lorrain qui se vante d'être éthéromane –, la majorité des autres n'ont cherché qu'une chose : à faire taire la bête aux dents pointues qui les grignotait vivants. Quand ils se rendent compte que par un coup de baguette magique le liquide contenu dans la seringue fait cesser leur souffrance, ils n'ont plus qu'une idée : recommencer.

Raoul secoua la tête :

— C'est bien pour cette raison que ceux qui souffrent se débrouillent pour se procurer le produit de toutes les façons, à n'importe quel prix. C'est la porte ouverte à tous les exploiteurs de la souffrance humaine.

Le chimiste secoua la tête.

— Que voulez-vous y faire ? Nous sortons là de la toxicologie pour entrer dans le domaine de l'éthique. Ce n'est pas mon rayon. Tout ce que je peux vous dire, d'après l'expérience que j'ai, c'est que le type qui se fait injecter ça – il montra le flacon dérobé par Cécile – est certainement un type qui souffre. On ne s'injecte pas de l'héroïne sans raison. Car c'est un produit extrêmement dangereux. On se contente en général d'opium, ou si besoin de morphine.

Barone s'interrompit un bref instant et lâcha :

— Vous le connaissez, cet homme ?

— Personnellement, non, dit Raoul.

— Vous ne savez donc pas où ni comment il se procure son héroïne.

C'était moins une question qu'une constatation.

Elle déclencha chez le journaliste l'envie d'en confier plus.

— Je vais arrêter de tourner autour du pot. Il s'agit d'un médecin découvert par moi lors d'un récent procès d'assises auquel j'assistais pour mon journal.

Barone roula des yeux :

— Sapristi ! Danglars !

— Vous le connaissez ?

— Non plus. Mais je suis un de vos lecteurs. Un médecin aux assises, accusé d'avortement clandestin, ça ne se lit pas tous les jours.

Raoul fit des aveux complets :

— Je vais vous dire ce qu'il en est. Plutôt, où je crois en être. C'est mon épouse, qui lui fait ses piqûres. En principe pour soigner une syphilis. Quand elle m'a décrit les réactions de Danglars après les injections, j'ai été très curieux de connaître ce que contenait le flacon. Cécile m'en a rapporté un fond. Celui que je vous ai demandé d'analyser. Vous me dites que c'est une drogue très rare. Qu'on en est encore au stade de l'expérimentation hospitalière. Elle ne se trouve donc pas dans le commerce – je veux dire le commerce licite. Par conséquent, même un médecin ne peut pas s'en procurer aisément, à moins d'aller cambrioler la pharmacie centrale.

Barone abonda :

— En tout cas, il ne pourrait pas s'en procurer sans se faire repérer. Il lui faudrait remplir des tas de paperasses administratives, signer des kilos d'autorisations et en déclarer l'usage précis suivi d'un compte rendu des observations faites. Encore n'en obtiendrait-il que des doses ridicules. Pas de quoi suivre un traitement de longue haleine.

— Donc, vous en êtes au point où nous pouvons nous poser ensemble la question.

Le chimiste le devança :

— Où la prend-il, son héroïne ?

— Chez des trafiquants ? enchaîna Raoul.

Barone secoua la tête en pinçant les lèvres :

— Mmmm ! La synthèse ne date que d'un peu plus d'un an, il serait étonnant que les chimistes marrons qui travaillent pour les pourvoyeurs de mort lente soient déjà au point. En hôpital, on n'administre l'héroïne que lorsqu'on ne peut pas faire autrement. On ne la donne qu'aux tuberculeux incurables. C'est un produit qui a besoin d'être soigneusement raffiné, si on ne veut pas faire des ravages. N'oubliez pas que ces messieurs les trafiquants, pour vraiment s'enrichir et rembourser leurs investissements, ont besoin que le client ne clabaude pas à la première injection. Sinon c'est la ruine du petit commerce.

Raoul sourit, malgré la gravité du propos.

— Au fait. Vous ne m'avez toujours pas expliqué d'où est extraite l'héroïne de l'histoire ? Si j'ose cette astuce facile.

— Mais encore et toujours de notre *papaver somniferum* ! Notre bon vieux pavot. Il est inépuisable, celui-là ! L'héroïne, c'est la suite de l'histoire.

Il prit un crayon et inscrivit : *Pavot-morphine héroïne*.

— On va vers toujours plus de raffinement, c'est le cas de le dire ! Son action contre la douleur est trois fois plus efficace que celle de la morphine. Elle est aussi trois fois plus délicate à manier. La dépendance survient en trois fois moins de temps et elle vous démolit trois fois plus vite. Si vous voulez mon avis, c'est la drogue de l'avenir pour les trafiquants. Avec un rien de produit, ils vont pouvoir intoxiquer des centaines de milliers de gens. Ce sera bien plus rentable que le bon vieil opium !

— Pourquoi, reprit Raoul, Danglars prend-il ces risques ?

Barone eut une moue :

— En réfléchissant, je me dis que ce type a dû commencer à s'intoxiquer à l'opium. Si j'ai bien lu vos articles, il a vécu longtemps en Indochine. C'est probablement de là qu'il a ramené sa vérole. Il a dû commencer à la soigner à l'opium. Ça, c'était facile. Puis, l'effet de l'opium s'atténuant, tandis que sa vieille *syphilo* mal soignée prenait ses aises, il a dû passer à la morphine. Même topo. À la longue, il a été obligé d'augmenter les doses et les fréquences. Alors, il est passé à l'héroïne. On doit en être là.

— Pourquoi en intraveineuses, malgré sa phobie des piqûres ?

— Parce que l'injection intraveineuse est infiniment moins douloureuse. Ses effets euphorisants sont immédiats. Ça vaut bien l'inconvénient d'une petite piqûre. Tous les hommes, petits ou grands, sont pareils, vous savez : ils veulent tout, tout de suite ! Et sans douleur ! Cela dit, plus sérieusement, à ce stade, ce type est un vrai toxicomane. Peut-être souffrait-il le martyre et a-t-il préféré abréger sa vie par ce système, si c'est pour être vraiment soulagé. Que feriez-vous à sa place ?

— Je préfère être à la mienne, avoua Raoul. Mais dites-moi. *Nous* n'avons pas répondu à la question que *nous* nous sommes posée : où Danglars se procure-t-il sa drogue ?

René Barone prit un air moqueur :

— Ça ! Mon cher monsieur, ce serait à vous de nous l'apprendre... Si on ne la lui fournit pas, peut-être la fabrique-t-il lui-même ? Allez savoir !

Ces deux derniers mots firent sursauter Raoul Signoret sur son fauteuil. Une idée soudaine, évidente, traversa son esprit. Il a raison cet homme. Pour savoir, il faut y aller...

21

Où l'intrusion d'un trio de monte-en-l'air chez le docteur Danglars met notre héros sérieusement en danger.

Cette semaine-là, au rendez-vous du *Café Niel*, un troisième personnage était attablé avec les deux autres « conjurés » habillés en ouvriers, casquette plate et bleu de Shanghai. C'était un jeune homme d'une vingtaine d'années, petit, presque chétif, l'œil vif et le cheveu noir. Émile Bouillot le présenta à Raoul Signoret :

— Voici Baptistin Travail[1], dit *Titin*. C'est le fils d'un ami, forgeron de Saint-Barnabé. Ce petit n'a pas la vocation. Son père voulait en faire un maréchal-ferrant, lui, plutôt que ferrer les chevaux, a préféré les voir courir. On y vit au bon air, c'est bon pour la santé, mais pas pour celle du portefeuille. *Titin* a dû

1. Né à Marseille en 1879, mort à l'île de Ré en 1924. Nous le cueillons ici en plein « apprentissage » mais véritable légende du Milieu, il fut un précurseur dans le maniement du chalumeau oxhydrique pour le perçage des coffres-forts, dès 1907. Ses « casses » du Crédit Lyonnais, de l'hôtel de ville de Marseille ainsi que celui du tribunal d'Alger sont restés célèbres.

trouver d'autres sources de financement pour manger à sa faim. Les leçons de son forgeron de père ont tout de même porté leurs fruits. Il sait fabriquer n'importe quelle clef pour ouvrir n'importe quelle serrure compliquée. La sacoche qu'il porte en bandoulière, qu'il appelle sa « boîte à violon », contient les instruments propres à ce virtuose.

Le jeune homme ouvrit sa sacoche – dont la forme rappelait celle d'un sac de voyage en cuir. Discrètement, il montra au journaliste une bonne centaine de clefs, ainsi que des forets et un vilebrequin. Le tout en acier spécial, arrivé par des voies détournées depuis l'Amérique.

Que faisait donc ce jeune Marseillais peu bavard, équipé de la parfaite panoplie du cambrioleur, en compagnie d'un journaliste du *Petit Provençal* et d'un anarchiste de nature paisible mais néanmoins militant, dans ce café bon genre, fréquenté en priorité par des officiers de l'armée française, queue de billard en main, préparant la Revanche tant espérée contre le Boche ?

Cécile venait d'annoncer le départ du médecin pour sa cure de trois semaines à Néris-les-Bains. C'était l'occasion rêvée d'aller visiter discrètement le « château » du boulevard Latil. D'autant mieux que le dragon-femelle qui veillait sur le confort et la tranquillité de son maître avec un soin jaloux – nous voulons parler de Lili Chauchoin – ne couchait pas sur place.

Mais la maîtrise du monte-en-l'air exige un long apprentissage et Raoul, comme *La Bouille*, manquait d'expérience dans l'art d'ouvrir les portes récalcitrantes. Ils avaient donc fait appel à de la main-d'œuvre étrangère spécialisée : le jeune Baptistin

Travail. Par amitié pour *La Bouille,* qui l'avait connu tout enfant, *Titin* – à l'orée d'une carrière fulgurante dans le royaume de la cambriole – avait même modéré ses tarifs.

Le journaliste était bien conscient des risques. Se faire pincer dans la maison d'autrui après s'y être introduit par effraction ne valait pas seulement poursuite pénale : c'était la perte d'emploi assurée. Raoul aurait beau donner à Auguste Clérissy toutes les raisons du monde pour justifier son geste, il passerait à la porte du *Petit Provençal* sans indemnités.

Pourtant, aucune de ces considérations n'avait pu contraindre le reporter à renoncer. Sa décision était prise et bien prise.

La Bouille avait été facile à convaincre. L'anar jubilait à l'avance à l'idée de démasquer l'homme qui, par sa délation, avait envoyé son ami Berano à l'échafaud. Le typographe avait dans sa poche un « billet doux » imprimé à l'avance sur le modèle de ceux que Marius Jacob laissait à ses victimes comme trace de son passage :

« *Sale bourgeois ! Ordure nantie ! Estime-toi heureux que nous ne t'ayons pas trouvé au nid. Tu aurais payé pour ce que tu as fait à ton neveu.* »

Anarchie vaincra !

Quant à Cécile... Il n'est pas sûr qu'elle n'eût pas été de l'expédition si Raoul l'y avait conviée.

Le reporter n'avait pas informé sa femme de ses projets, afin de ne pas l'inquiéter. Il avait justifié son absence nocturne par la poursuite de son enquête sur le trafic d'opium.

*

— Bon, les enfants, on devrait y aller. La nuit est assez noire.

Raoul Signoret régla les consommations. Baptistin Travail passa la courroie de sa *boîte à violon* sur son épaule gauche. Émile Bouillot coiffa sa casquette et mit son *cachimbèu* dans sa poche de veste, après l'avoir soigneusement vidé de la cendre froide tassée au fond du fourneau.

Les trois hommes se levèrent dans un même mouvement. La salle du *Café Niel*, désertée par les militaires amateurs de billard, ne comptait plus que les derniers soiffards qui assuraient sa future retraite au patron.

Passée la porte-tambour, Raoul et ses acolytes retrouvèrent l'air frais de la rue de Rome dont les platanes donnaient des signes évidents de leur renaissance annuelle. Ils prirent à droite en direction de la place Castellane dont on apercevait les lampadaires éclairés à l'électricité à titre expérimental... depuis plus de dix ans. Ils donnaient à l'obélisque planté, en 1810 au centre d'un bassin circulaire, une allure fantomatique. « Le monolithe en cent dix morceaux », ne put s'empêcher de penser le journaliste en se souvenant de cette vieille plaisanterie marseillaise. Le monument faisait partie du folklore local à cause des péripéties dont il avait été l'objet. Conçu pour flatter l'égyptomanie de l'Empereur, que les Marseillais appelaient *Le Tyran*, mais ne trouvant pas en Provence de carrière d'où l'extraire d'un seul bloc, l'architecte Raymond Penchaud avait dû recomposer l'obélisque. Il ressemblait à un puzzle géant.

« Un puzzle et un caméléon », songeait Raoul. Le monument dédié au Roi de Rome en 1811 avait porté – au fil des caprices de l'Histoire de France – diverses inscriptions successives à la gloire du duc de Bordeaux, fils de la duchesse de Berry, puis à celle du futur Charles X avant d'être maquillé *in extremis* quand Napoléon III arriva à Marseille en 1860.

Le journaliste évoquait ces anecdotes pour s'occuper l'esprit. L'angoisse s'accroissait à l'approche du boulevard Latil. Hyppolite Danglars fût-il le dernier des derniers, Raoul Signoret n'avait aucun droit ni titre à pénétrer chez lui. Il entendait déjà les hurlements de l'oncle Eugène, au cas où l'expédition tournerait mal...

Il était encore temps de renoncer à cette folie. Mais la présence du vieil anar et du monte-en-l'air le lui interdisait. Sauf à passer pour un lâche.

La Bouille, encore, aurait pu se laisser convaincre. Mais *Titin*, malgré son laconisme, avait insinué que si l'occasion de rencontrer le coffre-fort du médecin se présentait, il irait volontiers le *tutoyer* pendant que les deux autres fouilleraient la maison. « *Façonn* de rentabiliser le *déplacemint* », avait-il rigolé avec son gros accent marseillais.

Sur l'avenue du Prado, ils croisèrent une patrouille de gendarmes sortant de leur caserne à l'angle de la rue Saint-Adrien. À la vue de ces trois « ouvriers » rentrant chez eux la journée finie, les pandores marquèrent un temps d'arrêt. Ils regardaient les arrivants approcher, les mains passées dans le cuir de leurs ceinturons. « Oh, pute borgne, on est beaux ! » souffla *La Bouille*. La gorge de Raoul se serra. Il n'aurait peut-être pas à chercher une excuse à sa débandade. Trois paires de fesses se contractèrent, tandis que trois bouches flatteuses saluaient les représentants de la Loi d'un « bonsoir messieurs ! » de courtisans.

Les *passe-lacets*[1] les croisèrent sans un mot. Quand la distance séparant la maréchaussée des monte-en-l'air fut suffisante, Baptistin Travail avoua sans gêne sa peur rétrospective :

— J'avais la trouille qu'il leur prenne l'envie de visiter ma *boîte à violon*. Le violon, il était pour nous. Putain ! J'ai eu chaud. Tu me mettais une olive au cul, je te rendais un litre d'huile !

Le boulevard Latil était plongé dans une obscurité totale. L'autorité municipale avait dû juger que l'éclairage abondant de l'avenue du Prado suffisait à répandre une pâle clarté dans cette courte artère sans débouché.

— Bonne maison ! dit *Titin*. On y voit comme dans le trou-du-cul d'un nègre, c'est mieux pour nous.

— Il a pas de *casbor*[2], Danglars ? s'inquiéta Bouillot.

Raoul le rassura :

— Ma femme me l'aurait signalé.

Il se rendit compte à l'instant qu'il ne s'était pas renseigné. Si un chien de garde était lâché dans le parc du « château », on le saurait très vite...

Déjà, Baptistin ouvrait sa *boîte à violon* et, avec un minimum de bruit, commença à « tutoyer », comme il disait, la serrure de la porte métallique donnant sur le boulevard. La troisième clef fut la bonne. La porte

1. Surnom donné aux gendarmes.
2. Chien.

tourna sur ses gonds et eut la délicatesse de ne pas grincer. Les trois ombres furent avalées par l'obscurité. Le trio se maintint un moment immobile, plaqué au mur, à guetter le moindre bruit. Le « château » était quasiment invisible dans le noir profond du parc. Raoul savait qu'il était là, parce que les deux troncs clairs de platanes dont la silhouette laiteuse commençait à lui apparaître au fur et à mesure que ses yeux s'habituaient à l'obscurité, se détachaient devant lui.

Le journaliste entraîna ses compagnons sur le perron. Un bref conciliabule précéda la deuxième tentative d'intrusion.

— Vous vous rappelez ce qu'on a dit. Au premier étage sont les chambres. Au rez-de-chaussée, les pièces de réception et le cabinet médical. À partir du hall d'entrée, un escalier descend vers les sous-sols. On va se répartir la visite, de façon à rester ici le moins longtemps possible. *Titin*, tu commences par le haut. Si le coffre que tu espères se trouve quelque part, il sera dans les pièces privées. Ce que tu y feras ne me regarde pas. Bouillot, tu commences par le cabinet de consultation. Moi, je prends le sous-sol. S'il y a un laboratoire, il y a quatre-vingt-dix pour cent de chances que ce soit là. Le premier qui trouve quelque chose prévient les autres discrètement. Ce n'est pas la peine d'ameuter les voisins, s'il y en a.

Raoul avait à peine terminé d'exposer le plan d'action que la porte d'entrée cédait aux arguments de l'industrieux Baptistin Travail. Comme pour celle du parc, à peine entrés dans le hall au parquet ciré, les trois hommes retinrent leur souffle, guettant le moindre craquement.

Ils furent vite rassurés. De son inépuisable *boîte à*

violon le cambrioleur sortit trois petites lanternes sourdes suffisantes pour se diriger, mais à la luminosité assez discrète pour ne pas être repérée d'un éventuel passant. Chacun en prit une.

Titin avait tout prévu.

— Attendez, j'ai les *alloufs*[1].

Il tendit sa boîte.

— On voit le professionnel, souffla *La Bouille*.

Les ordres de mission distribués, chacun entama sa partie.

Baptistin Travail disparut dans les hauteurs à la lueur tremblotante de sa lampe. Elle multipliait par deux l'ombre de sa brève silhouette sur les murs de l'escalier.

Émile Bouillot ouvrit la porte aux vitres translucides du cabinet de consultation et s'y enferma sans un bruit.

Avant de s'engager dans l'escalier vers le sous-sol, Raoul Signoret, hissant sa lanterne à bout de bras, jeta un œil sur les murs du hall où trônait une statue de femme drapée dans une tunique et brandissant une torche éteinte qui devait habituellement illuminer l'entrée. Le journaliste repéra, parmi nombre de croûtes accrochées sans ordre ni discernement, deux toiles signées Monticelli. L'une dans le style troubadour (*Un bal masqué*), l'autre représentant une *nature morte aux grenades*.

« Vraies-fausses ou vraies-vraies ? » ne put-il s'empêcher de penser avec un sourire. Le peintre, aussi célèbre à l'époque que généreux, n'hésitait jamais à signer de son nom des tableaux peints par d'autres

1. Allumettes.

à son imitation, afin de faire profiter de sa cote des confrères dans le besoin[1].

Le journaliste se secoua. L'heure n'était pas à visiter les cimaises d'un bourgeois au goût pictural incertain.

Il s'engagea dans l'escalier descendant. Douze marches, comptées et franchies une à une dans un silence seulement troublé par de faibles craquements du bois au passage du visiteur, l'amenèrent devant une large porte de chêne. La clef était sur la serrure. Raoul entra et à l'obscure clarté de sa lanterne sourde aperçut sur des paillasses carrelées un grand nombre de récipients de verre, de tailles et de formes diverses qui luisaient faiblement. Des becs *Bunsen* munis de leurs tuyaux à gaz, placés sous des trépieds supportant des cornues, des rangées impressionnantes de tubes à essai, des flacons remplis de liquides aux couleurs diverses, attestaient que le laboratoire du docteur Danglars n'avait rien de celui d'un débutant à qui on a offert pour Noël une panoplie de chimie amusante. C'était un équipement professionnel.

La pièce possédait une installation électrique du dernier cri qui ne laissait dans l'ombre aucun des recoins du laboratoire. Chaque paillasse était munie de plusieurs lampes à abat-jour qui dirigeaient la lumière à volonté sur les emplacements réservés aux expériences.

Raoul s'en rendit compte à l'instant lorsque – sans qu'il ait touché à rien – ses yeux douloureux passèrent brutalement de la semi-pénombre à la clarté éblouissante. Le laboratoire était tout à coup éclairé *a giorno*. Quelqu'un venait de tourner dans son dos le

1. Authentique.

bouton de porcelaine qui commandait l'illumination générale de la grande pièce. Suspension de cuivre au plafond comprise.

Le journaliste pivota d'un bloc.

Dans l'encadrement d'une porte métallique donnant sur une pièce attenante, que Raoul n'avait pas repérée en entrant dans le labo, se tenait un petit homme jaune dont le regard noir dardé sur l'intrus ne devait pas seulement sa couleur à ses origines. Pieds nus, il était vêtu d'une veste de coton noir avec pantalon assorti qui pouvait passer pour un vêtement de nuit. Ses cheveux en baguettes de tambour ébouriffés attestaient qu'il venait d'être tiré du sommeil par l'arrivée du visiteur.

« Il y avait bien un chien de garde comme le redoutait Bouillot, songea un peu tard le journaliste. Je ne l'attendais pas sur deux pattes... »

L'homme qui venait de faire irruption était l'un des deux « Tonkinois » croisés le jour où, avec Bouillot, ils étaient venus repérer les lieux. Les questions se bousculaient dans la tête du journaliste ahuri dont le cœur s'affolait.

Raoul Signoret fit un pas vers l'arrivant. Celui-ci, immobile jusqu'alors, se mit en mouvement pour lui barrer le passage vers la porte de sortie du laboratoire. Le journaliste eut une réaction d'orgueil dont il devait se souvenir ensuite avec humiliation.

« Il ne voudrait tout de même pas se battre avec moi, cet avorton. »

Sans quitter Raoul du regard, le petit homme en noir s'était déplacé de façon à barrer toute possibilité de sortie.

Le reporter fit encore un pas en avant.

L'autre se mit en position défensive. Debout, les pieds écartés, la colonne vertébrale parfaitement droite, il avait abaissé son centre de gravité en pliant les genoux vers l'extérieur.

« Ma parole, il m'attend, le petit drôle. Eh, bien j'arrive. Si tu aimes la bagarre, tu ne vas pas le regretter. »

Raoul mesurait une bonne tête de plus que son adversaire qui, prenant sa position défensive, avait encore perdu en taille. Il devait lui rendre vingt kilos. Pour continuer à fixer l'intrus dans les yeux, le petit homme jaune devait à présent lever la tête. La carrure du journaliste ne semblait pas l'impressionner. Il attendait l'attaque sans sourciller.

Raoul posa sa lanterne sur les carreaux blancs d'une paillasse et fit un grand pas vers lui, tout en armant son bras droit pour un direct. C'était un coup, lui avait appris son professeur de boxe française, qui permettait, par une vigoureuse et soudaine extension du bras sans transfert du poids du corps, de tester les intentions de l'adversaire en l'obligeant à réagir.

La réaction ne tarda guère. Mais elle ne vint pas d'où Raoul Signoret l'attendait. Vif comme l'anguille, le petit homme, sans s'être déplacé, évita le poing par une simple esquive de la tête, au moment où les phalanges du journaliste allaient s'écraser sur sa face aplatie.

Puis, avec une vitesse d'exécution inouïe, il saisit des deux mains l'avant-bras qui venait de frôler sa tempe droite. En pivotant sur lui-même, sans lâcher sa prise, il vint coller son dos contre le torse de son adversaire, empêchant Raoul d'utiliser son bras. Le journaliste, surpris par la soudaineté de cette atteinte imprévue, chercha à placer un swing du gauche à la tête de l'homme jaune plaquée sur lui à hauteur du sternum, mais il manquait de puissance pour être efficace. Sans réaliser ce qui lui arrivait, Raoul se sentit basculer vers l'avant. Ses yeux balayèrent successivement le plancher du laboratoire, la veste noire de son adversaire et le plafond de la pièce. Un homme qu'il dominait de la tête et des épaules venait de le passer par-dessus son dos comme un vulgaire sac de riz. Il s'apprêtait à lui faire exécuter un superbe « soleil ».

En dépit de l'effet de surprise, Raoul Signoret, habitué par sa pratique de la boxe française à deviner les intentions de l'adversaire et à les devancer, comprit que celui-ci voulait, dans un premier temps, le projeter violemment au sol afin de lui couper la respiration.

Malheureusement pour lui, le petit homme jaune n'avait pas évalué la taille de celui dont il venait de se jouer. Ni réalisé que la hauteur du plafond du laboratoire, en sous-sol, était bien inférieure à celles des autres pièces du « château ». Au lieu de tracer en l'air un cercle parfait avec le corps de son adversaire, il ne réussit qu'à en ébaucher une moitié. Lorsqu'elles arrivèrent à la verticale, les chaussures de Raoul accrochèrent au passage les chaînes de la suspension, dans un bruit de cloches à la volée. Le mouvement s'arrêta à mi-course. À cet instant, le journaliste tête-bêche à la verticale de son adversaire, reprit tout son poids et les soixante-quinze kilos de Raoul déstabilisèrent le porteur. À son tour, perdant son équilibre parfait, celui-ci bascula vers l'avant. C'est le moment que choisirent les chaînes de la suspension pour atteindre leur point de rupture. Les ampoules se brisèrent, le corps du lustre dégringola et plusieurs cornues explosèrent à grand fracas. Ils furent trois à s'écraser au sol : le petit homme jaune, qui reçut Raoul en plein thorax, suivi par la suspension qui acheva de se prendre pour une clarine.

On entendit un cri étouffé suivi d'un chapelet de jurons. Alerté par le bruit de la lutte qui venait de s'engager, *La Bouille* avait raté la première marche de l'escalier et dévalait les onze autres tête première.

Raoul s'était mal reçu et ressentait une violente douleur dans l'épaule droite, où un muscle venait de se déchirer. La douleur, loin de le tétaniser, fouetta sa vigueur en même temps que sa colère. Il fut le premier debout. Son adversaire, troublé par le bruit de la chute de l'anar, en se relevant tourna un bref instant la tête vers l'arrivant. Cela le perdit. Sans lui laisser le temps de se remettre en garde, Raoul le balaya rageusement d'un coup de pied latéral porté un peu au-dessus des chevilles. Le port de chaussures à semelles de cuir en accentua l'impact. Dans le même mouvement, un formidable swing appuyé par tout le torse, décoché en pleine face du bras gauche avec une hargne qui en décuplait l'impact, achevait de transformer en chute sévère le déséquilibre initial.

Sans avoir réfléchi, encore aveuglé par la douleur de son épaule déchirée, le journaliste, craignant de voir ce démon insuffisamment mis hors de combat, lui plaça du bout de sa chaussure un coup au foie. Le petit homme grimaça de douleur et perdit connaissance.

Raoul était à la fois soulagé et honteux. Frapper un adversaire à terre, c'était l'exclusion assurée au

B.F.S.C. (*Boxe française et Savate-Club*) que dirigeait dans un esprit chevaleresque son professeur Jules Bessède. Mais il ne s'agissait plus ici d'un affrontement « à la loyale ». Les lois cruelles du combat de rue avaient repris leur plein droit.

— Oh, putain je me suis *relégué*, dit *La Bouille* qui se relevait en se tenant la tête et en se frottant les reins. Cirer les marches d'escalier, c'est bien une idée de bourgeois !

Il aperçut le corps inerte sur le sol.

— Qu'est-ce qui s'est passé ? D'où il sort, celui-là ?

Raoul, encore choqué, grimaçait en se tenant l'épaule dans la main gauche.

— Je n'en sais foutre rien. Ni où il a appris ce qu'il sait faire, mais, vache morte ! je me suis vu mal. Il a bien failli m'avoir.

— Avec quoi ?

Raoul cria :

— Avec ses mains ! J'ai rien compris à ce qui m'arrivait. S'il n'y avait pas eu le lustre, j'étais bon.

Bouillot, qui contemplait son ami d'un œil rond, renonça à comprendre. Il jeta un œil étonné sur le laboratoire :

— *Fatche d'enti*[1] *!* Qu'est-ce qu'il fabrique Danglars avec tout ce fourbi ? On se croirait à la faculté de pharmacie !

— Je commence à en avoir une petite idée.

Attiré à son tour par le vacarme, Baptistin Travail descendait l'escalier.

— Les gars, venez voir ce que j'ai trouvé là-haut.

1. Déformation marseillaise de l'italien « *accidenti !* » qui marque la surprise ou la colère.

Il se tut en apercevant le corps au sol et roula des yeux effarés devant une partie du laboratoire dévasté.

— Qui c'est celui-l...

Raoul et Émile ne répondirent pas. Le journaliste prenant l'arrivant par l'épaule lui fit exécuter un demi-tour.

— Remontons. Celui-là devait être seul de garde dans la maison, sinon quelqu'un aurait déjà rappliqué.

Bouillot se retourna vers le labo :

— Et l'hépatique, là, qu'est-ce qu'on en fait ?

— On le laisse où il est, dit Raoul. On va simplement l'enfermer. La clef est sur la porte.

— Tu as ouvert un coffre ? demanda l'anar au monte-en-l'air.

— Tu parles ! Un vieux modèle. Il est à toi avec un ouvre-boîtes. J'ai pas mis cinq minutes.

— Y avait du pognon ?

Baptistin fit la grimace :

— Penses-tu ! Il avait pas laissé une pièce de vingt ronds ce vieux *raspi* [1] ! Mais venez voir quand même. Y a des choses bizarres, dedans. Je sais pas si ça vous intéresse et si on peut en tirer *quèque* chose.

Ils montèrent à l'étage, dans la chambre à coucher. Arrivés dans un angle de la pièce, devant le coffre béant qui ne portait aucune trace d'effraction, Raoul et Bouillot se penchèrent à tour de rôle, pour voir à l'intérieur en tenant à bout de bras leur lanterne sourde. Baptistin Travail se tenait un peu en arrière.

— C'est quoi ces bambous tout noirs ?

— Des pipes à opium.

1. Vieil avare.

— À *opion* ? *Qu'es acó*[1] ?

— Une drogue. Ça se fume.

Titin montra à ses compagnons un pot de céramique de forme hexagonale, décoré d'idéogrammes qu'il avait posé sur la cheminée.

— C'est ça qui pue comme ça ?

— C'est ça, confirma le journaliste.

— On dirait du goudron.

Bouillot expliqua :

— C'est du latex. Tu as déjà vu des coquelicots ? Eh, *bè,* c'est pareil. C'est tiré des coquelicots « chinois ».

Baptistin rigola :

— Ils fument les coquelicots, les Chinois ? M'étonne pas qu'ils aient cette couleur !

Les deux autres le laissèrent à ses considérations chromatiques et continuèrent à inventorier le contenu du coffre. À côté des tuyaux de bambou d'une quarantaine de centimètres de long on distinguait les fourneaux de terre rouge, de forme conique destinés à recevoir les boulettes d'opium préalablement chauffées sur les lampes à mèche qui s'alignaient à leurs côtés, ainsi que les curettes servant au nettoyage du fourneau après usage. Il y avait bien une quarantaine de pots d'opium sur les deux étagères du haut, mais sur celles du bas s'alignaient des petits flacons pleins d'une poudre blanche. À l'estime Raoul Signoret en compta une bonne vingtaine. Il en prit deux et les mit dans sa poche de veste. Puis se tourna vers le monte-en-l'air.

— Tu peux refermer, *Titin*.

— C'est tout ce que tu emportes ?

1. Qu'est-ce que c'est ?

— Ça me suffit.

— C'est pour ça qu'on est venus ? Eh, *bè* ! Avec ça, *Fai-ti gras*[1].

Bouillot prit un ton grondeur :

— Tu as été payé.

— Si j'avais pu avoir le *chéchou*[2], répondit Travail, je me serais pas dérangé pour des *regardelles*[3].

En échangeant un coup d'œil complice Raoul et Émile se dirent tacitement qu'il valait mieux ne pas révéler à *Titin* la valeur marchande du contenu du coffre du docteur Danglars sur le marché noir du trafic de drogue... Il eût été délicat de l'empêcher de remplir à ras bord ce qui restait de libre dans sa *boîte à violon*.

Raoul consulta sa montre :

— Allez ! on met les voiles. Deux heures du matin : on a assez traîné !

Son épaule le faisait cruellement souffrir. Il repensa à son minuscule adversaire et à la façon dont celui-ci l'avait ridiculisé. Il faudrait en parler à Jules Bessède. C'était un as pour vous remettre les muscles dans le droit chemin. Des centaines d'épaules luxées, d'articulations déboîtées, d'entorses invalidantes avaient cédé devant ses mains miraculeuses.

— Il vaut mieux rentrer chez soi par des chemins différents, conseilla Raoul à ses compagnons. Je ne vous connais pas, vous ne m'avez jamais vu.

Bouillot pouffa :

---

1. Prononcez *Faï-ti gra*. Littéralement « fais-toi gras ». Expression ironique sous-entendant « avec le peu qu'on me donne, je ne vais pas grossir ».

2. Idée de surplus. Équivalent de rabiot.

3. N'avoir presque rien à manger. Des nourritures qu'on regarde, mais dont on ne profite pas.

— Va dire ça à ton oncle Baruteau !

— Émile, tu seras au lit avant qu'on soit monté dans les fiacres qui stationnent au Rond-Point du Prado.

Raoul serra la main de son ami avec la gauche. Il tendit un billet à Baptistin pour lui offrir sa course.

Celui-ci, grand seigneur, refusa :

— *La Bouille* l'a dit. J'ai été payé.

S'il avait su combien le journaliste venait de lui faire perdre, ses adieux eussent été à coup sûr moins cordiaux...

22

Où notre héros, qui se croit quitte d'une mauvaise action, se fait piéger par son propre oncle policier.

— Si j'ai bien compris ce que tu me racontes, ça devait être un judoka.

Allongé à plat ventre sur la table de massage du *Boxe Française-Savate-Club*, Raoul Signoret grimaçait sous les mains expertes de son professeur. Jules Bessède lui martyrisait les deltoïdes sans se soucier de ses protestations.

— C'est quoi un judoka ?

— C'est un type qui met les *balès*[1] dans ton genre dans l'état où tu es.

Raoul tenta piteusement de se justifier.

— Je me suis fait surprendre.

La moustache en guidon de vélo du professeur objecta pour lui en frémissant :

— C'est bien ce qu'on peut te reprocher, *Garri*. On doit être capable de parer toutes les attaques, quelle

1. Costauds.

que soit la méthode employée. Il me semble que je t'en ai donné les moyens.

Raoul, un brin vexé, répliqua :

— La preuve en est. J'ai eu le dernier mot !

L'ancien champion de France de boxe française pratiqua un étirement qui fit gémir son élève.

— C'est l'essentiel. Mais une autre fois, sois plus sur tes gardes.

Il reprit ses manipulations.

— Le ligament n'est pas rompu, mais c'était moins juste.

Il massa longuement la partie douloureuse avec un liniment.

— On va bander tout ça serré, mais il faut que tu te reposes quelque temps. Reviens me voir après-demain. Laisse un peu Madame tranquille ces jours-ci.

Malgré la douleur Raoul sourit :

— En général, ce n'est pas avec l'épaule droite que je l'honore.

Afin de faire dévier une conversation qui ravivait l'humiliation subie, il revint à sa préoccupation première :

— C'est quoi, alors, cette technique de combat ? Vous la connaissez ?

— Un peu. J'ai eu la chance, il y a une dizaine d'années de ça – Bessède réfléchit, un instant : ouais, c'était en 89... de rencontrer un Japonais, Maître Jigoro Kano, venu à Marseille pour une tournée de conférences. Dans les années 80 il a établi les règles de ce sport de combat dont tu viens de faire les frais. Il l'a appelé Judo. Si je me souviens bien, ça signifie « *Voie de la souplesse* » en japonais.

Raoul enfilait sa chemise.

— Ça, pour ce qui est de la souplesse...

Plusieurs boxeurs avaient interrompu leur entraînement pour venir écouter les explications de Bessède.

— Si tu veux, ce qu'a fait Kano pour le judo, c'est, toutes proportions gardées, ce que nous avons fait chez nous avec la boxe française : transformer une bagarre brutale entre voyous, où tous les coups sont permis, en un sport de combat loyal, aux règles strictes, qui respecte l'adversaire, où chacun a ses chances.

Raoul Signoret achevait de se rhabiller.

— J'aimerais bien en connaître au moins les principes, puisque j'ai failli en faire les frais.

— C'est facile à énoncer, un peu plus compliqué à mettre en pratique. Pour être simple, disons qu'il faut éviter d'engager la force brute. Et au contraire, utiliser le mieux possible celle de l'adversaire. C'est comme ça que ton petit bonhomme t'a fait son entourloupette.

— Il était tout *mistourinet*[1], s'écria Raoul, c'est ça qui est vexant !

— Justement. Il a mis parfaitement en pratique la philosophie du combat telle que la prône Maître Kano. Il voyait que tu lui mangeais la soupe sur la tête[2]. Il ne pouvait pas engager la bagarre d'égal à égal. Donc, il a utilisé *ta force à toi,* pour te dominer.

— C'est surtout la vitesse d'exécution qui est terrifiante. J'ai rien vu venir.

— Il a joué sur la surprise. C'est de bonne guerre.

1. Minuscule, tout petit.
2. « Tu étais beaucoup plus grand que lui. »

Tu comprends, quand tu te bats avec un type qui pratique le même sport de combat que toi, ça va. Prenons la boxe. Tu lui balances une châtaigne. Trois choses peuvent arriver : il l'évite, il la prend en pleine poire et il t'en refile une en retour. Pour toi, c'est pareil. Parce que, ayant les mêmes techniques, vous savez tous les deux d'où peut venir le coup. Dans le cas de ton « Chinois », c'est l'inconnu. Parce que toi, Raoul Signoret, tu ignores ce qui t'attend. Tu vois cet avorton qui prétend t'empêcher de passer. Au lieu de te mettre sur tes gardes, ça endort plutôt ta vigilance. Tu te dis : avec deux doigts je vais le coller au mur, on pourra plus le détacher. Lui, il te voit venir. Il attend que tu te découvres. Toi, qu'est-ce que tu fais ? Tu lui balances un direct.

Raoul avoua :

— J'avais même un peu honte à l'idée de frapper un type moins costaud que moi.

— Justement, il n'attendait que ça. Donc, en filant ton taquet[1], tu te penches en avant. Tu es en déséquilibre. Le type, plutôt que bloquer ton coup, il l'évite et il accentue ton déséquilibre en te tirant vers lui, au lieu de reculer. C'est toi-même qui l'aides à te faire basculer. Tu as suivi ?

Raoul joua sur les mots :

— Ah, ça ! pour suivre, j'ai suivi ! Je me suis retrouvé cul par-dessus tête, je me demandais encore ce qui m'arrivait.

Jules Bessède leva un doigt et dit avec une solennité bouffonne, à l'intention des autres boxeurs qui écoutaient les explications :

— Heureusement, y avait le réverbère !

1. Coup de poing.

Raoul s'était bien gardé de raconter aux autres les circonstances de son combat. Il avait prétendu que, rentrant tard nuitamment du journal par la rue Caisserie, il avait été agressé par deux Asiatiques qui en voulaient à son portefeuille. Il s'était aisément débarrassé du premier, mais le second était coriace. Il aurait eu même le dessus, avait-il expliqué, si la lanterne d'un réverbère opportunément placée ne l'avait au passage accroché par les pieds, au moment où il « valsait », par-dessus l'épaule du petit homme jaune.

L'explication avait été admise, l'expression avait fait florès parmi les élèves de Bessède.

À partir de ce jour, chaque fois que Raoul Signoret, venu s'entraîner, franchissait les portes du club, il y avait toujours un chœur antique pour l'accueillir par la phrase rituelle :

— Heureusement, y avait le réverbère !

Raoul avait été le premier à en rire.

Seule Cécile, qui avait vu arriver en pleine nuit son homme en bleu de Shanghai, grimaçant de douleur, était au courant de la véritable version des faits. Raoul lui avait remis les deux fioles subtilisées dans le coffre-fort du docteur Danglars en lui recommandant de les dissimuler au mieux. Elles ressemblaient comme des sœurs jumelles aux flacons servant aux injections. À ce détail près qu'il s'agissait ici de poudre et non de la dissolution que Danglars préparait pour se la faire injecter.

Au journal, il avait prétexté une mauvaise chute au cours d'un entraînement et profité pour ne pas y mettre les pieds de deux jours, ce qui lui avait évité toute explication ou récit.

Tout en finissant de nouer sa cravate noire, avant de quitter son professeur de boxe française, Raoul Signoret ajouta l'air penaud :

— Tout de même, quelque chose me chiffonnera toujours. J'ai frappé un homme à terre. Je craignais tellement que ça recommence ! Je crois que je l'aurais tué pour ne pas le voir se relever. Tout ça n'est pas très élégant.

Jules Bessède sourit et posa sa main sur l'épaule indemne de son poulain préféré.

— Je t'ai un peu *chambré* tout à l'heure. Mais là, je crois que tu n'avais pas le choix. On sait pas quel était le niveau de ce type. Il t'avait servi les hors-d'œuvre. Mais de quoi aurait été fait le plat de résistance ? Un judoka bien entraîné, ça peut tuer un type à mains nues. C'est pour ça que Maître Kano a tout codifié. N'oublie pas que, eux aussi, ils avaient jusqu'alors une ancienne technique de combat de voyous. On portait les coups pour tuer. Le Ju Jitsu, ça s'appelle. Le Judo, c'est la forme civilisée. Kano nous avait raconté que le premier compte rendu d'un combat de Ju Jitsu, chez eux, remonte à avant Jésus-Christ. L'empereur du Japon de l'époque avait organisé une rencontre pour départager les deux meilleurs. Le vainqueur avait gagné en défonçant la cage thoracique de son adversaire à coups de pieds ! Tu vois, ils se sont raffinés depuis...

— J'ai eu de la chance, alors, ricana Raoul.

— Et du savoir-faire ! Ton *balayage* et ton *swing* servi frais ont eu leur petit effet, non ?...

Raoul allait répondre quand il vit le regard du professeur se tourner vers l'arrivant qui venait de pénétrer dans la salle d'entraînement.

— Commissaire Baruteau ! Quelle surprise ! Que nous vaut l'honneur ?

Le policier grogna :

— Je viens visiter un grand blessé.

Il avait sa mine de commissaire principal, chef-adjoint de la Sûreté marseillaise. Celle qui changeait les *durs* en caramels mous.

Tandis que Raoul enfilait sa veste, en commençant par la manche droite et coiffait son feutre, Baruteau échangea quelques mots avec Bessède, puis, dès qu'il vit son neveu prêt, il lui demanda :

— Tu as deux minutes ? On pourrait aller prendre un verre quelque part. J'ai une nouvelle pour toi.

Il ajouta entre ses dents :

— Si tu ne la connais pas déjà...

La *Brasserie Noailles* offrait à l'oncle et son neveu sa magnifique salle vitrée, chef-d'œuvre de légèreté architecturale, à deux pas de la rue Tapis-Vert qu'ils venaient de quitter. Cet établissement superbe, précédé d'un jardin de rocailles d'où jaillissaient des jets d'eau et gazouillaient des oiseaux de volière, avait été fondé en 1856, pour y écouler une partie de sa production, par le brasseur préféré du commissaire, Godfried Velten. Ce détail n'était pas étranger au choix du policier.

D'une propreté alsacienne, la *Brasserie Noailles* était le rendez-vous des rentiers, des négociants, des voyageurs de commerce et des hommes d'affaires. Mais surtout celui des *biérophiles*. On n'y craignait aucun voisinage importun.

Baruteau et Raoul s'installèrent au fond de la salle et s'ils ne profitaient pas de l'animation de la rue

Cannebière, au moins étaient-ils certains d'y être au calme.

Deux chopes écumantes atterrirent sur le bois ciré de leur table quelques secondes à peine le signe fait au garçon par le vieil habitué des lieux qu'était le commissaire à l'œil noir.

— Comment te sens-tu ?

— Ça va. Dans quelques jours il n'y paraîtra plus.

— Pourquoi ne m'as-tu pas fait prévenir ? Il a fallu que je t'appelle au journal pour qu'on m'apprenne que tu avais fait une mauvaise chute. Je passe chez toi et Cécile me dit que tu es chez Bessède.

— Pour me faire remettre l'épaule en place, tiens !

L'oncle était grognon. Raoul se fit humble tout en se mettant sur ses gardes :

— Je ne voulais pas vous inquiéter pour si peu.

Baruteau souffla par le nez. Signe chez lui d'une montée d'adrénaline.

— Du mauvais sang, tu m'en fais faire, depuis que tu es petit. À chaque otite, à chaque angine, j'étais aux cent coups. C'est pas parce que tu as grandi que je ne m'en fais pas plus.

Raoul sourit :

— Pourquoi me dites-vous ça, mon oncle ?

— Parce que je me fais du mauvais sang.

— Pour moi ?

— Pour toi, Raoul Signoret.

— Il n'y a pas de raison pour...

Baruteau le coupa :

— Sait-on jamais ? Es-tu sûr d'être plus raisonnable que lorsque tu avais cinq ans ? Regarde dans quel état tu t'es mis, un père de famille, qui, si mes renseignements sont exacts, va augmenter d'une unité.

— Vous êtes bien renseigné.

Une sourde inquiétude commençait à étreindre le journaliste. Que signifiait cette manière inhabituelle pour l'oncle Eugène de tourner autour du pot ? Il avait quelque chose de précis à lui dire. Sinon il ne se serait pas dérangé seulement pour lui parler de ses oreillons d'antan.

Raoul passa à l'offensive. On verrait bien.

— Vous aviez une nouvelle pour moi, m'avez-vous dit ?

— Exact, mon neveu.

Baruteau demeura un instant silencieux et regarda Raoul dans les yeux en articulant :

— Tu te souviens de l'affaire Danglars ?

« Nous y voilà », songea Raoul.

— Bien sûr !

— Figure-toi que le docteur a déposé une plainte au commissariat de son secteur. Des cambrioleurs sont entrés chez lui durant sa cure thermale à Néris-les-Bains. Il n'y a pas de traces d'effractions. On n'a rien emporté. Personne n'a rien vu, rien entendu.

Raoul fit l'innocent :

— Ça remonte jusqu'à la Sûreté les plaintes pour cambriolage ?

Baruteau fronça les sourcils. Il allait dire quelque chose de plus fort mais se contenta de répondre :

— Habituellement, non. Mais là, il y a autre chose.

— Si on n'a rien touché, rien emporté, comment sait-on alors que quelqu'un est entré dans le châ... dans la maison du docteur ?

Raoul sentit une suée couler sous sa chemise.

— On a retrouvé chez lui un billet rempli de menaces. Ça viendrait des anarchistes, on dirait. La veille du retour de Danglars, sa gouvernante...

— Lili Chauchoin, dit Raoul. Elle a un nom dont on se souvient.

— Sa gouvernante donc, venue pour remettre la maison en marche, a entendu des coups frappés dans la porte du laboratoire de Danglars, situé dans le sous-sol.

— Et alors ?

— La clef était sur la porte. Elle a ouvert, et là, c'était une autre affaire. Une affaire qui a fait remonter le tout jusque sur le bureau de ton oncle. Le lustre était par terre, des tas de cornues et de flacons étaient brisés et puis surtout, la gouvernante s'est trouvée face à face avec un des domestiques du docteur. Un certain Trân Viet Dao, qu'il a ramené du Tonkin. Le malheureux était enfermé là depuis plusieurs jours, il n'avait rien mangé. Heureusement, il avait de l'eau. Mais surtout, il avait dû se cogner à une enclume qui passait par là, car il avait la tête comme une pastèque et, au lieu de jaune, il avait viré au vert épinard avec des nuances violettes irisées.

— *Coucher de soleil sur le Mékong*..., osa Raoul qui se fit fusiller par un regard noir.

— Ce type *barjaque*[1] un français approximatif, mais suffisant pour nous expliquer que deux hommes étaient entrés nuitamment dans la maison du docteur, dont il avait la garde. Entendant du bruit dans le laboratoire qui jouxte sa chambre, il s'était levé, s'était trouvé en face d'un grand type qui fouillait partout. Il avait essayé de le neutraliser, mais l'autre était plus fort que lui et l'avait mis dans l'état où on l'a trouvé.

Raoul avait ressenti une bouffée de satisfaction en

1. Parle.

entendant les mots « plus fort que lui ». L'honneur de la boxe française était sauf.

Il se risqua à demander :

— Il a pu donner des renseignements sur les types ?

— Il n'en a vu vraiment qu'un. Grand, large d'épaules, cheveux blonds. Coiffé d'une casquette et vêtu d'un bleu d'ouvrier. Ça doit être le signalement de cent quarante mille personnes à Marseille.

Baruteau, après un bref coup d'œil à Raoul, ajouta :

— Tiens, ça pourrait correspondre à ton signalement : large d'épaules, grand, blond. Mais il n'a pas parlé de moustache.

Le policier se tut une seconde et jouant la surprise :

— Oh, mais par exemple ! Tu as rasé ta moustache ! J'avais pas fait attention !!

Il prit la main droite de son neveu dans sa large pogne et fit jouer les doigts, provoquant chez Raoul une grimace de douleur. Baruteau le regarda dans les yeux :

— Elle est bien enflée, cette main. Tu devrais la montrer à un docteur.

La suée de Raoul prit de l'ampleur. Il n'aurait jamais pensé un jour se trouver face à son oncle dans la position de ceux qu'il « cuisinait » habituellement. Malgré ses grosses chaussures à clous de flic, il était finaud, le Raminagrobis. Il était en train de le ficeler, son neveu préféré...

— Pourquoi m'avez-vous raconté ça, mon oncle ? Vous pensez que ça a quelque chose à voir avec l'affaire de l'avortement ?

Ce fut au tour de Baruteau de jouer les andouilles :

— *Bè !* Je pensais d'abord que tu t'intéressais aux enquêtes dont ton oncle est chargé...

— Bien sûr ! mais...

— Ensuite, je pensais qu'un événement survenu chez un type dont tu as suivi le procès pouvait avoir un intérêt pour toi. Il ne t'en a pas fallu plus pour te mêler de l'affaire Magnan.

— C'est certain, mais...

— Il peut y avoir un lien entre les deux, va savoir.

Raoul demeura silencieux. Il ne savait pas comment mettre fin à cette scène pénible. Son oncle savait ou soupçonnait quelque chose. Mais quoi ?

Baruteau rompit le silence.

— Enfin... Si je t'ai dérangé pour rien j'en suis désolé.

— Comment pouvez-vous dire une chose pareille, mon oncle ?

— Pour rien. Peut-être parce que je suis un peu déçu.

— Par moi ?

— Peut-être...

— Mais pourquoi ?

— Parce que tu es un petit cachottier. Je ne t'avais pas élevé comme ça.

Eugène Baruteau extirpa sa lourde carcasse de la banquette de moleskine, fouilla dans sa poche de veste et posa sur la table ce que Raoul prit pour des pièces de monnaie. Il dit en fixant son neveu dans les yeux :

— Tu ne devrais pas laisser traîner tes affaires partout, Raoul.

Le commissaire quitta la brasserie sans un mot, ni un regard de plus. Le journaliste faillit courir derrière lui, mais il ne s'en sentit pas le courage.

C'étaient bien des pièces de monnaie, en effet. Elles étaient contenues dans un petit porte-monnaie rouge acheté voilà bien des années à un vendeur ambulant arabe. Eugène Baruteau l'avait offert à son neveu pour sa première communion. Raoul l'utilisait toujours.

L'inspecteur qui l'avait ramassé sur le plancher du laboratoire du docteur Hyppolite Danglars s'était dépêché de l'apporter à son chef.

23

Où notre héros parcourt en vain les rues de Marseille pour tenter de se réconcilier avec son oncle.

Le traditionnel déjeuner familial prit ce dimanche-là des allures de repas d'enterrement. Il y manquait visiblement quelqu'un.

Les Baruteau-Signoret avaient établi un tour de rôle des agapes familiales en forme de valse à trois temps. Un dimanche tante *Thérèsou* était la puissance invitante, le suivant Adrienne – Mme Signoret mère – prenait son quart. Puis venait le tour de Cécile et Raoul. Le quatrième demeurait en jachère, au gré de chacun.

Le tour venait au jeune ménage, qui attendait le reste de la tribu place de Lenche. Cécile, en dépit de ses complexes face aux redoutables cordons-bleus qu'étaient tante Thérèse et *Belle-Maman*, avait fait de son mieux pour satisfaire les goûts familiaux. Une daube longuement mitonnée (« ça ne se rate pas », avait assuré Raoul) accompagnée de pâtes fraîches fabriquées à la main par Mme Scotto di Carlo, la *Diva assoluta des tagliatelles*, on savait que ça mettrait Eugène Baruteau dans de bonnes dispositions pour pardonner à son neveu « sa grosse bêtise ».

Personne n'aurait pu prévoir qu'il y aurait des restes à ce repas. Car la chaise d'Eugène Baruteau était vide. Vide comme son assiette.

— *Pouquoi* il est pas venu tonton *Euzène* ? avait zozoté Adèle en n'apercevant pas au-dessus de la tête de *Tatie Thérèzou* planer comme un oiseau noir la grosse moustache cirée du commissaire qui fascinait l'enfant depuis toute petite.

— Il avait du travail à la police, ma *Poupette*, avait menti Thérèse Baruteau.

— Il est parti arrêter les voleurs ?

— C'est ça. On lui a dit que quelqu'un avait pris tous les bonbons dans la vitrine de Mme Fieschi, ta grande *collègue*.

Adèle, les yeux gourmands, avait demandé :

— Il m'en rapportera, s'il en reste ?

Raoul avait promis en prenant sa fille dans ses bras :

— Sûrement, ma puce.

Il tentait de cacher le chagrin qui lui faisait comme une boule, là, dans l'arrière-gorge.

— Allez ! on va commencer à manger sans lui. Il nous rattrapera.

Adrienne Signoret regarda son fils à la dérobée. Il donnait bien le change à la petite, mais il se doutait déjà de la raison avancée par l'oncle Eugène pour n'être pas des leurs.

L'ambiance était brisée. On était passé sans transition de la joie de l'accueil à la tristesse palpable. Les adultes étaient devenus muets. Seule la jeune Adèle continuait à faire entendre son « *seuveu* sur la langue ». On lui répondait à peine. Sans Lui, rien n'était pareil.

Tous s'assirent, l'air désolé. La chaise vide attirait le regard. On laissa l'assiette du commissaire en place, mais sans illusion. En l'absence de son « beau-père par procuration » Cécile n'osa pas même proposer un apéritif. Les dames suggérèrent de passer directement au plat de résistance, en sautant les hors-d'œuvre.

L'arrivée du *toupin* [1] de daube fumante et odorante se fit dans un silence de sépulcre. Il y manquait les commentaires gourmands de l'oncle Eugène. Cécile servit tout le monde. Sur un geste de Raoul au-dessus de son assiette, elle lui octroya la moitié d'une part habituelle. Encore fallut-il la remarque d'Adèle, inquiète sans s'expliquer pourquoi, mais à qui rien n'échappait, pour que son père commence à manger sans entrain ni goût.

La fillette, déçue par le laconisme des adultes, se leva pour aller s'asseoir sur les genoux de Cécile.

— Fais-moi *manzer*, maman.

— Où est-il ? demanda Raoul en regardant sa tante.

— Je n'en sais rien.

Le journaliste n'en croyait pas un mot.

— Je t'assure ! Au moment où on se préparait, il m'a dit : « Je vais faire un tour. » Je croyais qu'il allait fumer une pipe en cachette, car il a un peu repris et il pense que je ne m'en suis pas aperçue. Mais en

1. Marmite ronde à col plus étroit, en terre vernissée, sans lequel aucune cuisinière de l'époque ne se serait lancée dans la confection d'une daube.

fermant la porte, il a lancé : « Je ne viens pas. Ne m'attendez pas. Dis-leur que j'ai du travail, si ça t'arrange. »

— Il a donné ses raisons ?

— Je crois les connaître. Et je crois LE connaître, dit en insistant Thérèse Baruteau, les larmes aux yeux.

Cécile piquait du nez dans son assiette dont elle touillait le contenu du bout de la fourchette.

— C'est pas possible... soupira Raoul. Il t'a raconté ?

— Il m'a tout dit, oui.

— Et toi, maman ?

Adrienne Signoret fit oui de la tête :

— Thérèse m'a mise au courant.

— Bon, inutile alors que je m'étende sur le rôti. Qu'en pensez-vous, toutes les deux ? Parlez-moi franchement.

Adèle, qui avait fini de bon appétit son jambon floraline, avait quitté la table de ces grands décidément très ennuyeux. Elle était partie raconter des secrets à son poupon Marcel, un athlète en celluloïd vêtu d'un tricot rayé de marin « fabrication maison ».

Thérèse Baruteau se jeta à l'eau. Après tout, songeait-elle, ignorant le rôle joué par Cécile, je suis sans doute la mieux renseignée.

— Je crois que tu lui as fait beaucoup de peine.

— Je m'en doute, mais il ne m'a pas donné l'occasion de justifier ma conduite, si toutefois je puis lui faire admettre une justification.

— Le contraire m'étonnerait, dit la tante.

— Je sais bien que, quoi qu'il en dise, il n'aime pas que je marche sur ses plates-bandes. Et le fait que je sois « son neveu préféré », comme il dit, n'y change rien. Ça aggraverait plutôt mon cas...

Thérèse Baruteau arrêta son neveu de la main :

— Tu te trompes, Raoul ! Je ne pense pas que ce soit ça qui lui fasse le plus souci. Je le connais cet homme, comme si c'était moi qui l'avais fait. Il est souvent *ronflon* [1], il est coléreux, il a horreur d'avoir tort et de perdre aux cartes (Raoul songea à la réflexion de René Barone), mais c'est un homme intraitable sur le chapitre de la Loi. Il n'admettra jamais que tu sois entré chez quelqu'un comme un cambrioleur. À ses yeux, ce que tu as fait là, c'est un délit de droit commun.

Raoul tenta de se justifier. Il dit, fixant sa tante dans les yeux :

— Il ne sait pas quelles bonnes raisons j'avais de faire ce que j'ai fait. Ce qui pour lui ressemble à un délit, pour moi...

Thérèse Baruteau lui coupa la parole :

— Ne cherche pas à me convaincre. Je sais que tu es un honnête garçon. Ta mère t'a élevé dans le droit chemin. Personnellement, je serais prête à te pardonner, même si tu avais commis un crime.

Ce fut au tour de Raoul d'élever la voix :

— Mais il ne s'agit pas de pardon, ni de crime, ma tante ! Il s'agit de justice. Il s'agit d'écouter des explications avant de condamner.

— Nous t'écoutons, Raoul, dit doucement Adrienne Signoret. Nous ne demandons pas mieux. On n'est pas au tribunal, ici.

— J'ai fait quelque chose que *lui* ne pouvait pas faire, tout chef de la Sûreté qu'il est. Il n'aurait pas

1. Équivalent de grognon.

pu pénétrer chez Danglars sans un mandat de perquisition signé du procureur de la République. Mais il lui aurait fallu justifier sa demande. Pour quoi faire, ce mandat ? Comme ça ? Sans enquête préliminaire ? Par caprice ? Pour admirer le jardin ? Or – pardon de le dire en son absence – mais mon oncle ne sait rien, ne pouvait pas savoir ce qui se passait derrière les murs d'une respectable propriété habitée par un homme respecté.

Adrienne Signoret intervint pour calmer son fils :

— On dit pourtant que c'est un monsieur très bien, ce docteur Danglars. Un monsieur très droit.

Raoul ricana :

— Ouais ! Droit comme mon bras quand je me mouche ! Il est tellement bien, votre docteur, que c'est un drogué qui se livre au trafic de drogue. À part ça qu'est-ce qu'il vous faut ?

Les deux femmes s'exclamèrent en même temps :

— Un drogué ? Tu es bien sûr ? C'est pas possible !

Raoul répliqua :

— C'était inscrit sur sa figure. Et dans ses yeux, mais personne n'y avait pris garde. Sauf quelqu'un qui a attiré mon attention.

En disant cela, Raoul évita de croiser le regard de Cécile.

— Pourquoi ne t'en es-tu pas ouvert à ton oncle ? demanda Adrienne Signoret.

— Encore une fois parce que pour savoir ce que je sais à présent, il fallait d'abord aller sur place. Et risquer sa peau ! Mais ça, je l'avoue, je ne le savais pas. Pour aller y voir, il fallait se mettre dans l'illégalité. Un flic ne pouvait pas le faire. Je l'ai fait à sa place. Pour lui. Maintenant, il va pouvoir agir, en toute légalité, lui. Il ne le regrettera pas. Et je vous jure que je ne me mettrai pas au milieu. Je lui en laisserai toute la gloire.

— Raoul, gronda Thérèse Baruteau, tu redeviens injuste, mon petit. La réaction de ton oncle, pour brutale qu'elle soit, est celle d'un homme déchiré. Compte tenu de vos rapports d'affection, sa mission est double. Te rappeler la Loi comme citoyen et comme neveu. Il y a des choses qu'on ne fait pas. Mets-toi à sa place...

— Qu'il se mette à la mienne.

Thérèse Baruteau prit la défense de son mari :

— Ne sois pas de mauvaise foi. Tu ne te rends pas compte dans quelle situation tu as placé Eugène. Devant n'importe qui d'autre que toi, il n'aurait pas tergiversé : il te faisait coffrer et ton dossier était aussitôt transmis au Parquet. Pendant ce temps, tu allais compter les barreaux à la prison Saint-Pierre, en attendant la correctionnelle. Or, non seulement ton oncle n'en a rien fait, mais encore, il te couvre !

— Comment ça, il me couvre ?

— Et le porte-monnaie ? Tu l'oublies ? Non seulement, en ne te dénonçant pas, il se fait ton complice, mais encore, il a fait disparaître une pièce à conviction. Tu te plains ?...

Raoul Signoret demeura muet un moment, tête basse. Des larmes lui venaient qu'il tentait en vain de ravaler.

Il reprit à voix sourde, s'adressant particulièrement à sa tante :

— Dites-lui que je suis prêt à lui fournir la preuve que le docteur Danglars est un drogué et un trafiquant de drogue. Il ne devrait pas y rester insensible.

Il se leva, passa dans la cuisine, prit une chaise, grimpa dessus et atteignit sur la plus haute étagère de la soupente au-dessus de la *pile*[1] une boîte à chaussures. Il y trouva, où les avait cachés Cécile, les deux flacons contenant l'héroïne. Il en prit un et revint le poser sur la table :

— Il y a là-dedans de quoi tuer un bœuf ou deux. C'est la plus puissante des drogues connues à ce jour. J'ai vu des dizaines de flacons semblables dans le coffre-fort du docteur Danglars. C'est là que je suis allé le chercher, ce flacon. Dites-le à l'oncle, puisque moi, il ne m'en a pas laissé le temps. Ça lui donnera peut-être l'envie d'aller y voir de plus près. Avec des documents signés du procureur de la République en main. Mais attention : qu'il ne sonne pas à la porte avant six heures du matin...

Sur ces mots, à la surprise des trois femmes présentes, il pleura sans retenue :

— Excusez-moi, c'est trop bête de se mettre dans des états pareils, pour si peu.

Cécile se leva et se jeta dans ses bras. Tous deux demeurèrent un long moment enlacés tandis que Thérèse Baruteau et Adrienne Signoret, pour garder contenance, commençaient à débarrasser la table et à transporter les assiettes à la cuisine.

Quand les deux femmes revinrent dans la salle à manger, Raoul avait enfilé une veste et coiffé une casquette de tweed :

— Je vais le chercher.

— Mais je ne sais pas où il peut être, à cette heure, redit Thérèse Baruteau.

— Moi, j'ai mon idée. Je vais prendre mon vélo. Si besoin je ferai les rues de Marseille une par une.

Adrienne Signoret s'inquiéta :

1. Pierre d'évier.

— Raoul, avec ton épaule !

— Ça va aller, maman. C'est avec les jambes qu'on pédale.

Il embrassa tout le monde et gagna la porte.

Avant de la claquer derrière lui, il lança :

— Si vous le revoyez avant moi, dites-lui que je l'aime.

*

Grâce aux massages de Jules Bessède et au bandage savant dont il avait entouré l'épaule meurtrie de son élève, la chevauchée mécanique à laquelle le journaliste se livra une bonne partie de l'après-midi ne le fit pas souffrir au-delà du supportable. Raoul regretta seulement que les édiles marseillais, soucieux d'économies, aient adopté aussi chichement le procédé de revêtement des voies mis au point par l'Anglais Mac Adam qui faisait des rues de véritables tapis de billard. Marseille avait plus de pavés que l'enfer n'en est tapissé et tout déplacement vélocipédique relevait du Paris-Roubaix, entre les dangers représentés par les rails des tramways qui bloquaient les pneumatiques plus sûrement qu'un piège à loup et les fameux pavés arrondis qui transformaient votre tête en machine à coudre et vous laissaient dans le corps, longtemps après avoir remisé l'engin, l'impression d'être encore sur sa selle.

Le journaliste remonta la rue Cannebière et les allées de Meilhan qui la prolongeaient. Arrivé au pied des clochers pointus de Saint-Vincent-de-Paul, il tourna dans la rue des Petits-Pères[1] qui le conduisit

1. Aujourd'hui rue Adolphe-Thiers.

en pente douce sur la Plaine Saint-Michel[1]. Il fit le tour de la place dans le sens inverse des aiguilles d'une montre et enfila la rue Terrusse pour rejoindre la rue de Bruys où demeuraient les Baruteau.

Son cœur battait plus fort lorsqu'il descendit de machine devant le nº 15. Il hala vigoureusement de son bras gauche la poignée de cuivre reliée à la clochette qui fit entendre son grelot dans le couloir d'entrée de l'immeuble. Selon le code, il ne sonna qu'une fois pour le rez-de-chaussée.

Une maison vide ne résonne pas de la même façon qu'une maison où quelqu'un vous attend. Les ondes sonores émises par la clochette n'étaient pas encore éteintes que Raoul Signoret savait déjà être venu pour rien. Il demeura cependant un moment devant le seuil comme s'il espérait une apparition, mais aucun signe de vie ne provint de l'intérieur. En proie à un sentiment d'abandon qu'il n'avait pas éprouvé depuis l'enfance, le journaliste laissa son esprit parcourir les pièces de cet appartement où il avait encore sa chambre. Elle avait été si souvent la sienne durant cette jeunesse sans père où Eugène Baruteau avait joué avec affection le rôle de l'absent ! Aujourd'hui c'était lui qui ne répondait pas à l'appel de Raoul.

Le cœur en berne, le reporter du *Petit Provençal* enfourcha sa bécane et prit la direction du quartier Castellane. Son intention était de gagner le seul refuge où l'oncle avait pu aller cacher sa peine : le petit cabanon de la Madrague-de-Montredon qui

1. Aujourd'hui place Jean-Jaurès, mais toujours simplement désignée comme « La Plaine » par les Marseillais.

n'attendait que la mise à la retraite du policier pour avoir un propriétaire à plein temps.

Au fur et à mesure que défilaient les six rangées de platanes des deux avenues du Prado et que l'haleine immense de la mer commençait à se faire sentir, Raoul reprenait espoir. Oui, l'oncle Eugène devait être là. Pas une seconde il n'avait cru que le commissaire soit allé se réfugier dans son bureau de l'*Évêché*, au milieu des allées et venues, des coups de gueules et des plaisanteries grasses de policiers désœuvrés par la quiétude d'un dimanche sans histoires.

La Pointe-Rouge atteinte et dépassée, Raoul se remit à espérer. Déjà, il imaginait les retrouvailles. Le coup de gueule de principe, la « grosse voix » qui impressionnait si fort le petit garçon quand une bêtise avait été commise, le rappel de la Loi... et puis l'embrassade bourrue mais si chargée d'affection profonde. Enfin, la phrase finale qui signifiait « on efface tout » :

— Allez, grand couillon ! Je t'en veux plus. Mais recommence pas, *qué* ?

Suivi d'une tape dans le dos à vous décrocher un poumon. Il faudrait garer son épaule...

*

La porte du cabanon était grande ouverte. Raoul appela.

— Oncle Eugène !

Seul le ressac de la mer toute proche fit écho à son appel.

Le journaliste pénétra dans la grande pièce qui constituait l'essentiel du cabanon, si on ne tenait pas compte de l'alcôve aveugle qui la prolongeait. Il allait découvrir son oncle ronflant comme un sonneur plongé dans une sieste réparatrice.

Comme le reste du minuscule bâtiment, le lit était vide. Il n'avait pas même été défait.

En retournant dans la pièce à vivre, Raoul remarqua des miettes de pain, des peaux de saucisson et une bouteille de rouge aux deux tiers vide, à côté d'un verre qui avait marqué la toile cirée à carreaux d'un cercle violine.

« Il ne s'est quand même pas laissé mourir de faim », songea-t-il, ému par ces humbles traces d'une présence humaine.

Il sortit sur la terrasse de ciment et regarda la mer. Elle était à peine ridée. Le soleil amorçait sa plongée vers le couchant en incendiant l'archipel du Frioul. C'était beau à vous couper le souffle.

Le cœur du journaliste fit un petit saut dans sa poitrine. *La Galinette* ne se balançait pas au bout de son amarre ! L'oncle avait sauté dans son *pointu* pour aller calmer sa peine. Raoul aurait dû y penser plus tôt.

Il retourna en courant vers le cabanon, y entra, prit dans le tiroir du buffet la petite paire de jumelles qu'il savait y trouver.

Il repassa sur la terrasse et, ajustant l'instrument d'optique à sa vue, il fouilla chaque vague, chaque frange d'écume, passa en revue Ratonneau, l'île d'If, Pomègues...

Tout à coup il le vit !

Il était au droit du cap Cavaux. Le couchant découpait sa silhouette comme une ombre chinoise.

La Galinette se balançait doucement sur la vague. Raoul distinguait à présent la lourde silhouette de son oncle, assis dans sa barque. Il avait son caban bleu marine et sa casquette d'amiral d'opérette. Il regardait vers le large.

Il ne faisait rien. Même pas il pêchait.

Raoul ne se sentit pas le courage d'attendre le retour de l'oncle.

Il griffonna un petit mot qu'il laissa sur la toile cirée. Il avait simplement écrit : « Je te demande pardon. »

Comme quand il était petit.

24

Où un spectacle de music-hall en matinée au Palais de Cristal *apporte à notre héros une réponse à ses intuitions.*

La salle du *Palais de Cristal*[1], le grand music-hall des allées de Meilhan, était une véritable étuve. Elle était pleine (en matinée le prix du fauteuil était à 1 franc, contre 1,50 franc en soirée), et le mois de juin avait fait une entrée fracassante dans le calendrier. Le sirocco avait soufflé l'haleine brûlante de l'Afrique jusque sur les rives du Lacydon. La lumière solaire – d'habitude si franche – avait pris une teinte orangée. Elle déteignait sur tout Marseille. Un sable plus fin que le talc s'insinuait jusque dans les appartements les mieux clos.

Les Marseillais transpiraient comme des gargoulettes, au plus grand profit des brasseries, cafés, bistrots, estaminets de tous calibres et catégories. Les desséchés se réfugiaient aux terrasses ombragées de

1. Il se situait dans la partie haute de la Canebière actuelle, emplacement occupé aujourd'hui par la faculté des sciences économiques, précédée elle-même par le cinéma Pathé-Palace.

vastes tentes de toile descendues au maximum, ou dans les salles rafraîchies par un courant d'air approprié, grâce aux panneaux vitrés mobiles maintenus grands ouverts.

Rien de tel dans la grande salle carrée du *Palais de Cristal* qui, équipée de fauteuils d'orchestre amovibles, en dehors des spectacles servait fréquemment de *skating*[1], distraction sportive à la mode. La salle pouvait accueillir cinq mille spectateurs debout. En dépit d'un ingénieux système d'aération confié à des fenêtres à tabatières s'ouvrant au plafond, on y suait hiver comme été, pour y entendre les grands noms du café concert, y admirer jongleurs, acrobates et mimes, *s'estrasser*[2] de rire aux blagues balourdes des comiques troupiers, commenter par des cris faussement offusqués les monologues « chargés » des fantaisistes locaux. Certains faisaient leur numéro en parler marseillais, sûrs d'être en phase avec une salle populaire, prête à s'amuser d'un rien. C'était encore plus vrai avec le public des matinées, celui qui se levait tôt le lendemain. Il composait l'essentiel des salles, les samedis et dimanches après-midi, mêlés aux nervis espérant « faire leur marché », car les femmes seules y étaient nombreuses. Public chaleureux, spontané, il ne ménageait pas ses bravos à qui savait le séduire, mais malheur aux cabots sans talent ! Les pièces de monnaie tombaient en pluie sur la scène, les apostrophes cruelles et les sifflets chassaient à courre l'histrion du plateau. Mayol à ses débuts (il avait dix-huit ans), sa voix « courte »

1. Patin à roulettes.
2. Du provençal *estrassa* (se déchirer). Équivalent du français « mourir de rire ».

manquant d'ampleur pour remplir le vaste vaisseau, perdit pied et provoqua un début d'émeute : « *Faï ta malle*[1] *! Circulez !* » Tandis que Pompeï, le directeur du moment, criait aux régisseurs : « *Enlevez-le ! Ils vont tout me casser s'il reste là !* »

Raoul Signoret avait pris un second balcon, moins par souci d'éviter la promiscuité du promenoir qui cernait l'orchestre, que pour jouir à la fois du programme annoncé et du coup d'œil sur la salle bruyante et colorée où les femmes agitaient frénétiquement des éventails brassant un air tropical, tandis que les messieurs s'éventaient avec leurs canotiers ou leurs panamas.

Le journaliste, tel le Parisien jamais monté sur la tour Eiffel, ne connaissait pas une des salles les plus célèbres parmi les music-halls marseillais avec *L'Alcazar*. Il admira la décoration exubérante. Le *Palais de Cristal* devait son nom au grand escalier conduisant aux galeries. Pour n'être pas sorti des fours de Baccarat, il était néanmoins entièrement fait de verre trempé, ainsi que les rambardes des balcons. On n'avait pas lésiné sur les dorures, les stucs et les volutes ornant les deux galeries supportées par vingt pilastres de fonte. Ni sur les statues féminines aux avantages mammaires aussi plantureux que dévoilés, les amours joufflus, les médaillons et les cartouches. Les pinceaux des décorateurs Apy et Partol s'en étaient donné à cœur joie avec l'assentiment de l'architecte Sixte-Rey, professeur à l'école des Beaux-Arts, maître-d'œuvre après l'incendie qui avait détruit la première salle en 1882.

1. Fais ta valise !

Raoul Signoret n'était pas là pour se distraire durant deux heures, mais venu « en mission ». Une mission pour laquelle il s'était auto-désigné, prétextant auprès de la hiérarchie du *Petit Provençal* une subite rage de dents qui le rendait momentanément indisponible.

L'affiche, qui prenait le chaland par la main pour le convaincre d'entrer, faisait claquer les noms des artistes dans une fantaisie chromatique éprouvante pour l'œil. Si on la remarquait pour son mauvais goût, elle avait une incontestable force d'attraction.

On y annonçait une première partie, accompagnés par l'orchestre-maison de soixante musiciens, sous la direction du *Maestro* Trave, arraché à prix d'or à *L'Alcazar*, qui dirigerait l'ouverture de *Guillaume Tell* de Rossini. On verrait se succéder un certain Pignol, « le désopilant comique populaire » interprétant une « Étude de mœurs militaires en un acte » intitulée *Ohé Lariflette !* Suivrait le *Comedian mimic* Adams et sa troupe de mimes dans *Hallucination*, « une fantaisie originale comique et diabolique à grand spectacle », la « transformiste mondaine du Casino de Paris » Mlle Clayrandre, MM. Samat (fort ténor) et Fournier (baryton) dans un duo de *La reine de Chypre*, précédant le « comique typique » Boucot, « la chanteuse à voix » Paule Duc, les « chanteurs comiques » Raguet, Fellais, Chap-Hell, Mariette Deval, et Denis Sined qui avait composé son nom de scène en inversant son prénom[1]. Sans oublier

1. Il se nommait Denis Contandin. Son épouse mettrait au monde trois ans plus tard un garçon prénommé Fernand, plus connu sous le pseudonyme de Fernandel.

les « gommeuses » Rigolette, D'Auberthal, Mariette Deval et Suzette Zema.

Tout ceci ne constituait finalement que les « hors-d'œuvre ». Le plat principal de ce copieux menu étalait son nom en lettres de feu, trois fois plus hautes que celles annonçant les autres artistes :

AUJOURD'HUI À 3 HEURES
L'incomparable diseuse fantaisiste
Jeny d'Amor
dans son nouveau tour de chant
à ne pas mettre entre toutes les oreilles !
Chansons libertines et grivoises,
polissonnes et osées,
où pétille l'audace de l'esprit !

Raoul Signoret qui n'avait jamais vu « l'audace pétiller », se dit qu'il allait faire une découverte. Sa « mission » prenait une tournure scientifique. Il s'installa aussi confortablement que l'autorisaient les sièges en bois et, côté « pétillance de l'esprit », il en eut pour son franc.

Après la prestation de jongleurs et d'acrobates, l'affligeante « Étude de mœurs militaires » du dénommé Pignol vint à bout de la patience du public qui lui fit hâter la fin de sa pitrerie. Les voix puissantes de Samat et Fournier – s'autorisant à inscrire après leurs patronymes la mention « *du Grand Théâtre* » parce qu'ils s'y produisaient dans les chœurs d'opéra – comblèrent ceux qui aiment qu'on chante fort, faute de chanter juste. Les « chanteurs comiques » promis firent alterner grivoiserie et scatologie dans le goût de l'époque. Fellais détailla une bluette intitulée « *Elle faisait prout prout* » dont le refrain disait :

Ell' faisait un petit bruit
Prout, prout, prout, prout !
Qu'était ma foi très joli
Prout, prout, prout, prout !
Chacun disait nom de d'là
Avec quoi donc qu'elle fait ça ?
Mais le plus étonnant de tout
C'est qu' ça sentait rien du tout[1] *!*

Ainsi débutait une heure de pure poésie où chacun rivaliserait de grossièreté et d'effets appuyés.

Deux autres « artistes » vinrent successivement présenter les avantages pour une jeune fille moderne de savoir *jouer du Ziphol*o et de prendre des *Leçons de piano* dont le refrain détaillait les conseils d'une mère à sa fille à condition que ce fût « *un piano à queue !* ».

Raoul Signoret – plus habitué au bon ton du *Théâtre des Nations* où se donnaient les concerts classiques – était atterré, mais il paraissait bien isolé parmi un public ravi qui riait gras, gloussait de satisfaction et lançait des cris d'animaux pour accompagner chaque allusion appuyée d'œillades racoleuses, chaque astuce salace, chaque calembour scabreux.

Sined, à son tour, demeura dans le ton général en détaillant « *Ah qu'on est bien !* » où l'amoureux rassure sa belle qui déplore de le voir vivre dans un trou perdu :

1. Toutes les paroles des chansons rapportées ici sont – évidemment – authentiques.

Quand on est amoureux
Ha ! Mademoiselle, j' vous jure
C'est dans un petit trou qu'on est l'mieux !

L'entracte fut le bienvenu pour Raoul désireux de se laver l'esprit de toutes ces sottises si complaisamment étalées et reçues. Une bière bien fraîche ne suffit pas à apaiser l'accablement du journaliste, d'autant qu'il avait fallu la conquérir de haute lutte contre des consommateurs assoiffés.

Pourtant, le plus surprenant restait à venir : la seconde partie, tout entière consacrée au nouveau tour de chant de *Jeny d'Amor*. La vedette annoncée à grand renfort de couleurs criardes allait se montrer à la hauteur de sa réputation.

L'annonceur aboya vers la salle d'une voix de bonimenteur son interminable intervention. Elle s'achevait ainsi :

« Et voici maintenant celle que vous attendez tous ! Voici l'incomparable diseuse, voici *cette voix qui n'a pas froid aux yeux*, dans un répertoire à faire rougir les tomates vertes, j'ai nommé *Jeny d'Amor* !! »

Il tendit un bras côté cour.

— C'est une salope ! laissa tomber une grosse voix d'homme depuis le second balcon.

L'autre ne se laissa pas démonter et lança :

— C'est bien pour ça que vous êtes venus !

Il mit les rieurs de son côté, chose rare, car les annonceurs faisaient généralement les frais de l'impatience du public à retrouver la vedette pour laquelle ils s'étaient déplacés.

Jeny d'Amor fit une entrée remarquée. Par sa tenue d'abord, qui ne laissait rien ignorer de ses courbes généreuses. Gantée jusqu'aux coudes, son costume de scène était d'un rouge éclatant, contrastant avec la coulée sombre de sa chevelure, piquée au-dessus de l'oreille gauche d'un camélia rouge. Son buste, projeté en avant par le corset qui lui faisait une taille fine mettant en valeur la lyre de ses hanches, était généreusement offert. La robe assez courte, évasée en corolle par des jupons blancs, soulignait le galbe parfait de ses jambes gainées de soie.

La température de la salle semblait avoir encore grimpé de quelques degrés et les cols durs des hommes perdu plusieurs pointures.

La chanteuse s'avança sous les sifflets enthousiastes des plus culottés, ponctués de cris divers dont le sens général échappait.

— Ti es belle comme un amour, Nine ! Ti as bien choisi ton nom ! cria-t-on depuis l'orchestre.

Un autre renchérit :

— *Jeny,* c'est quand tu veux, où tu veux !

La salle s'esclaffa. L'artiste aussi. Elle s'inclina, sûre de l'effet produit. Il ne manqua pas de provoquer un redoublement de cris, de commentaires grivois, de coups de sifflets. *Jeny d'Amor* n'avait pas encore ouvert la bouche, elle tenait la salle dans sa main. Ce charivari, loin de l'intimider, semblait la pousser à la provocation. Elle saisit la corolle de sa robe puis se tourna à demi pour cambrer les reins dans une attitude de défi.

Raoul Signoret était abasourdi. Quel contraste avec la veuve noire du procès Danglars, avec ce fantôme obscur sous ses voiles de deuil ! Qui aurait pu penser qu'ils dissimulaient cette silhouette propre à faire tourner la tête aux hommes, à exciter leurs appétits de chair fraîche, à provoquer leurs instincts les plus bas ?

Qui donc était cette créature ? La gommeuse dont les œillades mettaient le feu au sang des messieurs ? Ou la patronne inconsolée de Gabrielle Bartou ? La chanteuse dont les propos osés empourpraient les joues des dames ? Ou bien la figure tragique venue devant la cour d'assises d'Aix jouer la Samaritaine éplorée, réclamer le châtiment exemplaire du coupable ?

L'étonnement du journaliste face à cette métamorphose s'amplifia lorsque *Jeny d'Amor* attaqua sa première chanson. Les accents sombres de la « veuve » face à la cour faisaient place ici à ce qu'un confrère de Raoul avait appelé « *une voix de vinaigrette* ». Un timbre haut perché et assez crispant, adéquat aux textes qu'il avait à débiter. Après une ritournelle lancée par le *Maestro* Trave, elle annonça le titre : « *Traitement de l'ouïe* », salué par un « *aaaAAAaaahhh !* » de plaisir chez les connaisseurs. Elle attaqua :

J'suis une doctoresse sans pareille
Et sans vous faire souffrir
Si vous êtes un peu dur d'oreille
Je me charge de vous guérir
Venez donc chez moi, sur la Plaine
Me rendre visite un après-midi
Sur une petite porte qu'est la mienne
Vous lirez « Maladies de l'ouïe ».

Trave fit jouer à l'orchestre sa ritournelle et *Jeny* attaqua le second couplet :

Hier, je vois venir un jeune homme
Je lui dis : « Quel est donc votr 'cas ? »
Y' me répond : je suis à plaindr' en somme

Quand on me parle, je n'entends pas
J'ai l'oreille très dure ça me gêne
Je ne sais pas d'où ça peut prov'nir
Chère madame enfin ça me peine
C'est étonnant, mais je peux pas -z- ouïr.

La diction parfaite de la divette, ses mimiques et ses clins d'œil, les gestes dont elle soulignait son texte et l'équivoque qu'elle entretenait entre les mots, tout cela mit la salle, qui gloussait d'aise, dans de bonnes dispositions pour écouter la suite :

Je le fis asseoir sur une chaise
En lui disant « fallait v'nir plus tôt »
Une fois installé bien à l'aise
Je lui prends l'oreille aussitôt
Puis en le soignant avec science
Je lui dis pour le réjouir
« Monsieur un peu de patience
Dans cinq minutes vous allez-ouïr ! »

À cet instant même les plus obtus des spectateurs avaient saisi les allusions et un éclat de rire général salua le dernier vers. *Jeny d'Amor* put donc annoncer : « Quatrième et dernier couplet ! » :

Avec une adresse étonnante
Je m'y pris si savamment
Que ma foi, là, séanc' tenante
Il était guéri complèt'ment
Il s'écria « Chère doctoresse,
Ça y est ! j'entends aussi bien qu' vous ! »
Je réponds fière de mon adresse :
« Comme vous avez-ouï, c'est cent sous ! »

Ce fut du délire. Des messieurs cramoisis, luisant de sueur, s'étaient mis debout pour mieux crier leur admiration. *Jeny* saluait, un sourire canaille aux lèvres, donnant à admirer à chaque courbette ce que son décolleté ne parvenait pas à dissimuler, tandis que les vivats redoublaient.

La suite ne dépara pas ce départ en fanfare. Après avoir chanté *Le trou de mon quai* et raconté les exploits de *Mariette, « tombée en chaleur avec ses nichons en tire-bouchon »*, complaisamment décrit *L'habit à Papa* en soignant les liaisons et narré ses « *Pieux souvenirs-Souvenirs de pieu* » elle acheva son tour de chant en ponctuant sa sortie, sous un nouveau tonnerre d'applaudissements, d'un coup de rein qui releva ses jupes, révélant la dentelle blanche d'un pantalon coquin qui surmontait ses bas à jarretières.

Sur son fauteuil, Raoul Signoret demeurait assommé tandis que la salle debout trépignait à ébranler les colonnes de fonte du *Palais de Cristal*.

Le journaliste s'ébroua comme à l'issue d'un mauvais rêve. Il entreprit de regagner le rez-de-chaussée du music-hall en dépit de la foule compacte qui prenait son temps et riait encore – toutes classes sociales confondues – des « bonnes blagues » dont on l'avait amusée. Coincé derrière une matrone qui confiait à son mari avoir ri « *à s'en faire péter l'embouligue*[1] », Raoul craignait ne pas pouvoir gagner à temps la rue du Théâtre français où se situait l'entrée des artistes. Il dut se résoudre à la bousculer, se résigner à s'entendre qualifier de *maufatan*[2] et réussit

1. Littéralement « se faire éclater le nombril ». Équivalent de « mourir de rire ».
2. Malfaisant (prononcez *maoufatan*).

à force de coudes et d'esquives à se dégager de la gangue humaine.

Un cerbère débonnaire contrôlait mollement les entrées, à qui il suffit de décliner son nom et sa fonction pour que Raoul Signoret voie la porte menant aux coulisses et aux loges s'ouvrir devant lui. Le temps d'habituer ses yeux à la semi-obscurité qui régnait dans ces lieux poussiéreux et encombrés, le journaliste se cogna à un régisseur. Celui-ci en éparpilla au sol les papiers qu'il tenait en main et poussa un juron impliquant de forts soupçons sur l'intégrité des mœurs de la Bonne Mère.

— Qu'est-ce que vous foutez là, vous ? questionna le malgracieux.

Raoul, qui l'aidait à rassembler ses papiers épars, se présenta :

— Signoret du *Petit Provençal.*

— Vous venez pour un article ?

— Bien sûr.

L'homme se détendit.

— Qui vous voulez voir ?

— *Jeny d'Amor.*

— Aaaaah !

Le régisseur prit un peu de champ et examina l'arrivant comme s'il voulait jauger un candidat, mais ne dit rien d'autre que :

— Venez, sa loge est par là. Je vais voir si vous pouvez entrer.

Une fois de plus Raoul Signoret vérifia le pouvoir des mots « je suis journaliste ». Personne jusqu'ici – sauf la police – ne lui avait jamais demandé de justifier son identité et sa fonction par un document officiel. On le croyait sur parole. Il suffisait de dire

« je travaille pour tel journal ». Les obstacles tombaient, les portes s'ouvraient, les personnes se confiaient à cet inconnu, acceptaient ses questions indiscrètes et se trouvaient presque flattées d'avoir à y répondre. Pas étonnant qu'autant de gens se fassent rouler dans la farine, pensait Raoul, quand il suffit d'un peu d'aplomb et d'une bonne bouille pour faire avaler n'importe quel bobard.

Le régisseur stoppa brusquement et toqua une porte en bois à la peinture écaillée où était épinglé le nom de « l'artiste lyrique ».

— C'est Albert, ma chérie. Tu peux recevoir un jeune homme ?

— Il est beau, au moins ? demanda une voix qui avait repris son timbre « judiciaire ».

Albert, en matière de beauté masculine, n'avait pas d'avis à formuler

— C'est un journaliste.

— Fais-le entrer.

Le régisseur s'effaça après avoir ouvert la porte. Raoul Signoret se trouva dans une pièce minuscule où régnait un fouillis considérable. Flottait un parfum de poudre de riz, de fard et de poussière. Des sous-vêtements féminins traînaient partout, des robes de scène pendaient à des cintres accrochés n'importe comment et, sur une tablette surmontée d'un vaste miroir était éparpillé le contenu de nécessaires à maquillage, voisinant avec des perruques, des foulards, des boules de coton hydrophile maculées de fond de teint.

— Mais il est mignon comme tout ! s'écria une voix désormais connue du journaliste.

Elle semblait venir de nulle part.

— Comment on nous les fait, cette année, les beaux hommes !

Raoul tourna la tête du côté d'où venait la voix et croisa, par les jours découpés dans le bois d'un paravent, un regard noir luisant qui l'observait. *Jeny d'Amor* achevait de se changer. En attestait la robe rouge jetée en boule sur le plancher, qui venait de faire un si gros effet sur le public du *Palais de Cristal*.

— Vous travaillez où ? *La Cigale ? Le Tout-Marseille*[1] ?

Raoul sourit malgré lui :

« Ai-je une tête à travailler pour un journal qui se qualifie *"organe du high life du Midi"* ? »

La chanteuse quitta son abri :

— Qu'est-ce que je peux faire pour vous beau jeune homme ?

Raoul la salua en ôtant son feutre.

Elle était en corset, les épaules et les bras nus, les jambes gainées dans des bas de soie noire, perchée sur des bottines. Elle rappelait à Raoul la *Nana* de Zola sous le pinceau de Manet. Sûre de l'effet produit, elle s'avançait, un sourire canaille aux lèvres. Raoul ne savait trop où poser son regard.

La divette semblait beaucoup s'amuser de son trouble.

— Eh ! bien, dit-elle sur le ton avec lequel on s'adresse à un enfant, on a perdu sa langue ? Embêtant, ça, quand on est journaliste !

Raoul aurait bien planté là cette *allumeuse,* mais quelque chose le retenait, relevant inconsciemment de sa fierté d'homme. Cette demi-mondaine n'allait

1. Journaux marseillais spécialisés dans les spectacles et les mondanités.

tout de même pas l'impressionner comme un puceau dans un claque à sa première visite ! Il n'aurait voulu pour rien au monde donner l'impression à « l'artiste » qu'elle lui avait tapé dans l'œil. Sa crispation fut prise pour de la timidité.

— Vous êtes venu me voir pour un article dans votre journal ?

Il joua les empruntés :

— Eh, bien c'est-à-dire...

— Quel journal ?

— *Le Petit Provençal.*

— Ah, c'est pour ça qu'on s'est jamais vus ! Je ne lis que *Le Petit Marseillais*, je suis désolée. Je les connais presque tous vos confrères. Et j'ai eu un superbe article avec photographies dans *La Vie Galante*. Vous l'avez lu ?

— Madame, je...

— Oh, madame ! Qu'il est trognon ! Mettez-vous à l'aise. Appelez-moi *Jeny,* c'est plus simple.

Décidément, cette poule le troublait. Mais il n'était pas là pour se faire enjôler. Sa présence en ces lieux relevait d'un plan bien arrêté. Jouer les benêts en faisait partie. Il s'agissait d'endormir l'éventuelle méfiance d'Hortense Chalifour, en feignant d'être subjugué par *Jeny d'Amor*.

Raoul se racla la gorge, comme le font les timides pour se donner du courage et bafouilla :

— Madame *Jeny,* euh... Je ne suis pas venu vous voir expressément pour un article. D'ailleurs, au journal, je ne m'occupe pas de spectacles...

— Vous faites quoi, alors ?

Raoul fut évasif :

— Du reportage.

La chanteuse prit l'air de se ficher de lui :

— Si vous ne vous mêlez pas de spectacle, alors vous seriez venu dans ma loge, rien que pour me voir ? Vous étiez dans la salle ? Vous avez aimé ?

— C'était très...

Raoul laissa sa réponse en suspens.

Jeny planta son regard noir dans les yeux du journaliste.

— On dirait que ça vous a troublé...

— On le serait à moins.

Il accentua sa gêne et recula le buste. Il sentit derrière lui une chaise et s'y laissa tomber.

La chanteuse poursuivait son numéro de fascination :

— Alors, beau blond, dites-moi ce que vous attendez de moi ?

— Eh bien, voilà, vous allez sans doute me trouver à la fois importun et stupide, mais je suis ici pour accomplir un devoir d'amitié.

Les yeux noirs de l'artiste s'arrondirent de surprise.

— J'ai promis à quelqu'un – à une amie – de faire cette démarche et vous seule – si cela est possible – pouvez m'aider à tenir ma promesse.

Hortense Chalifour avait froncé les sourcils. Cela avait été dit avec un tel accent de sincérité maladroite. Elle ne voyait pas où il voulait en venir, mais se trouvait dans les meilleures dispositions d'esprit envers ce beau garçon si emprunté. Loin pourtant de se douter de ce qu'il allait lui demander.

— Dites toujours...

— Vous connaissez sans doute Mlle Clémence Massot ?

— Non. Ça ne me dit rien...

— Je vais vous aider. Mlle Massot est infirmière. C'est une amie très chère...

— Votre petite amie...

Un clin d'œil appuya la remarque.

— Non... oui, enfin...

— Y a pas de mal à ça ! Et puis ça ne me regarde pas. Je suppose qu'elle ne sait pas que vous êtes ici ?

Elle reprit son numéro de charme, jouant du trouble du jeune homme comme un chat avec une souris.

— N... non, bégaya le journaliste.

— Y a pas de mal non plus.

— Bien sûr...

Raoul sentait venu le moment de passer à la seconde partie de son plan.

— Je vous disais donc que Mlle Clémence Massot, mon amie, était aussi celle de votre... (Il avala sa salive et lâcha) de votre femme de chambre, la malheureuse Gabr...

Le sourire de *Jeny d'Amor* s'effaça. C'est avec le timbre d'Hortense Chalifour qu'elle demanda, soudain sévère :

— Que vient faire ici Gabrielle ?

Raoul reprit le ton du jeune homme emprunté :

— C'est tout simple. Mlle Massot, ma... mon amie, enfin, Clémence aimait beaucoup Gabrielle. Elle la connaissait depuis bien avant le drame. Le hasard a voulu que cette pauvre fille vienne mourir dans le service où, précisément, Clémence est infirmière. La longue agonie de Gabrielle et sa disparition prématurée ont beaucoup affecté mon amie. C'est comme si elle avait perdu une sœur ou quelqu'un de sa famille. Alors, elle m'a dit « Raoul » (je m'appelle Raoul) toi qui es journaliste et qui as le contact facile...

Un sourire moqueur était réapparu sur les lèvres de la chanteuse.

— ... va-t'en donc trouver l'ancienne patronne de Gabrielle et demande-lui si elle n'aurait pas quelque chose qui lui aurait appartenu et qui pourrait me faire un petit souvenir d'elle.

Hortense Chalifour avait écouté en silence. Le pli qui barrait son front s'était atténué.

— Vous savez... Gabrielle ne possédait rien à elle. C'était une orpheline et...

Raoul insista :

— Je sais bien, mais Clémence ne cherche pas un objet de valeur. Un rien lui ferait plaisir du moment où ce rien lui rappellerait Gabrielle. Je ne sais pas moi. N'aurait-elle pas écrit de ces petites poésies comme le font souvent les jeunes filles et que vous auriez conservées ? Ou bien peut-être tenait-elle son journal ?...

Quelle demande saugrenue...

— Un journal ! Des poésies ! Pourquoi pas un roman ? Vous rêvez ! Mais, mon pauvre jeune homme, Gabrielle ne savait pas...

Elle demeura suspendue, bouche ouverte et se troubla à son tour. Elle se mordit les lèvres.

L'air toujours aussi innocent, Raoul Signoret savait enfin de source sûre ce que Gabrielle Bartou ne savait pas...

La chanteuse détourna son regard :

— Je n'ai rien à vous donner. Je suis désolée pour votre... amie. Mais vous, voudriez-vous être un galant homme ?

— Volontiers.

Raoul quitta sa chaise.

— Voulez-vous m'aider à finir de lacer mon corset ?

Sans attendre sa réponse, elle lui tourna le dos et,

s'appuyant des deux mains à la table de maquillage face à la glace, elle lui tendit une croupe dont la double rotondité tendait le fin linon du pantalon de dentelle. Raoul empoigna les lacets et commença le fastidieux serrage qui martyrisait la chair. Il se félicitait d'avoir épousé une femme que sa sveltesse naturelle dispensait d'un tel instrument de torture. Dans la glace, *Jeny d'Amor* suivait l'opération. Chaque fois que son regard croisait les yeux de Raoul fleurissait un sourire amusé.

L'opération achevée, la chanteuse se retourna et passa ses bras sur les épaules du journaliste, nouant ses doigts derrière sa nuque.

Leurs visages n'étaient qu'à quelques centimètres. Raoul, par réflexe, tentait de se dégager, mais elle s'accrochait et il ne voulait pas la brutaliser.

— Qui êtes-vous, monsieur ? Un policier ?

— Je vous l'ai dit : Raoul Signoret, journaliste au *Petit Provençal*.

— Qu'êtes-vous venu faire ici ?

— Chercher une certitude.

— Vous l'avez trouvée ?

— Je crois que oui.

— On peut savoir ?

— Gabrielle Bartou était analphabète. Je me trompe ?

Elle ne répondit pas, mais se colla à lui.

Raoul sentait le souffle de *Jeny* sur ses lèvres tandis que le visage de la chanteuse se rapprochait encore. Elle entamait un numéro rodé par des années de pratique. Il allait faire oublier au reporter les raisons de sa présence. Il suffisait de le convaincre qu'il venait de faire sa conquête et celui-là aussi viendrait manger dans sa main, oubliant pourquoi il était venu la tourmenter. Elle le tiendrait en laisse. Comme tant d'autres avant lui.

Le visage gracieux de Cécile apparut à Raoul, se superposant aux traits de la chanteuse, comme s'il voulait le protéger du danger. Le journaliste prit *Jeny d'Amor* par les poignets et, détachant ses doigts de sa nuque, dit sans élever la voix :

— Ne me prenez pas pour un autre, madame Chalifour.

Jeny d'Amor vexée allait éclater en imprécations comme l'annonçait son faciès soudain déformé par la colère.

À cet instant on frappa à la porte et une voix d'homme dit :

— Tu es bientôt prête, ma Bichette ?

Les yeux de Hortense-*Jeny* s'écarquillèrent de surprise. En se détachant de Raoul elle dit à voix basse :

— Léon ! Je l'avais oublié, celui-là !

Elle cria vers la porte :

— Un tout petit instant, mon *Gros Loup*. N'entre pas. Je finis de m'habiller.

Puis, se saisissant du feutre de Raoul, elle le poussa vers le paravent :

— Vite, cachez-vous là ! Et n'en bougez pas jusqu'à ce que je sois partie avec le phoque qui est là devant.

Devant l'air ironique du journaliste, elle ajouta :

— Les cachets du *Palais de Cristal* ne me suffisent pas...

Hortense Chalifour passa rapidement une robe à manches gigot qui tombait jusqu'à terre.

La poignée de la porte tourna et le museau du *Gros Loup* apparut, la babine réjouie :

— J'en peux plus d'attendre !

— Tiens ! boutonne-moi dans le dos, s'il te plaît, dit la chanteuse à l'homme qui entrait.

C'était Léon Jacquemet ! Le beau-père ! Le mélodrame qui venait de prendre fin avec le tête-à-tête de Raoul et de *Jeny* virait sans transition en coup de théâtre à la Feydeau.

Elle s'interposa entre l'arrivant et le paravent, se coiffa d'un chapeau en paille orné de fleurs artificielles et poussa le gros homme dehors.

Raoul se mordait les lèvres au sang pour ne pas éclater de rire. Léon Jacquemet ! Le père de Cécile ! La Morale bourgeoise incarnée, façon rue Paradis... Le patron catholique romain qui vitupérait l'immoralité des gens du peuple. Pour qui les ouvriers avaient des mœurs de bêtes fauves. Et le voilà se vautrant dans l'adultère avec une gouailleuse qui débitait des cochoncetés au mètre !

Ah ! La vie était farce, quand elle s'y mettait !

Le journaliste entendit des pas s'éloigner dans le couloir tandis que Léon Jacquemet précisait à sa *Poulette en sucre* être venu pour l'emmener « dans sa belle auto neuve » pour une balade laquelle s'achèverait dans une auberge accueillante du côté de Plan-de-Cuques.

Raoul ne put s'empêcher de songer aux ouvriers de *Jacquemet et Cie* qui s'échinaient à transporter à dos d'homme les produits exotiques extraits du ventre des cargos pour remplir les silos et le tiroir-caisse de leur patron. Pendant ce temps-là, l'autre se donnait du bon temps avec une cocotte qui avait l'âge de sa fille...

Le délai de prudence écoulé, le reporter s'apprêtait à quitter la loge quand il se rendit compte que – sans doute troublée par l'arrivée du *Gros Loup* – *Jeny d'Amor* l'y avait enfermé à double tour !

Il tambourina une bonne demi-heure avant qu'Albert ne vienne le délivrer.

Le régisseur raccompagna Raoul jusqu'à la rue et, le quittant avec un clin d'œil entendu, demanda sans détours :

— Alors ? Vous l'avez eue ?

Raoul prit un air entendu :

— En quelque sorte, oui.

— Eeeeh ! modula le régisseur admiratif.

En homme d'expérience, il commenta :

— C'est vrai que celle-là, y a que le tramway qui y est pas passé *dessur* !

25

Où après onze jours de silence la voix d'Eugène Baruteau apporte à son neveu une stupéfiante nouvelle qui scelle leur réconciliation.

— Raoul ?

— Mon oncle...

Un lourd silence avait suivi.

D'ordinaire ces trois mots étaient accompagnés d'exclamations joyeuses, de rires sonores, d'astuces vaseuses partagées, de complicité affectueuse.

Ils avaient retenti dans le cornet d'ébonite comme des paroles de deuil.

À chaque bout du fil un cœur s'était mis à battre plus vite.

Pour la première fois depuis onze jours sans fin, le contact entre l'oncle et le neveu était rétabli. Onze jours ! La plus grande coupure de communication entre deux êtres qui s'étaient, en vingt-sept ans, quotidiennement rencontrés, appelés, rejoints, réunis, croisés, parlé à la moindre occasion. La créant, au besoin.

Rien ne les avait jamais séparés, à partir du jour

où Raoul Signoret avait ouvert les yeux sur cette silhouette massive, les oreilles à cette voix de stentor, contemplé attendri cet oncle-gâteau. Depuis trente ans, tremblaient devant le policier les plus endurcis des caïds marseillais, mais son cœur fondait dès qu'il apercevait la mince silhouette de cet enfant devenu un homme.

Depuis onze jours, ces deux-là, qui s'aimaient pourtant par-dessus tout, n'avaient plus rien partagé, rien entrepris. Onze jours !... Une éternité.

Raoul n'avait pas trouvé le courage d'appeler le premier. Il avait en mémoire cette silhouette voûtée assise dans une barque de pêche qui lui avait brisé le cœur. Il se sentait coupable de l'avoir surprise à la dérobée – comme volée – dans la lentille d'une paire de jumelles. En gardant le silence, c'est lui qu'il avait puni avant tout.

Le petit mot griffonné, laissé sur la toile cirée du cabanon de La Madrague, avait pourtant touché au cœur le gros ours.

Baruteau avait vingt fois pris dans sa patte énorme le combiné de son téléphone professionnel pour appeler *Le Petit Provençal*. Vingt fois il l'avait reposé d'une main qui tremblait.

Ces deux grands pudiques se flagellaient par fierté mal placée, aucun des deux ne trouvait en lui le courage de se faire humble et d'accomplir le premier pas.

— Pourrais-tu passer à mon bureau de l'*Évêché* ?

Le pouls de Raoul Signoret s'emballa.

Non, ce n'était pas possible...

Il ne voulait pas croire à la pensée qui lui venait en tête. L'oncle ne ferait pas ça, tout de même...

Une décision pareille, chez le commissaire principal Baruteau, chef-adjoint de la Sûreté, à la rigueur, ça se comprendrait. Mais pas l'oncle Eugène !...

Il avait dit « pourrais-tu ? ». Pas « viens ici ! ». La nuance était de taille. Ce n'était pas le flic qui avait parlé. Raoul reprit courage.

— C'est urgent, mon oncle ?

La réponse fusa, laconique :

— Ça me paraît important. C'est toi qui vois...

Raoul était dans la salle d'attente du dentiste. Mieux valait passer au plus vite sous la roulette.

— Autant venir tout de suite.

— Comme tu veux. Je suis là.

« *Je suis là !* » Ah, que ces trois mots lui firent du bien ! Il était là... Qu'importait la raison. Il fallait qu'il en trouve une. Il ne le convoquait pas, il voulait lui parler. Comme avant. Comme toujours !

Le combiné fit un bruit de couperet, au bout du fil, mais ça n'avait plus d'importance. Il fallait arrêter de s'affoler pour rien. De donner aux mots un sens qu'ils n'avaient pas. Raoul Signoret n'allait pas à l'*Évêché* répondre à une convocation : il allait y courir ! Pour la seule joie de retrouver l'oncle Eugène !

Le journaliste se leva d'un bond, faisant sursauter le brave Escarguel qui hésitait, la plume en l'air, entre qualifier un incident de *hors du commun* ou d'*inouï*. C'est qu'il ne s'agissait pas d'un fait divers banal : un omnibus hippomobile était entré en collision avec un tombereau de la voirie tracté par deux percherons, à l'angle de la rue Colbert et de la rue de la République.

— Mon cher Raoul, à ma place que mettriez-v...

— Je mettrais ma veste et mon feutre pour filer à l'*Évêché*, on m'y attend !

Le responsable de la rubrique « *Faits et Méfaits* »,

chef d'un service dont il était le seul membre, aurait bien voulu savoir quelle nouvelle mettait son jeune confrère dans pareil état d'excitation.

— Mais rendez-vous compte : un percheron de la voirie a foutu la gueule par terre aux deux canassons de la Compagnie des Tramways.

— Eh ! bien, mettez comme pour les résultats des matches du F.C.M. Voirie : 2 – Compagnie : 1.

— *Effcéhème ?* Qu'est-ce que vous me chantez là, mon cher Raoul ? C'est quoi, *Effcéhème ?*

— Football-Club de Marseille ! Ne vous fatiguez pas, Escarguel. Bientôt il va s'appeler l'O.M.[1], autant que vous vous y habituiez.

— *L'Ohème*, maintenant ! Vous voulez me rendre fou ! Je ne comprends rien à ce que vous me dites !

— Ce n'est pas grave. On vous expliquera. Je n'ai pas le temps.

— Raoul, saperlotte, attendez ! Si on vous demande, qu'est-ce que je dois dire ?

Vieille ruse pour en savoir un peu plus sur la nouvelle qui avait fait bondir son vis-à-vis comme un diable à ressort.

— Vous direz que je suis allé voir les filles de la rue Bouterie. Mme Signoret est indisposée.

— Ooooooh !!

Raoul était déjà dans l'escalier et les dévalait quatre à quatre. Escarguel, encore troublé par ces patronymes exotiques pour lui – en fait de sport il ne jurait

---

1. La naissance officielle est d'août 1899, lorsque les statuts du nouveau club furent acceptés par le préfet, mais il fallut attendre décembre pour que le nouveau club entre en activité. L'Olympique de Marseille succédait au Football-Club de Marseille fondé en 1897, en conservant la plupart de ses membres.

que par la manille[1] – était revenu à compter ses chevaux sans pour autant avoir déniché un qualificatif qui le satisfît.

*

Jamais le Quai du Port n'avait paru si long au jeune journaliste. Malgré les dix kilomètres des quais de La Joliette, qui aspiraient l'essentiel du trafic, le bon vieux Lacydon conservait une activité qui faisait côtoyer sur son plan d'eau voile et vapeur, dans une ambiance sonore digne de Babel.

En dépit de sa paralysie chronique, conséquence des conflits sociaux, Marseille demeurait le premier port marchand de France.

Les balancelles venues d'Espagne déchargeaient des collines d'oranges qui prendraient tantôt le chemin des distilleries et des marchés, après avoir ensoleillé un moment les quais. Les trois-mâts italiens chargés d'huile, de marbre de Carrare, les bricks-goélettes noirs d'un charbon venu de l'autre hémisphère, les cargos-mixtes ramenant des colonies marchandises et passagers dans une totale promiscuité, coinçaient entre leurs coques les barques des pêcheurs, les « petits métiers » de Saint-Jean ou de Rive-Neuve. Ils déposaient sur les pavés de porphyre bleu du quai, rendus glissants, tout ce qu'ils avaient pu dérober à force d'audace et de courage aux colères de Neptune et aux ruses d'Amphitrite.

Déjà, les barques à peine amarrées, les pêcheurs

1. Jeu de cartes auquel Marcel Pagnol, dans *Marius*, donnera une renommée mondiale par la bouche du capitaine Escartefigue.

étendaient leurs longs filets bruns pour les faire sécher au soleil après les avoir ramendés. Bientôt, viendraient les *porteïris*, ces robustes femelles fortes en gueules et en hanches, capables de transporter jusqu'à la poissonnerie, dans le panier posé sur leur tête à peine protégée par un linge faisant office de tampon entre l'osier et le cuir chevelu, la charge d'un homme, en thons, maquereaux ou sardines.

Toujours se hâtant, bientôt en nage, le reporter du *Petit Provençal* passa sous l'ombre du clocher de Saint-Laurent pour gagner l'ancien palais épiscopal devenu Commissariat central. Un cargo des Messageries, au ventre noir, traînant dans son sillage un panache assorti, halé par deux remorqueurs qui ressemblaient à de gros scarabées, franchissait la passe en lançant le profond mugissement de sa sirène.

« Tiens ! Le *Pei-Ho*, qui arrive de Cochinchine », songea machinalement Raoul en grimpant la rampe qui monte vers la cathédrale. Il contempla un instant la manœuvre du paquebot encore gréé en trois-mâts barque. Sur le pont on distinguait les passagers massés près des bastingages. La plupart des hommes avaient encore sur la tête le casque colonial qu'ils portaient à l'embarquement de Saigon. Ils faisaient de grands signes à tout ce qui bougeait sur les quais.

Enfin, la masse sans grâce de Sainte-Marie majeure, avec sa façade « nougat noir-nougat blanc », s'encadra dans le champ de vision du reporter. Il arrivait. À sa droite se dressait l'ancienne résidence de l'évêque de Marseille.

Le planton, machinal, porta deux doigts dolents à la visière de son képi en reconnaissant le neveu du patron adjoint de la Sûreté.

Raoul grimpa deux par deux les marches conduisant au deuxième étage.

Il frappa selon un code convenu depuis longtemps.

La voix tant espérée lui dit d'entrer. Le cœur du reporter battait plus fort, sans que la longue course qu'il venait de s'imposer y soit pour rien.

Eugène Baruteau, en entendant le code familial, savait à quoi s'en tenir sur l'identité de l'arrivant. Il était faussement absorbé dans la lecture d'un dossier.

Il leva la tête, son teint vira à la brique cuite tandis que Raoul battait la chamade. Le journaliste demeurait bras ballants, il n'avait pas fait un pas dans la pièce.

Baruteau se leva, contourna son bureau et – sans un mot – ouvrit les bras pour accueillir l'enfant prodigue. Raoul s'y précipita, enlaça le torse puissant et fourra sa tête sur le gilet de l'oncle. Comme quand il était petit et qu'un chagrin le secouait. Tante Thérèse avait raison. Malgré son emphysème et les conseils du docteur Poucel, Eugène Baruteau avait recommencé à fumer.

Aucune parole n'avait été échangée. Les deux hommes demeuraient étroitement soudés par leurs bras enserrés, comme si, par ce geste, ils se signifiaient tacitement qu'une page douloureuse était tournée et que l'intensité du contact les dispensait de toute autre explication ou « revenez-y ». Les mots devenaient inutiles.

Pourtant, Raoul brisa le silence :

— Mon oncle, je voudrais justifier...

Baruteau l'arrêta en desserrant son étreinte. Il avait les yeux rouges. Il regagna son fauteuil.

— Une autre fois, si tu veux bien. Assieds-toi.

Raoul prit l'un des fauteuils de bois patinés par des

milliers de fesses coupables qui s'y étaient tortillées en cherchant nerveusement les réponses plausibles aux questions-pièges posées par les enquêteurs. Les accoudoirs s'étaient noircis au contact de milliers de mains moites crispées sur eux à l'instant où un alibi vole en éclats, une preuve avancée vient d'être détruite.

Le commissaire posa la question signifiant à son interlocuteur l'imminence d'une nouvelle qui va le secouer :

— Tu es assis ?

Raoul souligna de la tête l'évidence.

— Alors, accroche-toi au fauteuil. On vient de trouver, voici deux heures à peine, le docteur Hyppolite Danglars tout ce qu'il y a de plus mort, dans son cabinet de consultation. Il avait dans la poitrine, à la place du cœur, un couteau *shan* enfoncé jusqu'à la garde qui lui donnait des difficultés à respirer.

Raoul, la bouche ouverte sur sa stupéfaction, bredouilla :

— Cou... couteau *shan* ?

Le commissaire prit une note sur son bureau, accompagnée d'une gravure et lut :

— « Arme blanche utilisée dans le Sud-Est asiatique, particulièrement au Tonkin. Manche en ivoire muni d'une virole en argent. Lame courbe de 23 centimètres habituellement contenue dans un fourreau avec décor d'argent, élargi à son extrémité et un cordage qui sert à l'attacher à la ceinture. » Ça te suffit ?

Raoul tentait de retrouver ses esprits en plaisantant :

— J'avais un alibi, Escarguel pourra témoigner,

j'étais au journal depuis le début de l'après-midi. C'est pas moi, mon oncle !

Baruteau sourit. Le premier sourire depuis onze jours... Raoul, encouragé, osa :

— Je vous l'avais bien dit que ce type était loin d'être clair. Un couteau asiatique. C'est un coup des trafiquants d'opium !

Baruteau fronça les sourcils comme pour signifier : « N'y revenons pas ! »

— Je sais que ça ne peut pas être toi, Raoul.

Il s'interrompit, afin de faire son effet, et dit sur un ton faussement détaché :

— Mais c'est peut-être ta femme...

— Cécile ?

— Tu en as une autre ? Oui, Cécile.

— Mais...

— Les inspecteurs l'ont retrouvée avec le mort enfermée dans le bureau de Danglars.

Raoul, affolé, se mit à crier :

— Elle lui faisait des piqûres !! On peut le prouver !

Baruteau rit franchement. Il n'était pas mécontent d'avoir mis son *brigandas* de neveu sur le gril.

— Je sais tout ça.

Il ajouta perfidement :

— Pas par toi, bien sûr ! Mais je le sais.

— Pourquoi était-elle enfermée ?

— C'est Marie-Louise Chauchoin, la gouvernante de Danglars, qui l'a bouclée sans le faire exprès. Quand, alertée par Cécile, elle a découvert la scène de grand-guignol que lui offrait son patron, elle a complètement perdu la boule. D'après les voisins, elle a poussé des cris à effrayer les *gabians* eux-mêmes, et puis, sans doute parce qu'elle ne savait plus ce qu'elle faisait, elle a fermé la porte du cabinet à double tour avant de partir en courant dans la rue en criant comme une folle. Des voisins l'ont accompagnée au commissariat et d'autres ont monté la garde devant la maison jusqu'au retour des inspecteurs. On est au moins sûr qu'on n'a touché à rien et que personne n'est entré, ni sorti entre-temps.

— Pauvre Cécile, murmura Raoul. Elle a dû avoir les *trois sueurs*[1].

— Ça !... Dès que les inspecteurs ont pu comprendre quelque chose aux vociférations de Lili Chauchoin, ils ont foncé chez Danglars. Quand ils ont trouvé ta femme enfermée avec le mort, ils ont cru avoir affaire à l'assassin bouclé par la courageuse Lili. Qui s'est mise du coup à glapir « oui, c'est elle ! c'est elle, qui l'a tué ! ». Elle a pris un coup mahousse sur la cafetière, à ne plus savoir comment elle s'appelle.

— La pauvre, dit Raoul. Je parle de Cécile, parce que l'autre *m'en fouti*[2] !

Baruteau précisa :

— Il paraît que, depuis, la Chauchoin est tombée dans une sorte de léthargie et on ne peut plus rien en tirer. Si bien que c'est Cécile elle-même qui m'a prévenu par téléphone. Elle était bien la dernière à avoir encore son bon sens dans ce *pâti*[3]. Elle m'a convaincu que les intraveineuses se faisaient

1. Une grande frayeur. Déformation du verbe provençal *tressusa* (sueurs froides) où *tres* est un augmentatif. Comme dans le français tressauter.

2. Équivalent de « je m'en fous ! ».

3. Le sens premier du mot est cabinet. Mais on l'emploie pour désigner, au sens propre ou figuré, quelque chose de pagailleux, d'embrouillé, de désordonné.

rarement avec des lames de 23 centimètres. Et nous voilà tous les deux, mon Raoul.

Le journaliste resta un moment silencieux. Trop de choses restaient à mettre en place dans sa tête. Il allait falloir maintenant relier cette péripétie majeure au reste de l'histoire. Pas une mince affaire. Mais l'heure n'était pas à cela. Il dit à l'intention de son oncle :

— On trucide un type que j'ai vu sortir de Danglars, ensuite on vient l'assassiner à domicile et vous ai-je dit que je l'avais vu au *Pavillon de la Prospérité Céleste* en grande conversation avec Trân ?

Baruteau ironisa :

— Non, puisque tu me privais d'informations, pour me punir...

Raoul encaissa.

— Cécile est encore là-bas ?

— Oui. Qu'on le veuille ou non, c'est le témoin numéro un.

— Vous y allez ?

— Bien sûr ! J'attendais de t'avoir vu.

— Je viens avec vous !

Ce n'était pas une question.

— J'allais te le proposer.

Raoul se leva, contourna le bureau et déposa un baiser vigoureux sur le front de son oncle.

— Vous ne m'en voulez plus ?

Pour cacher son émotion celui-ci fit les gros yeux :

— Mais non, *grand couillon* ! Tu viens de raccourcir une nouvelle fois ma vie de dix ans, mais je ne t'en veux plus.

Il eut droit à un nouveau baiser.

— Allez, arrête ! Si quelqu'un entre dans ce bureau, on va passer pour qui, tous les deux ?

Le commissaire se leva, prit son melon accroché à la patère, sa veste dans une minuscule penderie, jeta un œil à l'ordonnancement des poils noirs de sa moustache dans le petit miroir fixé derrière la porte et dit :

— *Andiamo !* Un fiacre nous attend à l'écurie *Condés et fils*.

— Il a eu une rude bonne idée de se faire assassiner, Danglars, dit Raoul.

— Pourquoi ?

— Il vous a donné un prétexte pour m'appeler.

— D'ici à ce que tu me croies l'instigateur de sa mort ! répliqua le commissaire. J'avais un alibi.

— Un alibi de flic, on sait comment c'est fait !...

Ces deux-là avaient renoué avec leur vieille complicité.

Raoul Signoret profita du temps de trajet *Évêché*-boulevard Latil pour expliquer à Eugène Baruteau comment Cécile et lui avaient été, par un enchaînement de circonstances et de hasards dont ils n'étaient pas les maîtres, mêlés de près à cette deuxième « affaire Danglars ».

— Tu me sembles avoir mis la main dans une drôle de fourmilière, dit le policier.

— C'est aussi mon avis. Pensez-vous que ce meurtre soit lié à l'affaire de drogue ?

— On ne peut pas préjuger de l'enquête, mais il y a plus de chance que ce soit ça que la vengeance d'une cliente mécontente d'un traitement.

Passés les premiers moments du choc de la révélation, le reporter remettait en ordre les pièces du puzzle.

— Maintenant que je sais ce que je sais, je ne suis

plus étonné du malaise qui avait saisi Danglars, en pleine audience, quand le président l'avait asticoté. Il devait faire une crise de sevrage. C'est la vraie raison de l'interruption du procès.

Baruteau opina.

— Mais personne n'en a soufflé mot à l'audience, dit Raoul. S'il s'était agi d'un pékin ordinaire on l'aurait chargé comme un tombereau...

Le commissaire précisa :

— Je te rappelle que ce n'était pas pour ça que Danglars passait aux assises, mais pour une affaire d'avortement clandestin. Mais tu as raison : les loups ne se dévorent pas entre eux.

— Tante Thérèse vous a remis de ma part le fameux flacon ?

Baruteau battit des paupières comme une vierge effarouchée :

— Je suppose que tu fais allusion à celui que tu avais dérobé en t'introduisant par effraction dans la propriété d'autrui ?

Raoul se rebiffa :

— Je regrette de moins en moins de l'avoir fait. Quand Danglars a signalé l'effraction, je suppose que les gens du commissariat sont venus faire les constatations ?

— Bien sûr ! Un homme aussi important...

— Ils n'ont rien remarqué ou trouvé ?

— Tu penses ! On avait dû faire le ménage. Danglars a dû recompter ses flacons, il ne sera pas allé claironner qu'on lui en avait barboté deux. Celui que tu m'as fait passer par ta tante Thérèse a été analysé. La poudre blanche qu'il contenait, c'est de l'héroïne pure. Une drogue encore assez peu répandue. Il va falloir voir où Danglars se la procurait.

Raoul fit l'étonné d'apprendre pareille nouvelle, mais s'abstint de confier à son oncle qu'il savait à quoi s'en tenir. Celui-ci découvrirait bien tout seul la vérité. Lui en laisser le mérite était bien le moins.

Le journaliste se mit à rire tout seul :

— Danglars a dû se demander d'où venait le coup.

— Il a gardé ses points d'interrogations pour lui. La plainte portait seulement sur l'effraction et le tabassage du Tonkinois que tu as amoché.

— Vous l'avez cuisiné, celui-là ? Le couteau *shan* était peut-être le sien.

— Mon cher neveu, tu vas plus vite que la musique. Je te signale que jusqu'à ce soir, M. Trân Viet Dao était la victime d'une brute épaisse qui avait voulu le transformer en rouleau de printemps. Rien d'autre. On verra plus tard ce qu'il a dans le ventre. Pour l'instant, il n'a l'air que d'un Chinois tirant sur le vert, avec une tête comme une *coucourde*[1], pas plus.

Raoul revécut le moment où il avait décoché « le swing de la dernière chance » en pleine face du judoka. Il n'y était pas allé de main morte !

Baruteau parut se souvenir d'un détail :

— Il y a quelqu'un d'autre que mes inspecteurs sont allés regarder de plus près sous le nez.

— Qui donc ?

— Ton ami Bouillot.

— Mince !

Le policier grogna :

— Si ce couillon n'avait pas cru malin de laisser son message signé « *Anarchie vaincra* », dans la main de la statue qui éclaire le hall d'entrée chez Danglars,

1. Grosse comme une courge.

nous ne serions pas allés lui chercher des poux dans la tête.

— Mais mon oncle, s'il était coupable, c'est pas d'un couteau que *La Bouille* se serait servi. Il aurait carrément fait sauter le château ! Où est-il, maintenant ?

— À l'étage en dessous. On va te le rendre, t'inquiète pas. Il n'avait pas quitté son imprimerie de l'après-midi. Il y a des témoins. Il tirait des tracts...

Arrivés place Castellane, au moment où le fiacre enfilait l'avenue du Prado, l'attention des deux passagers fut attirée par un attroupement autour d'un tramway flambant neuf et de sa remorque, auprès desquels, sur une estrade dominant la foule, s'agitait un petit homme à la courte barbiche et à la chevelure de neige.

— *Té !* s'écria Baruteau. C'est Flaissières qui inaugure le dernier tronçon électrifié de la ligne du tramway[1] de Mazargues.

Le commissaire fit arrêter un instant le fiacre. Il baissa la vitre au moment où, dans une envolée lyrique, le maire de Marseille proclamait de sa voix aigrelette, d'un accent où roulaient tous les cailloux de son Languedoc natal : « *Le progrès ne parvient pas à m'effrayer, mes chers concitoyens ! Ainsi, la suppression de l'immense cavalerie que nous étions contraints d'entretenir, avec son obligatoire accompagnement de palefreniers et garçons d'écurie, les dépenses de fourrage, le renouvellement constant des effectifs de bêtes usées ou atteintes par la limite d'âge, tout cela est balayé par le progrès humain. La revente*

1. Si vous voulez faire couleur locale prononcez « Tranouais ».

des chevaux, l'absence de consommation lorsque le matériel sera garé ou à l'arrêt, la robustesse des nouvelles motrices prévues pour vingt ans[1]*, tout cela additionné, va permettre à la municipalité que j'ai l'honneur de conduire, avec les économies réalisées, de faire baisser spectaculairement les tarifs de la compagnie. Si bien que, mes chers concitoyens, je peux vous annoncer ce soir l'avènement, pour le 1*er *janvier 1900, du tarif unique à deux sous*[2]*, quelle que soit la longueur du trajet parcouru.* »

Des vivats enthousiastes saluèrent longuement une promesse qui allait être tenue.

Pour montrer par l'exemple « les progrès du progrès », le maire fut invité à mettre la « perche » munie d'une grosse roulette, en place sur son fil qui allait transmettre à la machine son énergie. Flaissières s'y prêta de bonne grâce, en saisissant la corde qui reliait le trolley à la motrice. Mais – maladresse de néophyte ou mauvais contact du trolley ? – au moment où le fil prenait sa place dans la gorge de la roulette, une longue flamme bleue jaillit dans un crépitement d'étincelles qui sema aussitôt la panique dans les rangs des badauds. Avec des cris d'effroi, ils fuirent dans toutes les directions, abandonnant leur maire tête levée et bouche ouverte, qui tenait sa corde comme un enfant abandonné le fil de son cerf-volant.

Baruteau et son neveu riaient sans retenue, à l'abri dans leur fiacre. Raoul eut le dernier mot :

— Les progrès du progrès ont encore des progrès à faire !

1. En fait, elles rouleront pendant trente ans...
2. Dix centimes de franc.

Devant le « château » du boulevard Latil, trois fourgons noirs stationnaient. Les policiers grouillaient comme les canards un jour de marché sur le Prado. Ils saluèrent leur chef qui répondit d'un bref signe de tête.

— Mme Signoret est dans le salon du rez-de-chaussée, glissa un inspecteur. Mlle Chauchoin est dans la petite chambre du premier. Elle a fait une crise nerveuse épouvantable. Le docteur a dit : « Elle est en état de sidération. »

— Et lui ?

Baruteau parlait du docteur.

— L'identité vient de finir. On n'a pas voulu le bouger avant votre arrivée.

Hippolyte Danglars était affaissé sur l'accoudoir droit de son fauteuil à haut dossier. Il avait la bouche ouverte dans une sorte de cri muet. Sa chemise et son gilet étaient imbibés de sang. Baruteau désigna le manche du poignard.

— Enlevez-lui ça, maintenant.

Le médecin légiste s'en chargea.

— Mme Signoret nous a indiqué que c'est un coupe-papier qu'il avait sur son bureau, chuchota un inspecteur.

— Parlez normalement, mon vieux, grogna le commissaire. Vous ne le dérangerez plus à présent.

Une civière venait d'être amenée. Deux policiers prirent le corps du médecin et l'y allongèrent. Baruteau salua l'arrivée du procureur de la République, un petit homme sec que la vue d'un cadavre semblait répugner.

— Quelle horreur, mon cher Baruteau. Un homme si bien... Crime crapuleux, vous ne croyez pas ? Ça crève les yeux.

Le commissaire s'abstint de répondre. Il ne possédait pas l'intuition fulgurante d'un procureur. Il lui fallait une enquête minutieuse pour se faire une opinion.

Sans plus se préoccuper des considérations gratuites du magistrat, le policier demanda :

— Puis-je voir Mme Signoret ?

Un inspecteur tendit le bras :

— Elle est dans le petit salon en face, monsieur le Principal.

Raoul suivit son oncle.

À leur entrée Cécile, pâle comme un lys, se jeta dans les bras de son mari et dit sans qu'on la questionne :

— Ça a dû se passer cinq minutes avant que je n'arrive. Quand je suis entrée, il bougeait encore et cherchait sa respiration en vomissant du sang. J'ai aussitôt appelé au secours Mlle Chauchoin et celle-ci m'a bouclée ici avant que j'aie pu réagir. Je ne lui en veux pas, elle était comme folle, la malheureuse. Mais vous parlez d'un tête-à-tête...

Baruteau s'inquiéta :

— Tu as parlé du contenu du flacon ?

— Non, j'ai pensé que...

Le policier grogna de satisfaction.

— Tu as bien fait. Les chimistes sont là pour ça.

Raoul prit Cécile contre lui et la serra très fort.

Baruteau toussota :

— Encore un mot et je vous fous la paix, les amoureux. Cécile, tu as vu quelqu'un entrer, sortir, tu n'as croisé personne ?

— J'ai vu une femme monter dans un fiacre comme le mien tournait dans le boulevard.

— Ah ! Tu pourrais la décrire ?

— Je crains fort que ça ne vous avance guère : silhouette mince, vêtue de noir, large chapeau avec plumes sur la tête et voilette sur le visage. Un réticule à la main.

— Mouais, grogna le commissaire. Il doit y en avoir au bas mot une bonne centaine de milliers comme ça dans les rues de Marseille.

— Je vous avais prévenu.

— Grande ? Petite ?

— Moyenne !

Baruteau rigola :

— Aaaaah ! Je vois parfaitement qui c'est !

Il héla un de ses inspecteurs :

— Rispaud ! Vous allez me mettre la main sur une femme de taille moyenne habillée de noir, avec un chapeau à voilette assorti. C'est elle qui a poignardé Danglars. Je la veux demain dans mon bureau. Exécution !

L'inspecteur roula des yeux de merlan frit.

C'est le moment où l'atmosphère se détendait un peu en dépit des circonstances que choisit Cécile pour faire un malaise. Tous mirent cela sur le compte de l'émotion.

En réalité, la jeune femme entamait le processus qui allait lui faire perdre l'enfant qu'elle attendait.

Raoul se précipita pour soutenir sa femme.

Le médecin venu pour les constatations était encore dans la maison. Il examina Cécile et, rassuré, pour toute prescription, lui conseilla d'aller se reposer.

— Prenez mon fiacre et filez, dit Baruteau au jeune couple. Je rentrerai avec un de mes hommes.

Tandis que la voiture prenait l'avenue du Prado, Cécile, un peu remise, sourit à Raoul tout en fouillant dans son sac.

— Tiens, prends ça.

Elle lui mit dans sa main tendue l'objet qu'elle cachait entre ses doigts serrés.

C'était une boucle d'oreille. Sur un disque d'or on distinguait un minuscule dragon de jade lové sur lui-même. Il y avait une goutte de sang séché sur le crochet.

— Où as-tu trouvé ça ?

Cécile eut un pâle sourire :

— Dans la main droite crispée du docteur Danglars. J'ai eu un mal fou à la lui faire lâcher.

26

Où la « confession » de Jeny d'Amor confirme l'idée que la vengeance est un plat qui se mange particulièrement froid.

Raoul Signoret n'avait jamais mis les pieds dans le quartier de Malmousque. Pourtant, à vol de *gabian*, cette presqu'île de la côte marseillaise, nichée sous la promenade de la Corniche, n'était pas à plus de deux kilomètres de la place de Lenche où le journaliste était né. Mais Marseille et les Marseillais étaient ainsi faits qu'en dehors « du quartier », leur univers familier et familial, ils ne connaissaient pas grand-chose d'autre de cette ville poussée trop vite, comme une jungle, au rythme de sa formidable énergie. Une vie n'aurait pas suffi à prétendre l'explorer.

Endoume, c'était un village marin, loin, là-bas, sur la Corniche, avec son clocher pointu dominant la rade-sud... Si loin, qu'à Saint-Jean, au bord du Vieux-Port, quand on voulait envoyer quelqu'un au diable, on lui jetait avec un regard assorti : « *Va caga à Endoume, va !* »

Pour arriver à Malmousque, le journaliste avait

emprunté l'omnibus de la ligne Place de Rome-Bonneveine, par la Corniche, tracté par deux chevaux. Il faisait un mistral à décorner les bœufs et les pauvres bêtes avançaient tête basse dans la bourrasque, giflées par les paquets de mer que le vent maître soulevait rageusement, avant de les jeter sur les pavés de la promenade, arrosant au passage leurs robes miteuses d'eau salée, qui saupoudrait de gris leur poil en séchant.

À peine quitté l'omnibus, une rafale chipa le panama de Raoul et l'envoya au ciel de façon si brusque que son propriétaire ne put rien pour le retenir. Il vit monter son chapeau clair comme un ballon, devenir minuscule, puis bifurquer tout aussi soudainement vers le large.

« À ce train-là, pensa le reporter, s'il ne se noie pas durant la traversée, il devrait apercevoir les côtes algériennes demain matin. »

Il courut se mettre à l'abri dans les rues étroites de la presqu'île bordées de maisons basses serrées les unes contre les autres. Elles formaient un rempart contre les assauts du vent. Il lut bientôt sur une plaque émaillée bleue le nom de la rue qu'il cherchait : Chemin de la Batterie des Lions. Un nom bien ronflant pour cette artère de taille modeste, non loin de l'anse de Maldormé parsemée de cabanons. Il datait, ce nom de rue, du temps où les défenses côtières se faisaient « à vue » depuis la Corniche pour alerter le port aveugle de Marseille des dangers venant du large. Tout au long de la côte qui frange la rade-sud de rochers blancs, il y avait presque autant de montées, chemins, traverses dits « *de la Batterie* » que de montées, chemins, traverses « *de la Douane* » – l'un allant souvent avec l'autre.

Lorsqu'il aperçut le fourgon de déménagement de la société *Dache*, qui tenait presque toute la largeur de la voie, Raoul Signoret se dit qu'il était temps pour lui d'arriver. À quelques minutes près, il ratait son rendez-vous...

Le reporter héla l'un des déménageurs qui sortait du carré de jardin précédant la petite maison à un étage, un grand panier d'osier sur l'épaule :

— C'est bien ici qu'habite Mme Chalifour ?

L'homme essoufflé par sa charge répondit :

— *Voueï*, mais plus pour longtemps. Elle déménage.

Il ajouta en rigolant :

— Si vous êtes un créancier, dépêchez-vous, on a presque fini.

La porte du jardin était béante, Raoul y pénétra. Il gagna le rez-de-chaussée.

Elle se tenait là, debout au milieu d'un salon vide de meubles, à suivre la noria des déménageurs. Elle était en tenue de voyage : petit chapeau garni de courtes plumes, jaquette croisée vert amande, avec manches gigot, serrée à la taille, col et poignets ornés de velours, manchon assorti, jupe longue de même couleur laissant à peine dépasser le bout des bottines. Elle tournait le dos à l'arrivant, mais, comme mue par un sixième sens, elle se retourna d'un bloc.

« Une belle femme, décidément », pensa Raoul.

Le regard noir détailla l'arrivant, tandis qu'un pli au front trahissait l'effort de mémoire. On y lisait :« J'ai déjà vu cette tête quelque part. » Elle se raidit, interdite, eut un imperceptible mouvement de recul du buste, mais fit face :

— Tiens ! Par exemple ! L'homme qu'il ne faut pas prendre pour un autre !

Instinctivement Raoul passait sa main dans ses cheveux bousculés par le mistral, comme s'il voulait se rendre plus présentable.

— Lui-même. *Jeny d'Amor, I presume ?*

Elle se força à sourire :

— Désolée. *Jeny d'Amor* n'existe plus depuis hier soir. Date mémorable où elle a donné son ultime récital.

— Quelle perte pour l'art lyrique !

Raoul regretta aussitôt cette méchanceté gratuite.

La réponse fut cinglante. Elle dit d'un air pincé :

— Que voulez-vous, cher monsieur, il faut bien vivre ! Nous autres femmes nées sans fortune, si nous ne voulons devenir ni épouses soumises, ni filles publiques, nous trouvons réduites à accepter, pour vivre libres, n'importe quelle sorte de travail. Dans mon milieu d'origine, on n'apprenait rien aux filles, sinon à se taire et obéir. On demeurait idiote en attendant d'être casée à son futur époux et devenir la poulinière chargée de perpétuer son nom. En rompant avec ce milieu, je me condamnais à vivre d'expédients. J'ai donc fait « avec les moyens du bord » comme on dit dans la marine.

Raoul, penaud, balbutia :

— Madame, je ne voulais pas vous...

Elle cria :

— Non ! Vous m'avez cherchée, vous allez m'écouter !

Elle poursuivit, d'un ton amer :

— Je ne me sentais pas non plus d'aller trier les dattes à me faire pincer les fesses par le chef d'atelier. J'ai donc carrément choisi de les montrer sur scène.

C'était plus franc et, malgré la modestie de mes cachets, plus rémunérateur. Jugez-moi comme vous le voulez, cela m'est égal.

Raoul répliqua, sur le même ton :

— Madame Chalifour, je ne me permettrais pas de vous juger. Ni juge, ni flic : journaliste suis. Je me contente de découvrir, mais je me garde de juger et d'expliquer. Encore moins de dénoncer.

Elle demeura un moment silencieuse à le regarder, un petit sourire ironique au coin de la bouche, puis demanda avec un air arrogant :

— Pourquoi êtes-vous là, alors ? Ne me dites pas que, pris de remords, vous êtes venu m'accorder le baiser que vous m'avez refusé, l'autre jour ? Je vous croyais un époux modèle.

Raoul, souriant à son tour, répliqua :

— À tout prendre, je préférerais avoir des remords que des regrets. Il faudrait être d'un autre bois que celui dont on fait les hommes pour, y étant convié, ne pas avoir envie de goûter à vos lèvres. Cependant, une nouvelle fois, je vais me priver de ce plaisir. Parce qu'à mes yeux, maintenant, ce serait abuser de la situation. Ce qui n'est pas très conforme à mes principes, dussé-je passer à vos beaux yeux pour un benêt.

Elle eut un petit rire bref :

— J'ai cependant besoin d'une explication. Je ne saisis pas ce que signifie « maintenant, ce serait abuser de la situation ».

— Je vais vous le dire dans un instant, madame.

Elle le détailla avec une sorte de défi dans le regard et insista :

— Vous êtes venu pour quoi ? Monsieur...

— Signoret.

— Monsieur Signoret. Pour m'aider à déménager ? C'est trop tard. Je viens de liquider mon mobilier qui part pour la brocante.

— Je me doutais que vous alliez vous envoler très vite. Mais je ne suis pas là pour vous donner le signal du départ.

— Alors pourquoi êtes-vous là, à la fin ?

Raoul mit la main dans sa poche droite de veston et dit avec calme :

— Pour vous remettre ceci.

Il posa dans la petite main gantée machinalement tendue une boucle d'oreille en or décorée d'un minuscule dragon de jade.

Hortense Chalifour pâlit en se raidissant. Raoul ajouta sur le même ton :

— Dès que votre oreille gauche sera cicatrisée, j'ai pensé qu'il vous serait agréable de remettre la paire. Elle doit vous aller à ravir.

L'ex-chanteuse demeurait pétrifiée.

— Vous n'avez pas perdu les deux, tout de même ?

Hortense baissa la tête, comme écrasée par un poids trop lourd. Quand elle la releva, ses yeux avaient perdu leur éclat noir, ses joues leur teint de rose et même ses lèvres fardées de rouge, qui tremblaient nerveusement, ne dégageaient plus la sensualité que leur ligne, maintenant dérangée par l'amertume, privait de leur pouvoir attractif.

Elle ne demanda aucune explication, mais dit simplement :

— Je suis entre vos mains. Que comptez-vous faire ?

— De vous ? Rien. N'ayez pas d'inquiétude. Je suis venu vous rendre votre boucle d'oreille. C'est tout.

— Ne vous moquez pas, je vous en prie. (Elle fit un

effort pour se reprendre.) Soyez au moins généreux, puisque vous avez gagné.

Raoul fit un pas vers elle pour laisser passer le dernier des déménageurs. Celui-ci annonça au passage qu'ils en avaient terminé.

— Gagné, quoi ? Il n'y avait rien à gagner, madame Chalifour. Vous n'êtes pas pour moi le gros lot d'une loterie, que je sache ! Je ne dis pas que du côté du Commissariat central de Marseille, il en aille de même. Mais encore une fois, je n'appartiens pas à la police. Et je ne suis pas un de ses *indics*, comme on dit.

— J'ai peine à vous croire !

— Vous avez tort.

— Allons, donc ! Je n'ai pas besoin de vous demander où vous avez trouvé cette boucle d'oreille. Si elle est en votre possession et que vous êtes venu me la restituer, c'est parce que vous avez fait le lien entre elle et moi. Je suppose que d'autres l'ont fait. Au lieu de la voiture de remise que j'ai commandée, qui doit arriver d'un instant à l'autre, je vais donc voir débarquer sous peu le fourgon noir du panier à salade accompagné de ces messieurs de la Sûreté.

— Vous voulez dire qu'ils m'auraient envoyé en éclaireur ? Croyez-vous que j'aurais accepté ? Et pensez-vous qu'ils aient besoin de moi pour vous mettre la main au collet ?

— Tout Marseille sait que votre oncle est le chef de la police, monsieur Signoret. Le régisseur du *Palais de Cristal* s'est empressé de me l'apprendre quand vous êtes venu me voir au théâtre, l'autre jour.

— Quand bien même ? Je n'ai pas signé de contrat avec le commissaire Baruteau pour être son rabatteur. Ce bijou, la personne qui l'a ramassé dans le cabinet du docteur Danglars et moi-même sommes les deux seuls à connaître son existence et à savoir où il a été trouvé. La police ignore tout. En vous le restituant, je me prive de tout moyen de chantage, de toute monnaie d'échange.

— En venant ici, qu'espériez-vous, alors ?

Raoul désigna la boucle d'oreille qu'Hortense tenait toujours dans son poing crispé.

— Je suppose que ce bijou, qui probablement vient du Tonkin, vous devez tenir à lui.

— Il me rappelle certaine époque de ma vie, en effet.

— Eh, bien voilà pourquoi j'étais venu. J'espérais qu'en échange, appelons ça... de ma probité... (leurs yeux se croisèrent brièvement) et aussi de ma... neutralité, vous auriez consenti à éclairer ma lanterne. Il demeure encore trop de zones d'ombre sur la vie passée et la carrière exemplaire de feu l'irréprochable Hyppolite Danglars. Tout ce que vous m'auriez dit serait resté strictement entre nous. Mais vous êtes pressée, j'arrive trop tard, vous n'aurez pas le temps. Tant pis pour moi. Je vais me retirer.

Hortense Chalifour s'apprêtait à dire quelque chose, elle avait commencé à lui tendre la main, quand elle jeta un bref coup d'œil à sa minuscule montre-bracelet :

— On vient me chercher dans une heure. Si vous êtes l'homme que je crois, c'est un temps largement suffisant pour vous dire ce que j'ai à vous dire. Je vous dois bien ça.

— Vous ne me devez rien, madame.

— Si vous tenez votre parole, si, je vous devrai beaucoup.

— Je la tiendrai.

L'ex-chanteuse avait retrouvé un peu de ses couleurs.

— L'ennui, c'est que je n'ai même plus une chaise à vous proposer.

Elle jeta un coup d'œil circulaire dans le salon comme si elle espérait y découvrir un siège oublié.

— J'ai une idée ! Allons nous installer dans le petit jardin d'hiver, derrière la maison. Nous y serons tranquilles. Il y a un banc de pierre. Celui-là, on ne l'aura pas emporté.

Ils contournèrent le bâtiment. Une sorte de véranda, porte grande ouverte, pompeusement baptisée « jardin d'hiver », faisait verrue sur la façade sud de la maison. Le mistral avait beau hurler sa rage sur le toit de tuiles, ici on n'en sentait plus le moindre souffle. Deux orangers à l'abri de leurs vitrages avaient poussé jusqu'au plafond de la serre et un palmier trompé par la tiédeur permanente se souvenait de ses origines africaines en développant un symbolique petit bouquet de dattes.

Le banc de pierre promis s'adossait au mur du fond.

Le couple y prit place.

C'est Raoul qui commença :

— Le temps vous pressant, j'irai droit au but. Quelle faute majeure aura donc commise le docteur Danglars à votre endroit, pour que, ayant d'abord tenté de le compromettre devant la justice, vous l'ayez ensuite tué de vos mains. Vous ne supportiez pas de le savoir échappé au châtiment espéré ?

— Voilà une question qui va nous faire gagner du temps, dit-elle. Et m'épargner bien des détails. J'ai connu Hippolyte Danglars, il y a seize ans de ça. Il était médecin dans l'escadre de l'amiral Courbet, lors de la conquête du Tonkin.

— Je suis au courant.

— J'avais seize ans. J'étais la fille de l'attaché militaire du gouverneur général d'Indochine, à Hanoi. J'étouffais entre une mère bigote et résignée et un père aussi autoritaire qu'étroit d'esprit. J'aurais fait n'importe quoi pour quitter cette cage. J'ai fait n'importe quoi. Je suis devenue la maîtresse de Danglars. Il m'avait juré de m'emmener avec lui en France à la fin de son temps au Tonkin.

Raoul avait eu un haut-le-corps imperceptible. Elle s'en rendit compte.

— Oui, je sais... Il n'avait déjà aucun charme en dépit de sa taille, de son allure imposante et de son front d'intellectuel. Il ne savait pas parler aux femmes. D'ailleurs l'intéressaient-elles ? Je n'ai jamais eu la réponse. Ce n'était donc pas une question de séduction, rassurez-vous.

— Vous me rassurez.

Elle poursuivit :

— Danglars était *persona grata* à l'ambassade. Avec l'assentiment de mes parents, il venait souvent me chercher pour m'emmener en promenade, en calèche ou en jonque, sur le Mékong. Officiellement, il me trouvait « petite mine » et s'offrait de « m'aérer ». Il aurait pu être mon père. Le mien ne se méfiait pas d'un homme si distingué. La différence d'âge était un rempart contre les commérages de la colonie. Moi, j'avais déjà dans l'idée d'avoir un enfant de Danglars. De l'obliger ainsi « à réparer » par le mariage, comme on dit dans les milieux d'où je viens.

— Dans d'autres aussi, glissa Raoul.

— Je serais partie avec un singe, si un singe

m'avait proposé de m'épouser. On verrait bien après. Le divorce n'est pas fait pour les chiennes.

Il faisait tiède dans la serre inondée de soleil. L'émotion aidant, un peu de sueur emperlait le front d'Hortense. Elle prit un petit mouchoir blanc dans un réticule qu'elle tenait caché dans son manchon et s'épongea. Raoul en fit autant, ne pipant mot pour que – comme disent les pêcheurs de Marseille – le poisson ayant *pité l'esco*[1], le fil ne vienne pas à casser.

— J'ai eu cet enfant, poursuivait Hortense. Du moins, en moi. Car je ne l'ai jamais connu...

Elle fit une brève pause pour avaler difficilement sa salive. Raoul sentait arriver le moment capital de l'aveu.

— Quand je lui ai révélé mon état, Danglars a bégayé plus encore que de coutume. Il n'était pas question pour lui de s'encombrer ni de cet enfant et, je le compris à demi-mot, ni de moi. Il avait sa « carrière » qui l'attendait. Qu'allait-« on » dire si « on » apprenait ça ?

Elle eut un bref ricanement.

— Je lui fis remarquer qu'il n'y avait rien de déshonorant pour un médecin de la marine d'épouser la fille unique d'un attaché militaire.

Le regard d'Hortense se fit plus dur.

— Ce n'était pas cela qu'il craignait. C'était le mariage. Et la paternité. Les deux n'entraient pas dans son plan de carrière. Pour une fois, il fut clair dans son discours. Pas question. Pas question de mariage, pas question d'enfant. Il fallait me faire avorter. Dans la discrétion absolue. Il paierait ce qu'il faudrait. Pas de scandale, surtout.

1. Mordu à l'hameçon.

Hortense s'interrompit un bref instant, le regard perdu vers des souvenirs anciens et douloureux. Elle se reprit :

— J'étais tellement choquée que la rage me prit. Au lieu de tenter une ultime manœuvre pour l'amadouer, je me fis menaçante. Il avait « suborné » – autre terme choisi de notre milieu – une enfant mineure. J'allais le dénoncer. Voilà qui ferait tache dans la brillante carrière espérée. Alors, il s'affola. Promit tout ce que je voudrais, pourvu que je n'ébruite pas l'affaire. Il faudra bien informer mes parents, remarquai-je. Il se faisait rassurant : « Nous avons quelques semaines devant nous. Pas d'attitude inconsidérée, pour le moment. Réfléchissons. » Il avait raison. Il le mit à profit, ce temps, pour préparer ses arrières. Je l'ignorais à l'époque, mais il avait pris goût aux petites gâteries exotiques que l'on trouve aisément dans cette Asie où la France s'est taillé un empire. L'irréprochable docteur Danglars fréquentait assidûment les fumeries d'opium, qui sont là-bas aussi communes et nombreuses que les bistrots ici.

— À chacun sa drogue, dit Raoul. Depuis, Danglars était passé à autre chose.

Hortense ricana :

— Je m'en suis doutée en le revoyant.

— Mais je vous ai interrompue, pardonnez-moi.

— Oh, je vais retrouver le fil n'ayez crainte. Je connais l'histoire par cœur...

Elle reprit :

— Sa pratique de l'opium a dû lui inspirer son projet misérable. Ne me demandez pas comment, ni sous quelle forme il m'en fit absorber, je n'en ai jamais rien su. Toujours est-il qu'il réussit à me plonger dans un sommeil artificiel. Une fois neutralisée, il ne lui fut pas difficile de m'anesthésier suffisamment longtemps – il avait tout le matériel nécessaire à l'hôpital militaire – pour ne laisser à aucun autre que lui le soin de me faire avorter.

Raoul eut une grimace de dégoût.

— Quelle ordure !... Ça ne m'étonne pas. Sans me l'expliquer, je lui ai toujours trouvé l'air d'un traître de mélodrame.

— Si ce n'était que ça ! Il était aussi maladroit de geste que de parole. Il s'y prit de telle façon qu'il m'a rendue à jamais stérile. Un massacre, paraît-il, ont dit à mes parents les médecins qui m'ont examinée par la suite...

— Parce que vos parents...

— Il a bien fallu... Pour un scandale, ce fut un beau scandale.

Raoul Signoret se remémorait les paroles de Franzi Schnelldorfer, *Le Tonkinois* du Rouet, parlant de la disparition subite du docteur à Hanoi : « *Tout ce que je sais, c'est qu'il a eu une histoire et qu'on l'a rapatrié en France fissa. Des gens ont dit que c'était à cause d'une femme.* »

Cette femme, Raoul Signoret lui faisait face et ne perdait pas un mot de ce qu'elle lui racontait :

— Enfin, il se passait quelque chose dans ma cage dorée. Mais par pur égoïsme, il m'avait détruite. À cause de ce monstre froid, la folie faite par une gosse de seize ans allait *fiche* en l'air toute une vie de femme, monsieur Signoret. Car, contrairement à Danglars, moi, les enfants, je les aime. Et je n'en ai jamais eu à moi...

Raoul risqua :

— Vous pouviez chercher à en adopter.

Elle répondit avec un pauvre sourire :

— Pour une femme, ce n'est pas pareil... Vous ne pouvez pas savoir, vous autres, hommes.

Elle jeta un nouveau coup d'œil à sa montre.

— Voulez-vous qu'on arrête ? proposa Raoul en espérant l'entendre répondre : non.

— J'ai encore vingt bonnes minutes avant l'arrivée de la voiture de remise. C'est suffisant.

— Allons à l'essentiel, dit le journaliste. La lettre de la malheureuse Gabrielle Bartou, votre domestique, accusant Danglars de manœuvres abortives, c'est vous qui l'avez écrite. Vous ruminiez cette vengeance depuis tout ce temps ?

— Oui, avoua-t-elle, sans gêne.

— Pourtant la pauvre fille a elle-même dénoncé Danglars auprès du médecin et des infirmières *avant* qu'on trouve la lettre.

— J'ai réussi à la persuader que c'était de ce que lui avait fait Danglars qu'elle mourait. J'avais un certain ascendant sur elle. Visite après visite, je lui ai ressassé cette version. Elle a fini par la faire sienne. Je n'avais plus qu'à reprendre dans la lettre les arguments que je lui avais pour ainsi dire dictés. La malheureuse...

Hortense Chalifour se perdit un instant dans ses pensées. Raoul la pressa :

— Qu'est-ce qui vous a décidée à précipiter les choses ?

— J'attendais l'occasion. Mais le mouvement s'est accéléré, à cause de votre visite. Quand vous êtes venu me trouver dans ma loge et que je suis tombée comme une étourdie dans le piège que vous me tendiez, je me suis dit qu'il fallait passer à l'action tout de suite, faute de ne plus jamais avoir le temps d'accomplir ce que j'attendais depuis si longtemps. Je craignais que vous n'alliez rapporter tout chaud à la police ce que vous veniez de découvrir.

Hortense adressa à Raoul un léger sourire.

— J'ignorais avoir affaire à un gentleman.

Raoul était abasourdi.

— Vous avez pu vivre tout ce temps sans que le désir de vengeance s'atténue ?

Hortense cracha son amertume :

— Il ne s'est pas atténué, parce que la souffrance, elle, n'a pas cessé avec la perte de l'enfant. Je la ressens encore aujourd'hui. À l'époque où le scandale a éclaté, à Hanoi, mon père demanda au ministre de la Guerre de « *rapatrier l'infâme qui avait déshonoré son enfant* ». Ce sont ses propres paroles. Il l'obtint, mais ça ne lui suffit pas. Il fallait qu'il me punisse. Il m'a déshéritée, en dépit des brames de douleurs de ma mère. « *Honte sur toi, tu n'es plus ma fille !* » Si ça avait pu être vrai ! Il m'a bouclée, puis m'a fait épouser un adjudant de la coloniale dont je porte encore le nom ridicule : Chalifour. Celui-là est mort de je ne sais quoi : une balle des Pavillons Noirs ou une cirrhose du foie, je m'en moque. L'avantage était que j'étais émancipée... et veuve de guerre !

Elle ne put s'empêcher de rire.

— J'ai trouvé un travail de secrétariat dans la succursale tonkinoise d'une compagnie marseillaise d'import-export. Ce qui m'a permis, au bout de quelques années, de me faire muter à Marseille. Travail sans intérêt, mais qui m'avait sortie de la nasse indochinoise et aidée à couper les ponts avec mes origines. J'avais fait de vagues études de chant, je troquais donc mes facturations contre un répertoire de *goualeuse*. Vous avez vu le niveau... Peu m'importait. Il fallait gagner ma vie sans devoir rien à personne. J'espérais toujours croiser de nouveau la route de Danglars. J'ignorais que nous vivions dans la même ville. Et puis un jour, sans l'avoir cherché, je vois son nom dans le journal, à propos d'une conférence faite à la Société de Géographie, fréquentée par la bonne société marseillaise.

— Je connais, dit Raoul, mon beau-père ne rate pas une séance. Je vous dirai deux mots sur lui, tout à l'heure, si nous avons le temps.

Hortense poursuivit :

— Je me suis donc rendue à la conférence. Je vous jure que le revoir m'a fait quelque chose. J'aurais eu une arme, je crois que je l'abattais, là, en pleine séance. Mais passons...

— Oui, dit Raoul, l'heure tourne et – tant qu'à faire – j'aimerais savoir la fin. Revenons à l'épisode Gabrielle Bartou.

— Si vous voulez. À partir de ce jour, je n'ai plus pensé qu'à me venger. Arrive le moment où Gabrielle, que je considérais un peu comme l'enfant que vous me conseilliez d'adopter, bien qu'elle fût à mon service, déjà malade de l'affection qui allait l'emporter et ne doit rien à la maladresse de Danglars, m'annonce qu'elle est enceinte.

— Avez-vous su de qui était l'enfant ?

— Gabrielle ne me cachait rien. De ce jeune homme, là, l'anarchiste qui a été exécuté.

— Berano, oui. Saviez-vous qu'il était le neveu de Danglars ?

Raoul pensait faire une révélation à Hortense. Elle ne broncha pas.

— Je savais ça aussi. Berano ne voulait pas de l'enfant, au nom de ses principes. Ça m'a donné des idées. C'est moi qui ai poussé Gabrielle à demander à celui qui l'avait engrossée de l'accompagner à la visite où elle devait demander à Danglars de la faire avorter. L'homme qui attendait dans le fiacre, c'était lui, Berano. Vous comprenez pourquoi il ne pouvait pas entrer avec elle.

Raoul opina de la tête.

— Je connais l'état des relations entre l'oncle et le neveu.

Hortense ricana :

— Encore un bel exemple de l'esprit de charité du bon docteur Danglars !...

Raoul la regarda, tendue, le regard au loin comme si elle revivait toutes ces années de souffrance où l'idée de vengeance l'avait retenue de sombrer dans le désespoir. Maintenant, elle se confiait comme on se soulage d'un poids trop longtemps supporté dans la solitude.

— Quand avez-vous pensé que Gabrielle pouvait servir à votre vengeance ?

— Quand elle m'a avoué son état, j'ai bien vu qu'au fil des semaines sa santé se dégradait. Je l'ai conduite chez un médecin qui m'a dit que ça n'avait rien à voir avec sa grossesse, mais qu'elle souffrait gravement du foie. C'est au procès que j'ai appris, avec vous sans doute, de quoi il s'agissait. Il a laissé entendre que sa vie était en jeu. Alors tout s'est enchaîné dans mon esprit. Il y avait cette grossesse, dont le jeune couple ne voulait pas, il y avait cette grave maladie. J'ai vu là l'opportunité de mettre en place la vengeance que je ruminais depuis quinze ans. D'abord faire examiner Gabrielle par Danglars, ensuite la faire hospitaliser et accuser les manœuvres abortives d'avoir entraîné la mort.

Raoul était stupéfait.

Hortense émit un petit rire nerveux :

— Le piège n'a pas mal fonctionné, non ? Ah ! et puis, voir l'autre immonde traîné aux assises comme un malfaisant ! Quelle jouissance !

Il y avait quelque chose d'implacable, de terrifiant, chez cette femme. Était-elle dotée d'une nature hors du commun ou plus simplement ses malheurs avaient-ils dérangé sa cervelle ? Le reporter ne savait plus quoi penser.

— L'acquittement de Danglars n'était pas prévu au programme...

La physionomie d'Hortense Chalifour changea du tout au tout. Elle se redressa comme une vipère sous la semelle qui l'écrase.

— Alors, ça !! Je ne l'ai pas supporté ! Je voulais qu'il paie ! Et longtemps. Comme j'avais payé. Qu'un avortement lui vaille le châtiment auquel il avait échappé en me massacrant. J'ai bien cru y être parvenue. J'étais prête à tout. Je suis même allée trouver ce vieux pervers de Bouchet, durant l'interruption du procès pour que, moyennant mes faveurs, il charge Danglars. Vous l'avez vu ? Il ne s'est pas fait prier !

Raoul en avait la tête qui tournait. Bouchet, à présent... Le Savonarole aixois. L'*Incorruptible* de sous-préfecture. Ah... tout s'éclairait ! Son inexplicable changement d'attitude entre deux audiences ! Pas étonnant que Hortense ait une si piètre opinion des hommes...

L'ex-chanteuse avait repris le cours de son récit :

— Quand j'ai vu Danglars sortir blanchi de la cour d'assises, je suis devenue folle de rage. Je crois que c'est cette folie qui m'a donné la force de faire ce que j'ai fait. J'ai pensé d'abord, munie d'un flacon de vitriol, attendre l'occasion d'une manifestation publique et le lui jeter à la face. Puis j'ai acheté un revolver de dame. Je suis allée m'entraîner dans un club de tir, mais j'avoue que ce type d'arme me terrorise. Je m'y étais pourtant résolue et sous un faux nom j'ai pris rendez-vous à son cabinet.

— Il ne vous a pas reconnue ?

— Pas du tout, pas plus qu'au procès, où malgré tout, j'avais pris les précautions vestimentaires que vous avez vues.

— Je m'en souviens, dit Raoul. J'enrageais, car je ne parvenais pas à faire votre portrait pour mes lecteurs.

— J'aurais dû penser qu'un tel monstre d'égoïsme ne pouvait que m'avoir rayée de son souvenir et de ses pensées. C'est pour cela qu'avant de le tuer, je me suis fait reconnaître. Je voulais qu'il meure en sachant d'où venait le coup.

Il y avait dans ces mots une telle force que le reporter frissonna malgré la température de la serre.

— Le couteau, c'est une improvisation de dernière minute ?

— Assurément. J'avais mon revolver dans mon manchon, mais quand il a appris de ma bouche qui j'étais, il a tenté de se lever. J'étais penchée vers lui, les mains appuyées sur le bureau pour lui cracher ma vengeance au visage. J'ai craint de ne pas avoir le temps de sortir le revolver de mon manchon. J'ai vu le couteau, je n'ai même pas eu à réfléchir. Il venait de là-bas. C'était l'arme rêvée pour le châtiment. Une arme silencieuse. J'ai pu repartir sans qu'on me voie. Il n'a pas crié. Il a tout juste eu le réflexe de tirer sur ma boucle d'oreille...

Elle s'interrompit un instant, comme perdue dans ses pensées.

— Je ne les avais pas remises depuis seize ans. C'était lui qui me les avait offertes...

On entendit le bruit d'un pas sur les graviers du jardin. Quelqu'un arrivait en faisant le tour de la maison.

— *Bibiche !* Tu es là ?

C'était un jeune homme, lui aussi vêtu d'un costume de voyage avec veste cintrée, knickerbockers et casquette de tweed.

— La voiture n'attend plus que toi, dépêchons-nous, dit l'arrivant figé sur place en découvrant Raoul.

Hortense Chalifour fit les présentations :

— M. Signoret assistait au procès pour *Le Petit Provençal.*

Puis se tournant vers Raoul :

— Mon ami, M. Gaston Domengé. Si vous êtes fidèle à votre parole, nous devrions en principe embarquer à bord du paquebot *Rio de La Plata* de la S.G.T.M. [1] à destination de Buenos Aires. Nous avons eu de la chance : il y a une traversée tous les vingt-huit jours et le bateau lève l'ancre dans deux heures à La Joliette.

— Vous y serez.

Elle lui dédia son plus beau sourire.

— Si c'est vous qui le dites...

1. La Société Générale des Transports Maritimes à vapeur, fondée en 1865 par Paulin Talabot, spécialisée dans la desserte de l'Amérique du Sud. Elle représente alors le plus important armement marseillais, avec vingt-deux navires.

Domengé les regardait alternativement échanger leurs balles sans chercher à comprendre.

— *Gastounet*, veux-tu bien porter ma valise jusqu'à la voiture, je l'ai laissée dans l'entrée. Je te rejoins.

« *Bibiche* et *Gastounet* », songea Raoul. Inutile de demander qui porte la culotte dans le couple...

Domengé obtempéra et se mua en porteur.

— Il part avec vous ?

— Bien sûr ! Il a comme moi envie de refaire sa vie. Autant les refaire ensemble. Ça évitera de gâcher l'existence de deux couples, comme disait ma grand-mère.

Le reporter était ébahi par l'énergie qui émanait de cette femme.

— À propos, lui dit-il, retrouvant son humour, vous n'emmenez pas le *Gros Loup* ?

— Léon ? Merci bien ! Mais il a payé une bonne partie de nos traversées. Nous avons même pu nous payer des cabines de 1re classe à 750 francs pièce ! Vous connaissez Léon ?

— Très bien. Je l'ai aperçu dernièrement, quand vous me faisiez jouer les amants cachés derrière le paravent de votre loge.

Elle rit, enfin, franchement.

— C'est vrai ! J'avais oublié ce détail.

— Mais je le connaissais bien avant.

— Ça ne m'étonne pas, il est connu de tout Marseille.

En pinçant les lèvres pour ne pas rire, Raoul précisa :

— En particulier de son beau-fils.

— Je m'en doute, mais je ne connais pas ce monsieur.

— Vous l'avez devant vous.

Elle mit une main devant sa bouche ouverte de surprise.

— Vous êtes le beau-fils de... !! Le « gommeux » qui lui a pris sa fille chérie ?

Raoul fit oui de la tête, de l'air le plus sérieux du monde.

— Celle-là, elle est trop belle ! Il faudra que je m'en souvienne ! Léon qui est votre... Le monde est encore plus petit que je ne croyais !

Alors, elle éclata de rire à ne plus pouvoir respirer.

— Eh, bien ! voilà, dit Raoul, qui riait avec elle, quand elle eut retrouvé un peu de son souffle. J'ai l'impression que nos routes divergent et ne sont pas près de se croiser à nouveau.

— La terre est un gros village, monsieur Signoret. Qui sait ? On dit que Buenos Aires est une belle ville et que les journalistes ont la bougeotte.

Raoul ne voulut pas être en reste.

— Si l'occasion se présente, je ne dis pas non.

Il prit congé en baisant la main gantée qu'on lui tendait.

— Monsieur Signoret ! Vous oubliez quelque chose...

Il fit demi-tour. Deux bras passèrent par-dessus ses épaules. Deux lèvres chaudes et douées se collèrent longuement à sa bouche. Ce coup-ci, il ne résista pas. Il parvint même à réprimer la douleur qui cisaillait son muscle deltoïde endolori, afin qu'elle ne pense pas à une quelconque réticence. Elle était folle, mais ce baiser valait bien ça.

Hortense recula légèrement le buste et contempla le visage de Raoul :

— Ce sera le premier et le dernier. Ça ne compte

pas dans les remords. Même Mme Signoret vous le dirait.

Un superbe sourire ponctua une « sortie » d'artiste.

— Et puis, j'aime bien finir ce que j'ai commencé.

Avant de prendre congé, Raoul lui glissa à l'oreille :

— Danglars a payé pour le savoir...

27

Où l'on découvre, de la bouche même du commissaire Baruteau, la double vie d'Hyppolite Danglars, médecin et trafiquant.

— C'est à mon neveu préféré que j'ai l'honneur de parler ?

— Lui-même, oncle vénéré.

Le ton des communications téléphoniques entre Eugène Baruteau et Raoul Signoret était redevenu celui « d'avant ». D'avant la fâcherie. Elle les avait tous deux si fort affectés qu'ils s'étaient juré à part soi de ne plus jamais revivre ça.

Pourtant, dès la phrase suivante une douche glacée inonda Raoul Signoret, suivie d'une brusque suée, lorsqu'il entendit le commissaire lui demander :

— Dis-moi, toi qui devines tout avant tout le monde, toi qui démasques le coupable plus vite que la police, tu n'aurais pas ta petite idée sur l'identité de l'assassin du docteur Danglars ?

— P... Pourquoi me demandez-vous ça ?

— Parce que nous autres, nous pataugeons tant que nous pouvons.

Faisait-il l'âne pour avoir du son ? lançait-il un

appât anodin pour mieux ferrer la proie au moment où elle ne se méfierait plus ?

— Ne penchiez-vous pas pour un règlement de comptes entre bandes rivales de trafiquants ?

— C'est ce qui vient en premier à l'esprit. Mais nous ne pouvons pas nous contenter d'une seule piste.

Raoul Signoret était dans un état de tension qui lui vrillait les tempes.

— Il y en aurait d'autres ?

Baruteau fut sibyllin :

— Qui sait ?...

Le brave Escarguel, qui venait d'achever une dépêche où il était question d'une rixe entre petits cireurs de chaussures qui s'étaient chipé un client, regardait perplexe son jeune confrère passer par toutes les couleurs.

— V... Vous savez quelque chose, mon oncle ? La question était assez vague pour vouloir tout et rien dire.

— À propos de quoi ?

Oh, le vieux singe, comme il était malin ! Il remplaçait sa réponse attendue par une question.

— B... ben... à propos de l'enquête.

— Rien. Pas un indice. Pas ça ! C'est pourquoi je me suis dit : savoir si, de son côté, Raoul n'aurait pas appris quelque chose, fouineur comme il l'est...

Quelqu'un l'avait-il repéré. Chemin de la Batterie des Lions ? L'avait-on vu entrer chez *Jeny d'Amor* la scandaleuse ? Les langues de vipères du quartier dressaient-elles la liste des hommes qui l'approchaient ? C'était une sorte de « gloire locale », après tout. À Malmousque, les femmes « comme il faut » devaient être offusquées d'avoir une « théâtreuse » de cet acabit comme voisine. On devait l'espionner en permanence. Sinon avec quoi alimenterait-on les conversations ?

À moins que la disparition de l'ex-chanteuse n'ait déjà été signalée et que sa soudaineté n'ait fait converger sur elle les soupçons.

La tête du journaliste tenait de la bouilloire en surchauffe. Tout était possible. *A fortiori* la chute d'une nouvelle tuile sur son crâne.

— Si on laisse à part le meurtre, du côté de l'enquête sur la double vie de Danglars, où en êtes-vous, mon oncle ?

— Oh, de ce côté-là ça avance. Plan-plan, mais ça avance. Tu veux qu'on en parle tous les deux ?

— Bien sûr.

— Alors, rendez-vous dans une demi-heure au *Glacier*. Après, je dois me rendre à la Préfecture où M. le Préfet et M. le procureur de la République m'attendent. C'est sur mon chemin.

Raoul sentit un poids quitter sa poitrine. Oui ! Se voir. Se parler. Lire sur le visage-vitrine de l'autre ce qui se déroulait à l'intérieur du magasin. Savoir à quoi s'en tenir. Même si cet aveu d'impuissance policière n'était qu'une ruse de l'oncle qui, ayant perdu confiance dans son neveu, cherchait à le coincer pour avoir soupçonné que Raoul, de nouveau, « lui cachait quelque chose ». Qui sait ? Peut-être, désormais, le faisait-il filer en permanence par un de ses estafiers ?

Avoir été démasqué en flagrant délit de dissimulation par cet homme qui lui avait toujours témoigné sa confiance provoquait à présent chez le journaliste une sorte de paranoïa, un délire d'interprétation. Il se demandait encore si l'oncle lui avait vraiment pardonné son incartade... Lui-même était-il parvenu à l'oublier ?

Quand il aperçut sa silhouette massive se découper en ombre chinoise derrière les baies vitrées du *Grand Café Glacier*, Raoul Signoret, arrivé un bon moment avant lui le cœur serré, fut aussitôt rassuré. Le commissaire principal Baruteau avait sa tête d'oncle Eugène. Le policier chercha du regard son neveu et quand il l'aperçut, son sourire et ses yeux éclairèrent sa grosse bouille ronde. Même sa moustache avait l'air de la fête.

Pour être plus moral que physique le soupir de soulagement que poussa intérieurement le reporter n'en fut pas moins considérable.

La banquette de moleskine – quand le quintal trente du sous-chef de la Sûreté marseillaise s'y laissa choir – amorça une poussée verticale de bas en haut, qui fit parcourir à Raoul un mouvement ascensionnel égal au volume de coussins déplacés.

— Alors ? *Qué novi*[1] *?* demanda le policier après avoir réclamé sa bière préférée.

— C'est à vous qu'il faut demander ça.

— Je te l'ai dit Raoul. Le brouillard. Norabe, mon adjoint, est persuadé que c'est un homme qui a zigouillé Danglars. Il dit que pour porter un coup pareil qui t'enfonce de 23 centimètres la lame d'un couteau dans la poitrine d'un bonhomme après avoir traversé la veste et le gilet, une femme n'aurait pas pu.

1. Quoi de neuf ?

Raoul, qui n'en pensait pas moins, répliqua cependant :

— Finement raisonné !

Domengé aurait-il aussi participé au meurtre ? Ou bien fallait-il mettre sur le compte de la rage d'Hortense Chalifour face à son bourreau cette force soudaine qui aurait décuplé sa vigueur vengeresse ? Les questions sans réponses valsaient dans la tête du journaliste.

— Moi, je n'en suis pas convaincu, poursuivait le commissaire. Cécile a vu une femme seule – pas un homme – prendre un fiacre devant chez Danglars.

Raoul objecta :

— Elle ne l'a pas vue sortir du « château ».

— J'en conviens, mais mise à part la maison du docteur, il n'y a pratiquement que des entrepôts ou des locaux industriels dans le boulevard Latil. Qu'est-ce que cette femme serait venue faire dans un coin pareil, sinon consulter le médecin ?

— Rencontrer son amant dans un coin tranquille, avança Raoul qui disait n'importe quoi pour chasser de son esprit l'image d'Hortense.

Baruteau gronda :

— *Bédigas !* En tout cas, celui ou celle qui a tué Danglars a pris soin d'arracher la page du carnet de rendez-vous du docteur. C'est bien la preuve que le meurtre a été prémédité par quelqu'un qui a pris rendez-vous. Et non par un rôdeur occasionnel ou un habitué. On est en train de passer à la loupe son fichier de patients.

— Lili Chauchoin a-t-elle pu vous renseigner ?

— Dans l'état où elle est, la *pôvre*, je serais étonné qu'elle nous sorte quelque chose de sensé avant longtemps. Elle est comme un légume. Rien à en tirer. Et les toubibs disent qu'on ne peut pas savoir combien de temps ça peut durer. Nous voilà beaux !

Raoul ne put s'empêcher de souhaiter *in petto* que l'état de la malheureuse se prolonge suffisamment pour donner le temps à certaine aventurière et son compagnon de mettre un océan entre elle et ceux qui risquaient de lui poser tôt ou tard la main sur l'épaule.

Comme s'il était doué de transmission de pensée, Baruteau dit à brûle-pourpoint :

— Sais-tu que la fameuse *Jeny d'Amor* a disparu ? C'est toi qui me l'as remise en tête, celle-là.

— Moi ? s'exclama Raoul ébahi.

— Oui, toi. Te souviens-tu comme tu m'as bassiné, un jour où nous déjeunions à la maison, avec cette histoire de lettre de dénonciation écrite par la petite bonne sur son lit de mort et dont tu restais persuadé qu'on l'avait écrite pour elle ?

— En effet...

— Tu l'as vue cette lettre ?

— Bien sûr. Lors du procès. On en a fait passer un exemplaire en phototypie[1] aux jurés et elle était dans le dossier de son défenseur.

— Tu es d'accord avec moi : c'est une écriture de femme et ce n'est pas celle d'une bonniche de dix-huit ans qui doit être à peu près analphabète.

Le journaliste dut en convenir.

— Donc, il y a de grandes chances pour que l'auteur de la lettre qui a fait plonger Danglars soit

1. Procédé de reproduction à partir de la photographie de la feuille manuscrite originale que l'on insole sur une base de gélatine bichromatée placée sur une dalle de verre.

de la main de la patronne de la petite, la *Jeny d'Amor* de mon cœur.

Baruteau regarda son neveu dans les yeux :

— Tu es toujours d'accord ?

Raoul détourna son regard en avouant :

— Ça se pourrait.

— Tu n'as pas l'air convaincu, pourtant c'est toi qui m'as mis la puce à l'oreille, mon neveu. Baruteau avala la dernière gorgée de bière.

— Comme toujours, tu avais une longueur d'avance sur ces couillons de policiers. À présent, je me demande si la femme que Cécile a aperçue sortant de chez Danglars le jour de son assassinat ne serait pas Hortense Chalifour, dite *Jeny d'Amor*. Mais ce que je ne sais pas, c'est pour quelle raison elle aurait tué Danglars. Aurait-elle été mêlée à des affaires de drogues ? Avec les artistes, tu sais...

Raoul s'abstint de dire que lui, il savait. Il s'était suffisamment mêlé de ce qui ne le regardait pas, dans cette affaire, pour ne pas jouer au plus malin.

Le commissaire poursuivait :

— Nous sommes passés chez elle hier, pour l'interroger, comme tous les témoins impliqués dans le procès Danglars, mais *pfuitt !* envolée. Je ne te cache pas que ça aggrave son cas à celle-là. Mais n'allons pas plus vite que la musique. Tu sais ce qu'est la vie d'artistes ? Elle peut être en Égypte, au jour d'aujourd'hui, ou en train de faire son numéro dans un bordel de Buenos Aires.

Raoul sursauta. Encore deux ou trois allusions pareilles et il se mettrait à table sans qu'on l'y force.

— P... Pourquoi Buenos Aires ?

Baruteau rigola.

— Comme ça... J'aurais pu dire Caracas ou Rio de Janeiro. L'Amérique du Sud est une filière juteuse pour les affaires de ces messieurs du Mitan marseillais. Et les Françaises y sont très appréciées.

— Tout de même, dit Raoul offusqué, ce n'est pas une pute.

Le commissaire eut une moue dubitative :

— Appelle-la comme tu veux, ça y ressemble bougrement.

— Si vous y tenez...

— Je vais par précaution demander l'ouverture d'une information judiciaire. Si elle n'a rien à se reprocher, elle n'y trouvera rien à redire. Sinon...

Raoul ne put endiguer l'inquiétude qui reprenait l'offensive. Était-ce le hasard ou une sorte d'instinct divinatoire du grand flic, ces noms sortis d'un chapeau d'illusionniste ? Apparemment, à se fier à ce que venait de lui dire son oncle, les fugitifs avaient réussi à s'embarquer sans encombre. Il imagina *Bibiche* et *Gastounet* voguant vers l'Argentine. Ils étaient partis depuis sept jours, le voyage en durait vingt, avec ses escales à Barcelone et Dakar, ils devaient être en vue des Açores à présent. Le journaliste ne pouvait s'empêcher de souhaiter la réussite de leur fugue. Hortense Chalifour avait payé d'avance, d'une vie gâchée par la maladresse et l'égoïsme de Danglars, le geste justicier qu'elle aura accompli sur un coup de folie.

— Le meurtrier de Danglars, demanda le neveu, faux-cul, ne pourrait-il pas être un toxicomane de ses connaissances ? Voire un des deux frères siamois qui faisaient le service à la fumerie ?

— Ce n'est pas impossible. Dans ce milieu on

trouve de tout et on peut s'attendre à tout. Un type qui s'était ruiné à acheter sa drogue et que le bon docteur menaçait de payer ses dettes. Va savoir ? Sans négliger le bonhomme que l'usage de drogue a rendu cinglé.

— Ça ne serait pas le premier.

— Voilà où nous en sommes, reprit Baruteau. Nous y allons à tâtons. On épluche les agendas de Danglars, ses carnets de rendez-vous, on enquête vers les entourages. L'officiel... et l'officieux.

— C'est-à-dire ?

— Ses fréquentations mondaines... et les autres. Notamment dans les milieux de la toxicomanie chic de la ville. Celle qui de ce vice fait une mode. Je ne t'apprends rien en te disant que Danglars lui-même était farci jusqu'aux trous de nez. Comme nombre d'anciens coloniaux, il fumait l'opium depuis longtemps et puis il était passé à des choses plus sérieuses, tu en sais quelque chose. Mais il n'était pas égoïste. Il se faisait à l'occasion fournisseur. Ainsi, il rentabilisait le coût de sa propre consommation et de ses recherches.

— Trafiquant ? s'exclama Raoul. Il mangeait à tous les râteliers, ce type !

Baruteau eut un rire bref.

— Il pourvoyait « les gens de son monde », si je puis dire. Ceux qui avaient confiance dans sa discrétion et vice versa. Il connaissait bien sa clientèle. Les sauteries se déroulaient dans la pièce à côté du laboratoire, d'où est sorti ton *Naï-naï*. Celui que tu as si bien arrangé. Danglars avait installé une fumerie comme là-bas. Avec décor de chinoiseries approprié, lanternes de papier, des bat-flanc recouverts de coussins de soie partout et des tables basses où placer la lampe et poser les pipes. Les deux types que vous avez vus, ton ami Bouillot et toi, sortir de chez le docteur assuraient le service, comme dans les fumeries des maisons closes du quartier réservé. Ils apportaient la marchandise, préparaient les boulettes d'opium, servaient le thé, apprenaient aux débutants comment tirer le meilleur profit de la bouffée, bref, c'était Hanoi-sur-Huveaune[1].

Raoul Signoret secoua la tête et sembla parti dans une rêverie.

— Le bon docteur Danglars... lâcha-t-il en regardant son oncle. Le docteur des sans-grade... L'altruiste, le généreux Danglars sauveur de pauvres gens qui se faisait pourvoyeur de mort lente pour d'autres. Qui nous dira ce qui se cache sous la surface des êtres ? Quel Jésuite ! Il soignait sa réputation et puis...

— La tactique n'était pas idiote, remarqua le policier. Il devenait pratiquement insoupçonnable. Tu as bien vu, d'ailleurs, au procès. Ce sont les témoignages unanimes sur la bonté, la rectitude morale du bonhomme qui ont arraché le morceau auprès des jurés d'assises. Un type comme ça ne pouvait pas avoir accompli une mauvaise action. Tu serais allé le soupçonner, toi ?

À peine lâché ce lapsus, qui fit naître un sourire ironique sur les lèvres de Raoul, le policier mit sa main devant sa bouche, tandis que son neveu se contentait de répondre : « Ben... à votre avis ? » Baruteau ricana de sa propre bêtise.

---

1. L'Huveaune est le fleuve côtier qui se jette sur les plages du Prado.

Pour tirer son oncle d'embarras, Raoul enchaîna sur une nouvelle question :

— On a une idée sur ceux que Danglars avait pour clients habituels ?

Baruteau rigola :

— Ça, oui ! Il va y avoir du sport dans quelque temps, quand les noms vont commencer à circuler. Tu vas voir le scandale, c'est moi qui te le dis ! On va assister à des règlements de comptes sanglants entre familles « déshonorées » sur la place publique et les autres. Il va y avoir des ruptures entre associés, des divorces.

Raoul se frotta les mains :

— Je vais me régaler. Des noms ! Des noms ! C'est mon copain Bouillot qui va jubiler !

— C'est encore trop tôt, Raoul. Je ne peux pas faire ça. Rassure-toi, il va y avoir des fuites. Tu peux compter sur la confraternité entre patrons concurrents de la place de Marseille, pour fournir très vite les listes des « compromis » à ceux qui la voudront.

Raoul leva le doigt comme à l'école :

— Moi ! moi, m'sieur !

— Un peu de patience. Il y a des priorités que je ne peux pas éviter. C'est pour ça que je vais à la Préfecture tout à l'heure en te quittant. Le préfet veut les noms.

— Pour les publier ?

Baruteau pouffa :

— *Qué* couillon ! Il les veut pour voir comment s'y prendre pour en « étouffer » certains. Ceux qui « pensent bien », notamment.

— Même chez les nantis, l'égalité est une utopie, remarqua Raoul.

— Tu connais le monde, mon beau, dit Baruteau, fataliste. Les hommes naissent égaux... Après, c'est la débrouille générale. Chacun pour soi et que les autres crèvent.

— Donc certains vont s'en tirer et les autres payeront pour eux.

Cette réflexion fit réagir le commissaire :

— Oh, à propos de ceux qui vont s'en tirer ! Tu te souviens de ce type que ton copain l'anar avait surpris alors qu'on le sortait nuitamment plus mort que vif de chez Danglars ?

— Bien sûr !

— C'était un invité du « bon docteur » à une petite soirée spéciale autant que discrète, entre intoxiqués. Avec les participants triés sur le volet. Dames et messieurs tout ce qu'il y a de plus rupins dans cette bonne ville. Le type en question avait fait un gros malaise et les autres craignaient qu'il défunte sur place. C'est pourquoi ils l'évacuaient dare-dare.

— Je m'en doutais, dit Raoul.

— Ils ramenaient le type chez lui. Au cas où il aurait passé l'arme à gauche, autant que ce soit dans son lit et non boulevard Latil. Il s'en est sorti, le type. Quand je te dirai son nom, un de ces jours, tu vas tomber sur le cul !

— Ne me dites pas que c'est Léon Jacquemet.

Baruteau, stupéfait, lâcha involontairement le morceau :

— Comment tu as deviné ? Ma parole, tu es le descendant caché de Nostradamus, toi !

— Je l'ai dit au hasard, avoua Raoul. Je savais qu'ils se connaissaient. La perspective que mon beau-père fît partie de la bande des « tireurs sur le bambou » me faisait tellement plaisir que je n'ai pas pu résister au plaisir d'avancer son nom.

Baruteau n'avait pas non plus grande estime pour le négociant :

— Eh, bien !... Les rapports familiaux sont au beau fixe, à ce que je vois !

Raoul eut une moue :

— Ils ne sont ni bons ni mauvais, ils sont inexistants. Mais chaque jour j'ai un peu plus de raisons de mépriser l'individu.

Il raconta la scène de vaudeville jouée dans la loge de *Jeny d'Amor.* Le policier, après avoir bien ri, eut une pensée émue envers la paire de cornes qui ornait la chevelure si bien entretenue de Mme Jacquemet.

— Et du côté des fournisseurs d'opium ?

— On a déjà mis au frais plusieurs des membres d'une filière qui alimentait Danglars. Ils ont été dénoncés par la concurrence.

— C'est-à-dire ?

— Les patrons de bordels, qui en plus de leurs poulettes offrent des prestations spéciales, histoire d'augmenter les tarifs. La fumerie d'opium en est une. Ils ont vu là l'occasion d'éliminer des confrères et de se faire bien voir de nous. *Tè,* ton ami, M. Trân, on l'a mis au frais jusqu'à plus ample informé.

— Où les avez-vous *agantés* ?

— Dans le quartier de La Joliette. Ils étaient presque tous tonkinois. Dont le garçon sur lequel tu t'es un peu cogné chez Danglars. Je ne me rappelle plus leurs noms, car non seulement ils se ressemblent tous, mais encore ils s'appellent tous Trân van Machin. J'ai assisté à un procès, un jour : ils étaient douze dans le box. Le président leur avait fait mettre une pancarte accrochée autour du cou avec leurs noms écrits dessus pour s'y retrouver[1]

— L'opium arrivait d'où ? demanda Raoul.

— Trajet classique. Chine et Indochine. Les paquets étaient dissimulés dans des sacs de riz ou des boîtes de conserve, comme tu le sais. Ils étaient réceptionnés à Marseille par les équipes sur place. À ce propos, le sac qui a fracassé une jambe à Schnelldorfer n'est peut-être pas tombé tout seul du palan.

— Vous voulez dire que *Le Tonkinois* faisait aussi partie de la filière ?

— Probablement. Les langues se délient au Rouet. Il ne venait pas chez Danglars uniquement pour se faire donner la pièce qui lui servait à picoler. Il travaillait pour lui et le docteur payait ses services en lui refilant de la drogue de deuxième choix, très toxique, pour calmer ses douleurs. C'est celle qu'on racle dans le fourneau de la pipe après avoir fumé l'opium. Le dross[2], ça s'appelle.

— Et à présent, où va-t-il se fournir, *Le Tonkinois* ?

Baruteau se racla la gorge :

— À présent, là où il est il n'a plus besoin d'opium. On l'a retrouvé avant-hier matin qui se balançait à une poutre de sa remise, une corde de chanvre autour du cou. Mes hommes étaient venus le cuisiner la veille, ils n'en ont rien tiré. Sinon des propos incohérents.

— S'il n'avait plus de calmants, pas étonnant. Pauvre vieux !

1. Authentique.

2. C'est le résidu charbonneux qui reste dans le fourneau de la pipe après la séance. Ce dépôt, riche en principes toxiques, peut à nouveau être fumé ou chiqué. C'est un opium de pauvre, comparé au chandoo, opium de première qualité.

Baruteau précisa :

— Il est probable qu'on aura « aidé » *Le Tonkinois* à s'accrocher à sa poutre. Il ne paraît pas possible avec son infirmité qu'il y soit parvenu tout seul. On aura voulu l'empêcher de parler à tort et à travers. Il y avait bien une chaise renversée à l'aplomb de son corps pendu, mais ça ressemble à une mise en scène. Je ne crois pas à un suicide. On a voulu couper le fil qui aurait pu nous conduire de Danglars à des trafiquants d'un autre calibre.

— C'était une épave, objecta Raoul qui tentait de donner une piste plausible qui éloigne les éventuels soupçons de son oncle au sujet d'Hortense Chalifour. Mais un drogué en manque de drogue, c'est paraît-il pire qu'un alcoolique privé de bouteille, m'a dit votre ami Barone.

L'évocation du nom du chimiste ami de Baruteau venait de remettre en mémoire de Raoul Signoret une promesse non encore tenue :

— À propos de Barone, j'avais une commission à vous faire de sa part et je l'avais « mangée ». Il vous accorde votre revanche à la manille quand vous voulez. Il paraît que la dernière fois que vous avez joué, vous avez pris une de ces...

Baruteau se leva brusquement en regardant sa montre :

— Oh, *capoun di Boun Diéu*[1] *!* Et le préfet qui m'attend !

Il partit sans se retourner, en oubliant de régler les consommations.

1. Équivalent de Nom de Dieu !

Raoul, sourire aux lèvres, regarda la silhouette imposante de son oncle s'éloigner vers la lumière et rejoindre la cohue du trottoir de la rue Cannebière où il se perdit à sa vue.

Le reporter jeta un coup d'œil machinal sur *Le Journal de Marseille*, quotidien du soir qui venait d'arriver tout frais d'encre. Il contenait les nouvelles tombées dans la nuit et la matinée jusqu'à deux heures avant son tirage. Le garçon en avait placé plusieurs exemplaires sur les tables à la disposition de la clientèle. Le consommateur assis sur la banquette qui faisait face à Raoul venait de déployer le sien. La *Une* était barrée d'un titre gras dont la lecture fit bondir le cœur du reporter. Il le sentit battre à coups redoublés contre le col de celluloïd de sa chemise blanche.

Tragédie dans l'Atlantique

Le paquebot *Rio de la Plata* fait naufrage au large des îles du Cap-Vert

Le navire qui assure la liaison régulière Marseille-Buenos Aires avait appareillé de La Joliette vendredi dernier. Il transportait 976 passagers vers Pernambuco, Bahia, Rio de Janeiro et l'Argentine. Il a été pris dans la tempête qui fait rage actuellement dans l'Atlantique-sud.

Il y aurait peu de survivants.

Un steamer de la Cunar Lines,
Le Longwood *est sur place.*

Raoul Signoret eut une pensée pour « *Bibiche* » et « *Gastounet* ». Étaient-ils à bord du *Longwood*, ou bien...

Il se demanda longtemps si son oncle connaissait la nouvelle quand ils s'étaient rencontrés au *Grand Café Glacier*. Peut-être au fond savait-il tout des développements de l'affaire que le reporter croyait être seul à connaître. Dans ce cas – les coupables châtiés par le mauvais sort – l'enquête était close pour lui et le policier n'avait plus aucune raison personnelle de mettre son neveu sur le gril. Pour le policier, justice était faite, qu'importe le moyen. Eugène Baruteau ne fit jamais allusion à ce naufrage. La messe était dite. Ils n'en parlèrent plus.

28

Où tout est bien qui finit bien au moment où une année s'achève et où une autre naît au milieu d'étranges pétarades.

Il était convenu que le réveillon du jour de l'an 1900 se passerait place de Lenche, chez Cécile et Raoul. Afin qu'Adèle puisse aller se coucher à une heure raisonnable, il y aurait un premier échange de vœux à son intention deux heures avant l'heure H. Les « grands », une fois la *Poupette* au lit, remettraient ça à minuit, entre eux.

— D'accord, avaient dit les Baruteau, à une condition : Thérèse se charge du plat de résistance. Vous, occupez-vous de l'entrée et du dessert.

Le secret sur l'identité de ce plat de résistance – annoncé par l'oncle comme exceptionnel – avait été mieux gardé que les plans du canon de 75 avec lequel l'état-major français comptait bien venger l'humiliation subie en 70. Eugène Baruteau avait simplement confié – histoire de mettre l'eau à la bouche des futurs convives et d'exciter leur impatience :

— Ce que *Thérèsou* va vous servir, vous n'en avez jamais mangé.

— Qu'est-ce qui vous rend si sûr de vous, mon oncle ?

— Le fait que moi non plus je n'y aie jamais goûté. Pourtant, ce plat, je le réclame depuis trente-sept ans que nous sommes mariés.

— Ne nous faites pas languir. Ça fait cui-cui ? Ça fait meuh ? Ça rampe, ça vole, ça saute ? Ça a des poils, des plumes, des écailles ?

— Même sous la torture, je ne parlerais pas. L'essentiel est qu'enfin *Thérèsou* ait cédé. Il fallait quelque chose d'exceptionnel, car on ne fête pas tous les jours l'arrivée du XXe siècle.

Raoul tiqua :

— Pardon ? L'arrivée du XXe siècle ? Il va donc nous falloir patienter un an pour y goûter au fameux plat de tante Thérèse !

— Qu'est-ce que tu racontes, *favouille* ? À minuit une seconde, le 31 décembre 1899 prochain, nous serons le 1er janvier 1900, non ?

— Parfaitement.

— Alors, nous entrerons dans le XXe siècle.

— Vous n'y êtes pas. Nous serons encore au XIXe siècle.

Baruteau avait « fait » la grosse voix :

— Tu dis ça pour me contrarier. Je sais que tu marronnes de ne pas savoir ce qui mijote dans les casseroles de tante Thérèse. Alors, tu cherches à te venger. Tu es un gros mesquin, mon neveu !

Raoul ne se laissa pas démonter.

— Mesquin, peut-être, mais meilleur que vous en arithmétique.

— À moi, tu me dis ça ? Moi, qui me suis cassé la comprenette durant ta scolarité, sur tes problèmes de robinets coulant dans des baignoires qui se vidaient, quand les sadiques qui te faisaient l'école t'en refilaient une *palanquée* tous les soirs ? Et tu me dis que je suis moins fort que toi ?

— Je le dis, quitte à passer pour un ingrat. L'arithmétique est une science exacte.

— Ta science exacte elle va faire arriver le XXe siècle avec un an de retard ?

— Parfaitement. C'est pourtant simple. Un siècle c'est cent ans, d'accord ?

Baruteau esquissa le geste :

— Te fous pas de moi, parce que je t'en vire une.

— On commence à compter à partir de 1, pas de zéro. Toujours d'accord ?

— Jusque-là, c'est encore de mon niveau.

— Bon, nous progressons. On va faire entrer un peu de logique dans cette grosse caboche policière.

Baruteau prit Cécile à témoin :

— Tu entends comment il me traite ?

Raoul poursuivait sa démonstration :

— Pour les années, c'est pareil : il n'y a jamais eu d'an zéro. On a commencé à compter le temps à partir de l'an 1. Donc, le premier siècle s'est achevé à la fin de l'an 100, sinon ça aurait été un siècle de 99 ans.

Le commissaire regardait son neveu comme un suspect qui chercherait à l'embrouiller.

— Continue, tu m'intéresses.

— Il s'est achevé le 31 décembre de l'an 100 et le second siècle a commencé le 1er janvier 101. Et ainsi de suite.

La bouche de Baruteau trahissait son ébahissement.

— Par conséquent ?

— Par conséquent, puisque rien n'a été changé en cours de route, le XIXe siècle, le nôtre, a commencé en 1801 et s'achèvera le 31 décembre 1900. Le XXe siècle, lui, ne commencera que le 1er janvier 1901. Le plat-mystère de tante Thérèse fêtera donc le nouvel an, mais pas le nouveau siècle.

Le commissaire rendit les armes sobrement :

— Oh, pute borgne. Pourquoi tu ne m'as pas dit ça avant ?

— Parce que vous ne me l'avez pas demandé, mon oncle.

— Depuis des semaines je parle du XXe siècle et personne ne m'a contredit.

— Parce que vous terrorisez tout le monde à l'*Évêché*. Ils n'osent pas.

Baruteau prit Cécile à témoin :

— Tu vois comment sont les enfants d'aujourd'hui ? On leur donne une éducation et ils en profitent pour vous ridiculiser.

Encore troublé, il ajouta :

— Bon alors ? XXe siècle ou pas, vous venez quand même le manger avec nous ce lièvre à la royale ?

Le commissaire blêmit, rougit, se traita de tous les noms, une main devant la bouche. Trop tard.

— Oh ! Bonne Mère de *Couquin de pas Diéu*[1]. *Qué couillonnas*, je suis ! Si Thérèse sait que j'ai vendu la mèche, elle me tue !

Raoul et Cécile se tenaient les côtes :

1. Équivalent de Nom de Dieu (Coquin de Dieu). Mais en provençal, le « pas » placé devant le nom de Dieu évite le blasphème.

— Rassurez-vous mon oncle, ça restera un secret entre nous. Et on fera les yeux de *gòbi*[1] quand le lièvre débarquera sur la table de réveillon.

Baruteau prit son grand mouchoir pour éponger une belle suée.

— Je compte sur vous.

Raoul embrassa son oncle qui se levait pour partir.

— Dites au lièvre, aussi, qu'il peut compter sur nous.

— Alors, à mercredi.

*

Quand Thérèse Baruteau, accompagnée d'Adrienne Signoret, venue l'aider à transporter le fameux « plat de résistance » débarqua le soir du réveillon chez Cécile et Raoul, place de Lenche, les bras encombrés d'une énorme braisière de cuivre avec son couvercle, le reporter, arrivé directement du journal, était déjà là, en compagnie de son oncle, installé dans le petit salon qui jouxtait la salle à manger. La pièce retentissait d'éclats de rire auxquels ceux du neveu faisaient écho, dominés par la grosse voix de l'oncle Eugène.

— Qu'est-ce qui rend nos hommes si joyeux ? demanda la mère de Raoul en embrassant sa belle-sœur, tandis que Cécile cherchait où elle pouvait poser Adèle sans qu'il y ait trop de casse sur la table déjà dressée.

Thérèse Baruteau avait l'air grognon.

— Monsieur le commissaire principal doit raconter ses derniers exploits.

---

1. Allusion aux grands yeux étonnés de ce poisson.

Cécile demanda :

— Policiers ou halieutiques ?

— Ni l'un ni l'autre. Dégoûtants. Monsieur est allé entendre le Pétomane au théâtre Chave. Et il s'en flatte !

Comme pour rallumer la colère de Mme Baruteau une nouvelle rafale de rires parvint du salon jusque dans la cuisine où se tenaient les trois femmes.

Thérèse Baruteau, outrée, se tourna vers sa belle-sœur :

— Les hommes, c'est tous des cochons, ma pauvre Adrienne. Un chef adjoint de la Sûreté ! Aller à des spectacles comme ça, que ça devrait être interdit par le préfet de police !

L'épouse du commissaire posa la braisière à mijoter à feu doux sur la cuisinière de fonte. Aussitôt, le parfum du gibier se répandit dans la pièce.

Thérèse Baruteau fut reprise d'une bouffée d'indignation :

— Payer sa place pour entendre un bonhomme péter sur scène ! Vous croyez pas que non ?

Sans malice, Adrienne Signoret, tournée vers la braisière, choisit cet instant pour renifler avec extase et dire :

— Hmmm ! Ça sent merveilleusement bon.

Cécile ne put retenir un fou rire qui bientôt gagna sa belle-mère quand elle se rendit compte de l'interprétation qu'on pouvait tirer de sa réflexion.

Accablée, Thérèse Baruteau soupira :

— Si vous vous y mettez aussi...

Mme Signoret prit la cuisinière dans ses bras et lui prodigua des paroles apaisantes :

— Pardonnez ma maladresse, Thérèse, je faisais seulement allusion à votre cuisine. Elle embaume.

Elle montra du doigt la longue braisière de cuivre où « quelque chose » dont elle était la seule à ignorer l'identité mijotait doucement.

Pour la forme, l'épouse du commissaire grogna une dernière fois :

— Et dire que je me décarcasse pour faire plaisir à ce vieux dégoûtant.

— Il vaut mieux voir l'oncle et le neveu s'amuser comme deux gosses mal élevés que dans l'état où ils étaient voici quelques semaines, non ?

Thérèsou dut le reconnaître.

À cet instant Raoul et Eugène Baruteau sortaient du salon pour rejoindre ces dames. L'oncle était congestionné et son neveu avait encore les larmes aux yeux de rire. Le commissaire poursuivait une phrase commencée dans le salon :

— ... à un moment donné, il se met une espèce de clarinette molle là où tu penses et avec ça il joue *Au clair de la lune*. Et puis, il éteint une bougie placée à deux mètres de lui, avec de l'eau qu'il projette avec les moyens du bord ! Si tu avais entendu les gens. Je n'ai jamais entendu rire comme ça à Chave. Il y a eu des malaises et il a fallu...

Il s'arrêta net. Un regard aussi noir que conjugal venait de le fusiller. Comme un gosse pris en faute, il glissa à Raoul :

— Bon ! je te raconterai la suite tout à l'heure. Thérèse avait entendu et grinça :

— Pas à table, j'espère !

— Allez ! Tu vas pas me faire la tête. C'est la nouvelle année...

Pour se faire pardonner, Eugène Baruteau se lança dans un éloge des talents culinaires de sa femme qui

– assura-t-il – avait fait des miracles cette fois-ci. Il tenta de l'embrasser dans le cou :

— Je peux bien vous le dire, à présent : elle nous a fait un lièvre à la royale !

Un long murmure admiratif accueillit la nouvelle. Seul celui d'Adrienne Signoret rendait un son authentique :

— Pas possible ! Il paraît que c'est très difficile à réussir. Où avez-vous trouvé la recette ?

Thérèse se laissait peu à peu amadouer :

— Dans le Reboul[1]. Vous savez bien que c'est ma Bible. C'est pas que c'est très difficile, mais c'est très long à faire. Il faut le farcir, recoudre la bête, l'entourer de bardes de lard et la ficeler. La faire cuire très doucement pour pas abîmer la viande. Après il faut lier la sauce au sang, c'est un travail du diable.

Eugène Baruteau intervint, aggravant son cas :

— Moi, ce qui me plaît, c'est qu'on met du cognac et une bonne bouteille de côtes-du-rhône pour améliorer les saveurs de base.

Thérèse repartit à l'assaut :

— Oh, toi, ça va ! On connaît la délicatesse de tes goûts, Pétomane !

L'ambiance, cependant, revenait au beau fixe et l'on put passer à table dans la paix familiale retrouvée.

Il y avait en bout de table une assiette de plus que le nombre des convives.

Thérèse Baruteau demanda :

— C'est pour la petite ? Vous la réveillerez à minuit pour les vœux ?

---

1. Livre de cuisine écrit par Jean-Baptiste Reboul (*La cuisinière provençale*, qui a fêté son centenaire et sa 26e édition en 1997).

Raoul répondit :

— J'attends peut-être un ami. Mais je ne suis pas sûr qu'il puisse se rendre libre. Nous commencerons donc sans l'attendre. Il nous rattrapera.

Les entrées étaient à peine achevées – des demi-œufs durs garnis de tapenade, des barquettes au salpicon[1], puis des moules panées et frites – que retentit dans la cage d'escalier la sonnette qu'une main vigoureuse halait depuis l'entrée.

Raoul se leva et passa sur le palier :

— C'est sans doute lui.

Il fut bientôt de retour s'effaçant devant un petit homme court de pattes, sa casquette à la main, qui portait une grosse moustache grise et avait mis ses habits du dimanche dans lesquels il était nettement moins à l'aise que dans son bleu de travail.

Le lecteur l'aura déjà reconnu.

La Bouille, intimidé, s'avançait vers la table en triturant sa casquette et salua l'assistance avec un air gêné.

— Je vous présente mon ami Émile Bouillot, typographe et fier de l'être. Il me fait le grand plaisir d'être des nôtres, au prix de quelques préjugés qu'il a vaincus au nom de l'amitié. Il était seul pour finir l'année et j'ai pensé que...

— Tu as bien fait, dirent ces dames en chœur.

Seul, Baruteau n'avait pas ouvert la bouche. Il regardait l'arrivant avec un « air de deux airs ». Il cligna de l'œil à Raoul :

— J'espère qu'il a laissé ses bombes chez lui.

1. Mélange de thon et d'anchois avec câpres et cornichons liés à la mayonnaise.

Bouillot tendit un paquet de forme cubique qu'il posa sur la table.

— Sauf une ! C'est une bombe glacée de chez *Castelmuro*. Je ne savais pas quoi apporter, j'ai pensé que ça se mange sans faim et que ça plaira à tout le monde.

Il fit une petite pause et ajouta :

— L'idée de partager une bombe avec le sous-chef de la Sûreté m'enchantait.

Baruteau mit ces dames au parfum :

— Monsieur fait l'anarchiste en dehors des heures de travail. Allez ! venez vous asseoir. La chaise libre est justement à côté de moi. C'est un signe. Faisons la trêve jusqu'à l'année prochaine. On reprendra notre partie de gendarmes-voleurs en 1900.

À cet instant, dressé sur son plat, le lièvre nappé de sa sauce divinement liée par les doigts experts de Thérèse Baruteau fit une entrée triomphale et valut à la cuisinière une nouvelle brassée de compliments qui la firent rougir, bien que le vin de Bandol choisi par Eugène ait déjà accompli une partie du travail. Il ne manquait plus que les musiques pour les soupers du roy.

Devant cette merveille que Baruteau s'employait déjà à découper en s'emberlificotant dans les ficelles qui amarraient la bête comme un paquebot à quai, une paix œcuménique et gourmande unit dans la même ferveur l'anarchie et la police dans la convivialité familiale.

Raoul et son oncle détaillèrent à l'intention des dames – excepté Cécile qui savait à quoi s'en tenir – le rôle joué par Bouillot dans la deuxième « affaire Danglars ».

— Si on m'avait dit que je passerais le réveillon avec un anar ! dit Baruteau en levant son verre.

— Et moi avec le patron de la Sûreté ! renchérit Bouillot.

— *À l'an que ven !* dit le commissaire en trinquant avec son ex et futur ennemi de classe. J'ai appris que nous ne serions pas plus, l'an prochain, puisque Cécile a perdu son bébé, mais je souhaite de toutes mes forces que nous ne soyons pas moins...

Il s'adressa particulièrement à Raoul avec un clin d'œil :

— ... pour fêter l'an prochain le XXe siècle.

— Comment ? On n'y est pas ? dit Thérèse Baruteau suffoquée. Eugène, tu nous fais marcher...

— On t'expliquera, ma douce. C'est de l'arithmétique.

Bouillot qui ne perdait pas de vue les objectifs de la Cause, porta son toast :

— Que le siècle qui arrive soit celui où les canons se tairont, enfin.

— Pas avant de nous avoir rendu l'Alsace-Lorraine, monsieur l'anar !

Le typographe ne se laissa pas impressionner :

— Si c'est au prix de millions de morts, les Boches peuvent les garder. Ça ne me gêne pas.

Baruteau prit sa tête de policier :

— Moi, si ! Je ne veux pas mourir avant d'avoir vu le drapeau français flotter sur Strasbourg. Et à l'occasion que ma bière n'ait plus goût de Teutons.

Bouillot poursuivit :

— Et moi, je pense qu'on peut faire l'économie d'une hécatombe en faisant la révolution sociale. En faisant de tous les travailleurs d'Europe des frères, on supprimera les nationalismes fauteurs de guerre...

Raoul joua les conciliateurs :

— En attendant, faisons au moins la paix entre nous ce soir. Demain est un autre jour.

Après l'échange de vœux et de baisers, Eugène Baruteau se crut quitte et reprenant la conversation avec son neveu où il l'avait laissée, en y invitant Bouillot, leur dit avec un air ravi :

— Oh, je vous ai pas raconté la plus belle ! À un moment donné, Pujol[1]. Il s'appelle Pujol, le Pétomane. « *Avec un P* », comme il dit finement.

Et il recommença à rire.

Thérèse le fusilla du regard :

— Eugène !

Le commissaire fit celui qui n'avait pas entendu.

— Pujol, donc...

— Tu vas pas recommencer, dis ?

— Eh, quoi ? C'est un Marseillais...

— Eh alors ? Y a de quoi être fier, je te jure !

Baruteau, lancé, voulait finir son histoire :

— Il nous a fait... le « pet du bègue ». Et puis, celui de la mariée « avant » et « après » ses noces !!

Il ne put en dire plus, étouffant de rire derrière sa serviette. Thérèse Baruteau reprit l'offensive.

— Tu n'as pas honte ? Un policier de ton grade ? Tiens ! j'ai bien envie d'aller demander à ton chef, le

1. Joseph Pujol (1857-1945) né à Marseille, doté d'une particularité anatomique qui lui permettait d'aspirer à volonté air et eau par le rectum, monta un ahurissant numéro qui eut un succès phénoménal et fit de lui « l'artiste » le mieux payé de la Belle Époque.

commissaire central, ce qu'il pense de l'attitude de son adjoint. On verra si tu feras aussi l'intéressant.

Eugène Baruteau s'essuya les yeux et reprit son sérieux. Il regarda sa femme et, dans le silence revenu, lâcha, sûr de son effet :

— C'est lui qui avait pris nos billets !...

Composition et mise en pages réalisées
par É*tianne* C*omposition*
à Montrouge.

Achevé d'imprimer par N.I.I.A.G.
en Juin 2005
pour le compte de France Loisirs, Paris

N° d'éditeur : 43099
Dépôt légal : Juillet 2005
Imprimé en Italie